AMSTERDAM, 1732

Séverine Mikan

Amsterdam, 1732

Les Fragments d'Éternité

En application de l'art. L.137-2.-I. du code de la propriété intellectuelle, toute reproduction et/ou divulgation de parties de l'oeuvre dépassant le volume prévu par la loi est expressément interdite.
© Séverine Mikan 2025
© Yooichi Kadono, pour la présente couverture et les Chara Design.
© Yaya Chang et Séverine Mikan pour les illustrations intérieures
Édition : BoD · Books on Demand, 31 avenue Saint-Rémy, 57600 Forbach, bod@bod.fr
Impression : Libri Plureos GmbH, Friedensallee 273, 22763 Hamburg (Allemagne)
Dépôt légal : Juin 2025
ISBN : 978-2-8106-2674-8

CHAPITRE PREMIER

De la brume de ses rêves, elle surgissait toujours en premier : la honte. Sale, gangréneuse, la honte qui souille l'âme ; la honte face aux regards, aux jugements, terreau du mépris, du dégoût. La honte, cette évidence de la faute, toujours plus monstrueuse lorsqu'elle est dévoilée.

Puis arrivait la peur. Violente, sauvage, la peur qui broie les tripes, qui paralyse les membres. La peur qui réduit l'esprit à l'esclavage, à la supplication. « Je vous en supplie, non... »

La douleur, enfin. Vive, sourde. L'odeur de la chair qui roussit. La chute, un cri. Le sien ? Et le noir. Et plus rien.

***

Aloys se réveilla en sursaut. Sa peau était couverte de sueur et il tremblait. Il s'était emmêlé dans les draps, ses mains crispées sur un coin d'oreiller. Il lui fallut plusieurs minutes pour chasser le spectre de son cauchemar, qui resta agrippé à sa chair comme une bête visqueuse. Après le tumulte auquel avait été soumis son esprit, son cœur peinait encore à s'apaiser. Il battait dans sa poitrine à un galop affolé. Ce rêve était pourtant un fantôme familier, mais qu'il ne parvenait toujours pas, depuis près de dix ans, à apprivoiser. De sa mémoire, de son corps ou de sa conscience, lequel des trois portait le plus de stigmates ? Aloys

Fig. 1

n'aurait su le dire. Il évitait de pousser plus avant la question. Seul et désarmé face à ses démons, il savait d'expérience que l'introspection ne menait qu'à de plus grands tourments. Il lui faudrait confesser cela à son médecin, qui aurait certainement un avis sur le sujet. Et, comme souvent, il lui dirait de renouveler prières et mortifications.

Après un soupir, Aloys écarta son lourd édredon de plumes et entreprit de se glisser hors du lit. Une douleur aiguë le traversa. Il serra les dents le temps qu'elle passât. Sa jambe droite était toujours douloureuse au réveil. Avec un râlement d'irritation mêlée de lassitude, il s'aida d'une main afin de poser les deux pieds bien à plat à terre avant de pouvoir se lever. Une fois debout, il se saisit de sa canne et se dirigea, en clopinant, vers la fenêtre de sa chambre. Les hauts volets intérieurs étaient clos. Le jour filtrait pourtant par les rainures du bois teinté. Il perçut le bruit atténué de l'activité dans les cuisines, deux étages plus bas. Il devait être assez tôt dans la matinée. Dorus, son valet de pied, n'était pas encore venu lui apporter son petit déjeuner. Il en fut soulagé. Assoiffé de lumière, Aloys aimait plus que tout se charger d'ouvrir lui-même les grands volets de pin à la place des domestiques. Il lui semblait à chaque fois, pendant un instant, être le premier sur Terre à découvrir le monde au petit jour.

Il enclencha la crémone métallique et repoussa avec vigueur les vantaux. Aussitôt, le paysage d'horizon lisse de la campagne hollandaise s'étira sous ses yeux : du bleu, un peu de vert, le marron de la terre humide et le jaune sale des herbes mortes. L'infini d'une nature calme et sans remous. C'était la fin janvier et son soleil terne ; l'hiver où tout se repose en attendant le printemps. Aloys s'appuya sur le rebord de la fenêtre, les yeux dévorant l'étendue gigantesque du ciel ; il aimait à perdre son regard au loin et ne craignait pas la monotonie de l'absence de relief, car il y trouvait de quoi endormir les émois incessants de son esprit.

Derrière les fenêtres découpées de petits carreaux, le vent faisait danser les branches des arbres. Le temps était blanc laiteux, sans nuages, et le matin s'obstinait à vouloir rentrer dans le manoir clos. Sans doute la lumière cherchait-elle à insuffler ainsi de la vie entre les murs épais de cette demeure auguste qui appartenait depuis des générations à sa famille : les Van Leiden. Elle n'y parvenait pas, ou très peu ; les domestiques s'obstinant à condamner toutes les ouvertures de peur que la moindre brise provoquât, chez le maître des lieux, une de ces crises de crampes qui le clouait des jours au lit. Aloys, malgré tout, aurait voulu pouvoir baigner son visage de rayons de soleil et remplir ses poumons d'air pur, courir pieds nus dans l'herbe et se jeter dans le cours d'eau au bout du domaine. Caprice d'enfant ou désir d'adulte ? À vingt-sept ans, son insouciance était loin. Et ses désirs… Seul depuis des années dans cette retraite monacale, il n'en avait plus guère. Les années qui passaient se fondaient en une brume mouvante le privant souvent de repères. Il n'avait comme avenir et comme frontière que ce paysage travaillé par les hommes depuis des siècles.

Pendant quelques minutes encore, il perdit son regard sur l'horizon. Séquencées de canaux et de terres arables, ponctuées de moulins et de petits villages paisibles, les Provinces-Unies[1] jouissaient d'une paix et d'un développement économique sans précédent. Le Siècle d'or[2] était certes terminé depuis plusieurs dizaines d'années, mais le calme territoire de la Hollande n'en restait pas moins une terre prospère vivant de son sens du commerce, et de l'esprit pratique et tenace de son peuple.

Aloys aimait à imaginer, là-bas à plusieurs heures de route, les fortifications aux angles tranchants de la ville d'Amsterdam. Dans ce pays, le vent retenait parfois le goût des embruns, le sel de la mer du Nord et les saveurs des aventures des marins au long cours. Le grand port n'était qu'à vingt-cinq miles de là. Si proche, mais bien trop loin pour sa santé fragile et son physique d'éclopé. Amsterdam, cet immense débarquement des navires du monde, cette débauche d'exotisme propre à enivrer les plus blasés, ne lui était pas accessible. Elle n'était pour lui qu'effluves d'horizons lointains à peine perçus, une tentation bien cruelle. Aloys était trop raisonnable, et las peut-être, pour lutter contre les prescriptions des apothicaires. Flâner dans les ports n'était guère recommandé pour un invalide. Il lui fallait faire preuve de bon sens et de résignation.

Malgré tout, il se gorgea plusieurs minutes du spectacle de la Nature qu'endormaient les frimas de l'hiver. Le parc de la propriété Van Leiden avoisinait les champs des hameaux alentour. Ces campagnes cultivées avaient été conquises sur la mer, année après année, siècle après siècle. Lentement, patiemment, son père et son grand-père et leurs aïeux avant eux avaient vu se transformer ce petit pays, devenu grand par ses conquêtes d'au-delà les océans. Enrichis par le commerce et honorés dans le passé de postes prestigieux au sein des conseils municipaux, les Van Leiden vivaient entre ces murs depuis des générations. Lenteur, patience… Cette demeure semblait à Aloys aussi immuable qu'un tombeau de granit. Il plissa les yeux pour observer les champs au loin ; nul paysan ne sortait de si bon matin. En cette saison, les cultures étaient en sommeil elles aussi et les villageois dédiaient leur temps à l'artisanat et au soin des bêtes dans les étables calfeutrées.

À leur exemple, il s'agissait également pour Aloys de rester à l'abri des murs séculaires du manoir. Et cela même si ses pensées s'égaraient au loin sur les quais du grand port. Le docteur Kuntze avait été catégorique : s'aventurer dans un lieu d'une telle insalubrité lui était formellement interdit. Il en allait de sa santé comme de son âme. Il s'écarta donc de la fenêtre, à regret. Inutile de tenter le démon en ouvrant son cœur à l'envie de liberté.

Le vent froid de l'hiver souffla plus fort contre la façade de la vieille demeure. Les branches d'un ypréau blanc[3] battirent en rythme contre les murs extérieurs. Aloys vint s'asseoir à son bureau. Il déposa sa canne contre l'accoudoir de son fauteuil et étira sa jambe raidie. La cicatrice à sa hanche droite le faisait souffrir davantage au cœur de la saison froide. Il la massa un instant pour réchauffer l'articulation et soulager la douleur. Il s'habillerait plus tard. Son pantalon de toile, sa chemise de nuit et un gilet de laine rapidement noué sur ses épaules lui suffiraient bien jusqu'à l'arrivée de son valet. Il restait des braises chaudes dans la cheminée pour qu'il ne prît pas froid et il avait du travail à finir. Il se saisit d'une plume et la trempa dans son encrier.

Devant lui s'étalaient les plans d'aménagement de sa nouvelle serre. Il l'avait fait construire sur les fondations de l'ancienne orangerie du manoir. Une belle et grande œuvre de bois, de petites briques et de verre, où il espérait faire pousser les variétés les plus exotiques de plantes et de fleurs, celles dont le parfum et les couleurs lui donneraient un aperçu des royaumes du bout du monde. Cela faisait près de deux ans qu'il travaillait à cette idée. Planter des essences rares dans l'immense parc de la demeure ne lui suffisait plus. Les arbres poussaient trop lentement. Il voulait à présent voir la flore se développer plus rapidement, étudier tout cela au jour le jour. La fortune des Van Leiden, dont il était l'unique héritier, lui autorisait, sans entraves, ce caprice. De même, la relative proximité d'avec la ville de Leyde[4], où avait été ouvert au public le plus important Jardin botanique d'Europe, lui permettait d'avoir accès aux dernières découvertes en la matière. Le sujet le passionnait.

Sa chambre, dans laquelle, pour plus de commodité, il avait installé également son bureau, regorgeait d'herbiers et de traités d'horticulture. Des spécimens séchés trônaient sous des cloches de verre, des cartes et des mappemondes occupaient murs et étagères. Cette pièce envahie par la science botanique était son antre d'explorateur immobile. Il ajouta deux notes sur un plan, en haut d'un des murs à suspensions de la façade donnant à l'est, et traça le réagencement de la zone des orchidées.

On frappa à la porte. C'était Dorus, le visage fermé comme à l'accoutumée. Il salua Aloys avec raideur et, sans plus de préliminaires, vint l'aider à ôter ses vêtements de nuit. Aloys se laissa manipuler comme une poupée ; son valet était un maître dans l'art de le faire se sentir aussi inanimé qu'un pantin de bois. Aucun des gestes de Dorus ne portait trace de la moindre affection, rien dans son attitude n'exprimait la plus petite marque d'amitié. C'était exactement pour cette froide indifférence que le docteur Kuntze lui avait recommandé de prendre cet homme à son service intime. Ainsi, nulle tentation, rien qui pût échauffer son esprit et réveiller les flétrissures dont son âme avait été marquée après « l'accident ». Les risques de se perdre à nouveau pouvaient surgir à la plus infime incartade, c'est pourquoi il lui fallait prendre garde. Les contacts physiques, dans son état moral, étaient plus que tout à proscrire. Le médecin avait été catégorique sur ce point et Aloys n'aurait jamais eu l'idée de s'y opposer. Les ordonnances de Kuntze formaient la ligne de conduite d'Aloys depuis tant d'années à présent qu'en lui la résignation avait fait place à toute volonté de rébellion.

Il réprima un frisson, le froid de la pièce lui mordait la peau. Dorus l'aida à passer son habit de journée : une culotte de velours vert pâle fermée par six boutons en nacre par-dessus des bas de coton épais, une chemise écrue, ainsi qu'un gilet orné d'un entrelacs de rinceaux brodés. C'était là une tenue simple : point de perruque, pas de col empesé. Il n'était pas question qu'il reçût des invités en ce jour et il tenait à porter autant que possible des vêtements commodes. Cela, au moins, ne contrevenait pas aux recommandations du docteur Kuntze !

Aloys se morigéna intérieurement. Il ne devait pas se montrer ingrat. Ce médecin, tout strict et froid qu'il était, œuvrait auprès de sa famille depuis si longtemps qu'il était aussi consubstantiel à cette demeure que les cheminées ou les horloges. Enfant, Aloys l'avait vu, jeune docteur, au chevet de sa mère lorsque celle-ci avait déclaré les premiers signes de la phtisie pulmonaire[5] qui devait l'emporter trois ans plus tard. Wilhelmus Kuntze avait alors exprimé les plus vives inquiétudes quant à la santé d'Aloys. Garçonnet pâle et frêle, toujours le nez dans les livres à rêver de voyages et de contrées exotiques ; il était à craindre qu'il eût hérité des humeurs froides et humides de sa mère. Le père d'Aloys, déjà âgé de soixante-quatre ans à l'époque et, voulant en avoir le cœur net, avait demandé que son fils cadet fût ausculté par plusieurs médecins. Aloys en gardait un souvenir effrayant et précis. Le cabinet de travail de son père : sombre, massif et ancien, à l'image de son propriétaire, Gerrit Van Leiden, assis les bras croisés sur son ventre proéminent, regardant son fils renouer sa chemise après une auscultation qui avait laissé l'adolescent rouge de confusion. Il n'était certes pas accoutumé à devoir se dénuder en présence de son géniteur et de trois messieurs tout de noir vêtus. Le contact de leurs mains froides et inquisitrices l'avait hanté pendant des semaines. Ce jour-là, fort heureusement, il n'avait pas été diagnostiqué phtisique, mais, à titre préventif, et parce qu'on le soupçonnait de présenter les premiers symptômes d'une épilepsie des poumons[6], il fut déclaré qu'Aloys serait interdit de toutes activités viriles. L'adolescent en avait été mortifié. Un tel diagnostic avait tout de la condamnation au célibat, associé à une vie médiocre de souffreteux sans avenir. Adieu rêve de voyages et d'aventures lointaines !

Pour son père, ce ne fut pas un drame. Aloys était le dernier rejeton, celui né sur le tard, le favori des amies de sa mère qui s'amusaient quand il était tout petit à nouer des rubans dans ses boucles blondes. Pas le meilleur candidat pour porter le glorieux héritage familial. On pourrait bien en faire un clerc ou un pasteur, s'il survivait jusque-là. Les deux aînés Van Leiden, les frères d'Aloys, Gerrit le jeune et Jacobus, étaient de solides garçons. Ils ne tarderaient pas à se marier et feraient certainement la fierté de la maison. Dès lors, il ne fut plus question d'emmener Aloys dans les parties de chasse, les promenades champêtres, les négoces à la ville ou les foires paysannes. Les domestiques se mirent à le couver tout en accompagnant leurs attentions de considérations humiliantes sur les faiblesses trop féminines de son physique. À presque quatorze ans, cela acheva de le plonger dans un brouillard de perplexité et de le rendre pathologiquement misanthrope et timide. Déjà complexé par son gabarit fluet et son visage à la joliesse de jeune fille, Aloys se mura alors avec obstination entre les quatre murs de sa chambre, où il passa ses journées à étudier tout ce qui pouvait lui être accessible : traités de sciences et de géographie, récits d'explorations autour du monde, cartes et herbiers, livres de légendes anciennes, journaux de voyage. Un jour, il le croyait, à force de volonté, il surmonterait sa santé défaillante et prendrait la mer pour parcourir le globe. Il leur prouverait alors à tous que...

Dorus s'éclaircit la gorge et cela mit fin aux sombres réminiscences d'Aloys. Son valet venait d'achever de fixer les boucles de ses chaussures et souhaitait certainement être libéré afin de raviver le feu dans la cheminée et de servir le petit déjeuner. Aloys lui sourit et le congédia d'un léger signe de tête.

Il posa les yeux sur la mappemonde qui ornait un angle de son bureau et soupira. Le parc de sa demeure était comme une mosaïque où chaque tesselle reflétait un ailleurs inaccessible. Ce minuscule territoire qu'il composait avec ferveur serait l'ultime destination où il irait jamais. Ainsi était sa vie : par l'esprit seul, il parcourrait les terres lointaines. Il se rassit et reprit son travail.

Fig. 2

Une heure s'écoula, ronde et lourde, au carillon de l'horloge comtoise qui sonnait depuis le salon. Une heure seulement. Le temps ne passait pas assez vite à son goût. Depuis quatre jours avait été annoncé le retour des navires de la dernière expédition d'Asie au grand port d'Amsterdam. Les quais devaient grouiller des marchandises débarquées des soutes des immenses bateaux de commerce et d'exploration. Aloys avait envoyé son homme de labeur, le bourru et loyal Guus Binckes, pour aller y quérir des plantes et des graines venues des pays lointains. Le tâcheron était parti sur-le-champ. Il devait être arrivé au port depuis. Il marchandait sans doute déjà avec les capitaines le prix de leur cargaison précieuse et rare.

Ô combien Aloys aurait voulu être à ses côtés.

Ô combien il doit être bon de voir, sentir, toucher toutes ces merveilles ! se dit-il en tournant le regard vers la fenêtre et son horizon inatteignable.

Oui, ô combien il devait être bon de vivre...

CHAPITRE DEUXIÈME

Le bruit du vent dans les mâtures, les craquements de la coque et, sous ses pieds, le pont de bois râpeux, solide et mouvant, avant la terre ferme. Johan n'était pas revenu à Amsterdam depuis dix ans.

L'équipage s'activait frénétiquement. Pour préparer l'entrée dans la darse, il fallait installer les pare-battages en coco le long du bastingage et affaler les voiles à hunier, puis les enrouler sur les vergues. Après de longues manœuvres, *Le Chat génois* vint accoster les quais. Les amarres furent jetées sur le ponton, aussitôt saisies par des gabiers qui les enroulèrent à des bittes solides. Les navires s'alignaient les uns aux autres comme des taquets de jeux d'enfants. Des centaines de débardeurs, de marchands, de badauds et de traîne-misère s'amassaient autour des cargaisons fraîchement débarquées.

Johan abandonna la barre après un profond soupir. L'horizon de houles et d'infinis dangers, les paysages exotiques et la rude fraternité des marins allaient peut-être lui manquer, mais il n'en était pas moins heureux de regagner pour quelque temps son sol natal. Il était épuisé, physiquement et moralement. Certes, l'expédition avait été riche de découvertes extraordinaires : lui qui se passionnait pour les cultures lointaines et les mœurs des peuples si singuliers d'Asie avait été comblé. De l'Inde à la Chine, du golfe du Nankin[7] au

Fig. 3

port de Dejima, le jeune capitaine avait vu mille merveilles à jamais inscrites dans sa mémoire. Hélas, l'océan ne lui avait pas offert que des frissons de plaisir. Parti matelot freluquet, fuyant la pauvreté des faubourgs d'Amsterdam, il revenait le visage marqué par les embruns et le corps endurci par l'expérience de la mer. Après sept années passées en Asie, sept longues années à arpenter les mers et à marchander les produits les plus incongrus dans des langues incroyables, le voyage de retour avait rapidement tourné au calvaire. Le navire, après une violente tempête au large de Bornéo, avait dû mouiller un temps sur les côtes du golfe du royaume de Siam. À terre, une mauvaise fièvre avait décimé l'équipage et envoyé de vie à trépas le capitaine. Johan, alors second, avait pris sa relève. À tout juste trente ans, il n'avait pas été aisé pour lui de se faire obéir de la douzaine de marins survivants, rendus revêches par les coups du destin. Son retour vivant en Europe tenait autant à la fermeté de son caractère qu'au bon vouloir de la chance.

Ce qu'il n'avait pas dit à son équipage, faute de quoi il aurait probablement été jeté par-dessus bord, c'est qu'une perte d'étanchéité dans la coque, entre la cale et la cambuse[8], avait fortement endommagé les marchandises qu'ils avaient si péniblement rapportées. Les revendre à bon prix allait s'avérer impossible. Il faudrait probablement céder le navire, et le piteux état de cette modeste flûte de commerce[9] ne permettrait sans doute pas d'espérer récupérer plus que de quoi payer les hommes une cinquantaine de florins[10] par tête. Johan fronça les sourcils, la journée promettait d'être particulièrement houleuse et, pour une fois, le vent n'y serait pour rien. Après un dernier coup d'œil à la bonne fixation des haubans, il sauta sur le quai.

***

Trois heures plus tard, sa sombre lassitude s'était muée en une rage à peine contenue. D'exaspération, Johan balança un violent coup de pied dans le chambranle de la porte du comptoir de négoces. Trois poules et la vieille femme en guenilles assise à côté d'elles poussèrent un cri de stupeur. Johan grommela un semblant d'excuse avant de s'éloigner, le nez dans le col de son paletot de vieux cuir. L'air glacial de la mer vint ébouriffer sa tignasse trop longue. *Et en prime, il fait un froid polaire sous ces maudites latitudes !* pensa-t-il, hargneux.

Son retour au port démarrait sous les pires hospices. La vente du navire n'avait pas pu se faire, car il avait été découvert à la capitainerie que son propriétaire réel n'était pas, comme l'avait cru Johan, le capitaine décédé, mais un obscur négociant. L'homme n'ayant pas donné signe de vie depuis près de sept ans, le bateau et sa marchandise revenaient en propriété à la Compagnie néerlandaise des Indes orientales[11], responsable du premier contrat d'affrètement pris dix ans plus tôt. Johan avait moins d'une heure avant la saisie du navire et il n'aurait rien pour payer l'équipage. Une vraie catastrophe. Il allait lui falloir, cette fois, plus que de la ténacité pour se sortir de cette panade !

La foule du matin s'était un peu clairsemée, et le port, sans être vide, était plus calme. Quelques filles de joie traînaient leur misère près des navires tout juste accostés, espérant entraîner, dans une chambre sentant le moisi, gabiers et mousses en manque de chair accueillante. Lorsque Johan arriva sur le quai où était amarré *Le Chat génois*, il y trouva les caisses et les tonneaux de marchandises tous déchargés. L'équipage attendait assis sur les bittes d'amarrage ou à même les rouleaux de cordages. L'un des marins, Coenraad Heyden, un gaillard à la gueule chiffonnée par l'eau-de-vie et au regard perpétuellement teinté d'un amusement cruel, le héla :

— Alors, Turing ? Ce salaire ? On voit pas tes poches déborder de piécailles. Ça s'rait ti que ces môsieurs du commandement, ils auraient besoin d'un peu plus que de se faire sucer le mât pour dire oui à tes escobarderies[12] ?

Le marin partit d'un rire gras auquel d'autres matelots firent écho. Les blagues obscènes touchant aux préférences galantes du jeune capitaine faisaient toujours recette. Ces grivoiseries étaient sans conséquence en mer, où la tolérance était imposée par la nécessité de chacun d'assouvir ses instincts auprès de toutes chairs offertes, qu'elles soient femelles ou mâles. Mais à terre, dans une ville d'Europe aux mœurs strictes, et alors qu'il était clair que ses hommes cherchaient la moindre raison pour lui sauter à la gorge, une telle saillie valait une gifle. Johan serra les poings et donna à son regard clair toute la froideur hautaine que lui conférait, pour une heure encore, son statut sur l'équipage.

— C'est « capitaine » pour toi, Coenraad. Tu fermes ton claque-merde jusqu'à nouvel ordre. Et si tu veux qu'on trouve à se payer, il va falloir te faire aimable, parce que c'est avec cette cargaison, et seulement elle, qu'on se fera un peu de gras.

Quelques exclamations fusèrent parmi les matelots. Johan y coupa court en préférant jouer la carte de l'honnêteté. Il prit un ton sec qu'il espérait empreint de franchise pour assurer à ses hommes qu'il faisait de son mieux :

— Le bateau n'est plus à nous et ne l'a jamais été. Par la vertu d'une poignée d'emperruqués, il appartient maintenant à la Compagnie des Indes orientales. Et vu l'état de leurs finances, ils ne vont pas nous laisser le plaisir de conserver le moindre bout[13] provenant de ce navire. Donc, le mieux que l'on a à faire, c'est de prendre tout ce que l'on a de marchandises et de le revendre dans l'heure, histoire d'avoir au moins de quoi passer l'hiver au chaud.

— Et tu t'es bien gardé d'nous dire qu'les trois quarts de c'te foutue cargaison étaient bons à j'ter à la baille ! On aurait dû t'égorger d'puis longtemps, Turing, plutôt que d'te laisser nous faire accroire à ton beau parler de cul blanc, répliqua le marin en accompagnant ses grossièretés d'un large geste en direction de ses camarades.

— Palsambleu, Coenraad ! On a pas le temps de se balancer des nasardes[14] ! On a moins d'une heure pour gagner notre paie ! aboya Johan, excédé.

— « Notre » paie, Turing. Pas la tienne ! On s'est dit avec les gars qu'on allait pas partager avec le genre de bougres de ton espèce. Y a pas d'raison qu'on s'fasse foutre, attendu qu'nous on aime pas ça, rétorqua Coenraad, sa trogne couturée se fendant d'un sourire menaçant.

Lorsque Johan les interrogea du regard, les autres marins baissèrent le nez. Pas fiers, évidemment, mais ils ne s'interposeraient pas : une belle bande de lâches. Tout cela avait l'allure d'une mutinerie, préparée à coup sûr depuis quelque temps. Et pour appuyer son autorité sur la douzaine de membres d'équipage, Coenraad voulait d'une manière ou d'une autre en finir par régler cela aux poings. La brute s'avança, patibulaire, en faisant craquer ses phalanges. Aussitôt, les marins firent cercle autour des deux hommes. Johan se délesta de son paletot en cuir, trop lourd, qui gênerait ses mouvements, et le jeta à terre. Il eut à peine le temps de rouler sa chemise sur ses avant-bras que la brute se jetait sur lui. Johan esquiva sans peine le premier coup et répondit d'un crochet bien placé en plein visage, qui fit reculer son adversaire. Coenraad cracha un filet de sang et sourit de toutes ses dents rougies. Le combat semblait l'amuser, voire grandement l'exciter.

— Y aurait un homme sous c'costume d'giton, Turing ? En v'là une nouvelle ! lança-t-il.

La plaisanterie commençait à courir sérieusement sur les nerfs de Johan. Il se préparait à fondre sur son adversaire avec toute l'énergie de son exaspération, lorsqu'une voix rauque à la limite du grondement résonna soudain, interrompant le combat :

— Oh, Foutre Dieu ! C'est qui l'propriétaire de c'barda ? Eh, là ! Les fils de gueuses, c'est à vous que j'cause ! insista la voix avec une autorité peu commune.

Le cercle des marins s'ouvrit alors sur un individu massif vêtu d'un pardessus très long et la bouffarde pendue aux lèvres. À l'instant où Johan tournait la tête vers l'importun pour lui répondre, Coenraad profita de ce moment d'inattention pour lui assener une beigne magistrale en pleine mâchoire, l'envoyant littéralement valser dans les bras de l'inconnu. Celui-ci le remit debout avec vigueur et indifférence, comme s'il ne pesait pas plus lourd qu'un chiot. Il le laissa flageolant et sonné pour s'adresser directement à son adversaire :

— Le fils Heyden ! Dame, j'aurais pas parié mes guêtres à te revoir vivant. Me dis pas qu'c'est toi, l'possesseur de c'tas de merdes.

— Guus Binckes, bin ça ! Qu'est-ce tu viens foutre dans mes affaires ? renvoya Coenraad à la cantonade.

— T'occupe, l'écornifleur[15]. Chuis pas là pour jouer à cligne-musette[16] avec toi. Alors, c'est qui le taulier de ta bande de crevards ? cracha l'homme stoïquement.

— Va d'mander à c'ui-là à qui il est le rafiot !

Coenraad étouffa un rire en désignant avec dérision Johan, qui massait sa mâchoire endolorie. Lorsque ledit Guus se tourna vers lui, le jeune capitaine put constater que les deux hommes avaient un vague air de ressemblance, dans la carrure tout du moins. Peut-être de lointains cousins ? La même force d'une nature tout en muscles, cheveux hirsutes et gueule bourrue, mais quelque chose dans l'œil du nouvel arrivant disait la franchise et la loyauté, ce dont l'autre était totalement dépourvu. Guus Binckes le toisa avec perplexité, sourcils levés. À l'évidence, il n'aurait pas parié sur lui au jeu du « devine qui est le capitaine ». Johan ramassa son paletot crotté et, l'enfilant avec emphase, tenta de reprendre une attitude martiale. Mais il ne se faisait pas d'illusions : sa silhouette longiligne, sa barbe rousse et ses cheveux trop longs lui donnaient plutôt l'air d'un traîne-misère que d'un digne capitaine de navire marchand.

— I' vous reste quelqu'chose à sauver de votre gourbi ? l'interrogea néanmoins Guus, sans plus de cérémonie.

Il donna un mouvement de menton dédaigneux vers les dizaines de caisses de plants, les sacs de graines, de victuailles et les tonneaux de tissus étalés grossièrement sur le quai. Les marins firent silence. Coenraad, dans le fond, ricanait. Johan reprit rapidement ses esprits. S'il y avait un moyen de tirer quelques florins à un naïf : c'était le moment ! Il colla un sourire conquérant sur son visage, qui se transforma aussitôt en grimace de douleur. Il avait oublié sa mâchoire engourdie. Ravalant un juron, il répondit :

— Bien sûr, vous cherchez quoi ? On a tout ou presque, et c'est du rare. Vous avez de la chance, je peux vous faire le lot à…

Johan avisa la douzaine de paires d'yeux braqués sur lui et fit un calcul rapide : douze gars et avec lui en plus à cinquante pièces par tête…

— Six cent cinquante florins d'argent !

— Te fous pas de moi, le marlou. À trois cents florins, ça s'rait déjà trop t'payer !

Guus Binckes sortit une lourde bourse de sa besace et la jeta à Johan.

— Deux cent cinquante et ça s'ra bien, je te prends tout c'qui n'a pas trop pris le sel, on f'ra le tri plus tard, compléta-t-il.

Il n'attendit pas de réponse et se tourna vers le reste de l'équipage, attrapa deux gars par l'épaule et les poussa vers les caisses pour qu'ils commencent à l'aider à charger les marchandises hétéroclites sur un imposant attelage arrêté non loin.

Pour qui ce rustre peut-il bien travailler pour avoir un tel aplomb et faire si peu de cas de son argent ? se demanda Johan, encore sonné par la succession trop rapide des événements. Mais avant qu'il n'eût eu le temps de se perdre en conjectures, cinq hommes en armes surgirent à ses côtés, suivis d'une sorte d'agent d'escompte portant bésicles, sacoche en cuir et rouleaux de parchemin. Ils venaient saisir le navire et tout ce qui pouvait avoir la moindre valeur afin de dédommager la Compagnie. Le gratte-papier tendit au jeune capitaine, qui n'en serait bientôt plus un, un document qu'il ne put que signer en bas à droite, puis, accompagné des gardes, se dirigea aussi sec vers le bateau. Profitant de la surprise générale, Coenraad lui arracha la bourse des mains.

— Ça, c'est pour nous autres ! gronda-t-il. Toi, tu t'trouveras bien un fond de lit à réchauffer.

Coenraad tourna les talons, suivi du reste de l'équipage, laissant Johan fumant – mais à douze coquins contre un capitaine sans navire, il lui serait malavisé de relever le gant. Les larrons se partageraient le contenu de la bourse dans un des rades du port. Et lui ? Le vent d'hiver balaya le quai et s'engouffra dans son paletot, le glaçant instantanément jusqu'à la moelle. Lui, il devait trouver une solution. Et vite.

Non loin de là, Guus finissait de charger, seul, les derniers tonneaux sur son énorme chariot. Cet homme devait être le galefratier[17] de quelque riche collectionneur d'exotismes qui n'avait pas envie de venir traîner sur les ports pour y frayer avec les négociants. Il y avait peut-être un emploi à trouver auprès de ce genre de farfelus qui amassaient les breloques par dizaines dans leurs cabinets de curiosités. Ce maître pouvait bien être de ces *tulipomanes* nostalgiques de la grande époque du commerce du vent [18]!

Johan s'approcha d'un pas décidé de l'homme à tout faire. Celui-ci l'ignora superbement et continua à caler les caisses sur le chariot. Il déplia une grande bâche huilée pour couvrir les marchandises. Johan l'aida à nouer la toile et en profita pour l'interroger, se montrant le plus cordial possible :

— Et donc, Guus, tu travailles pour qui ? Les Valentijin ? Les Boerhaave[19] ?

L'homme se tourna vers lui et le dévisagea, les sourcils froncés. Il lui répondit d'un ton renfrogné en tirant sa pipe de sa bouche :

— C'est Monsieur Binckes pour toi, marlou. Et pour qui je bosse : c'la te regarde pas.

Il reprit ses préparatifs sans ajouter un mot. Johan ne se laissa pas décontenancer. L'homme était certes revêche et mal dégrossi, mais semblait bonne pâte. Avec un peu de persévérance, peut-être que... Sa survie pendant la saison froide dépendait de cette opportunité. Tandis que « Monsieur Binckes » grimpait sur le siège de cocher, Johan agrippa prestement le mors d'un des chevaux de trait qui s'apprêtaient à partir. Guus le fusilla du regard.

— Je suis solide, endurant ! Cet hiver, dans une grande maison, vous aurez besoin d'aide pour entretenir le parc ou... je peux aussi... j'ai fait trente-six métiers pendant cette expédition, je parle sept langues, je sais écrire ! Je peux être utile, emmenez-moi et vous ne le regretterez pas ! balança-t-il avec ferveur.

Il ne suppliait pas, mais s'y abaisserait s'il le fallait. Tout, plutôt que se retrouver à mendier sur le port.

— Dégage, marlou, mon maître a déjà assez de grinchotteurs[20] à entretenir, il a pas b'soin d'un de plus.

Guus leva son fouet de son bras puissant, autant par menace que pour signaler qu'il allait partir dans l'instant. Johan soutint son regard et ne lâcha pas la bride du cheval. Il se savait téméraire et surtout entêté jusqu'à l'obstination, un défaut bien commun chez les fils de huguenots exilés, disait-on. C'était le moment de ne pas faire défaut à son sang !

— Les plantes et les graines que vous avez achetées pour le plaisir de votre maître, vous ne savez pas les faire pousser. Moi si ! Je suis allé les chercher, je les connais, j'ai appris auprès de doctes savants là-bas. J'ai vu tant de choses, des pays incroyables ! Je sais raconter, je suis sûr que votre maître goûtera le plaisir de savoir d'où viennent toutes les merveilles que vous allez lui rapporter, répliqua-t-il avec aplomb et même un éclat d'exaltation dans la voix.

Cette fois, le visage de Guus prit une expression moins terrible. Sans être aimable, il sembla que l'homme avait été gagné par les derniers arguments de l'ex-capitaine. Il le scruta sans mot dire et renifla avec un brin d'hésitation. Au bout de plusieurs longues secondes, il tira une bouffée de sa pipe, grogna, puis se décala sur son siège. D'un coup de menton, il indiqua à Johan de monter à ses côtés. Celui-ci ne se fit pas prier. Dame Fortune avait fini par se pencher sur son cas, louée soit-Elle !

Le fouet claqua sur l'échine des quatre chevaux d'attelage et le chariot empesanti démarra aussi sec avec une vigueur presque surnaturelle. Ils traversèrent la ville. Les roues cahotèrent sur les pavés des rues d'Amsterdam, remuant sans merci marchandises et passagers comme durant une nuit de tempête à fond de cale. Johan se demanda si les rares plants qui avaient résisté au voyage par les mers supporteraient les malheureux derniers kilomètres les séparant de leur destination finale. Une fois les remparts de la cité dépassés, la nuit tomba rapidement sur la campagne hollandaise. Les fermes proprettes succédèrent aux cahutes urbaines, et les ruisseaux calmes aux canaux des villes. Le paysage monotone plongea Johan dans une somnolence lourde, conséquence de sa journée pour le moins éreintante.

Fig. 4

Il se recroquevilla dans son paletot et tenta de fermer l'œil en évitant de venir s'appuyer trop délibérément contre l'épaule virile de Guus, qui n'avait pas le profil à apprécier ce genre d'intimité. Près d'une heure de route plus tard et alors que le sommeil rattrapait tout juste l'ex-capitaine, le cocher, qui n'avait pas desserré les dents depuis leur départ, aboya une question qui le fit sursauter :

— C'est quoi ton nom, marlou ?

Johan se redressa, la bouche pâteuse, mais se reprit pour répondre d'une voix qui se voulait pleine de franche camaraderie, même s'il préférait, et de loin, garder le silence et qu'on le laissât en paix :

— Johan. Johan Turing d'Amsterdam.

— Très bien, Johan Turing d'Amsterdam, mon maître se nomme Aloys Van Leiden, c'est un hoir[21] d'ici, quelqu'un de bien, juste et bon pour ses gens. Alors, si d'une façon ou d'une autre, tu lui portes le moindre tort, je te fais bouffer par mes chiens après t'avoir arraché les couilles. C'est clair ?

Johan le regarda, médusé, et finit par opiner du chef. Le reste du trajet, il le passa roulé en boule sur le siège, le plus loin possible de l'épaule de Guus. Van Leiden… Ce nom résonna vaguement dans le brouillard de ses souvenirs sans qu'il parvînt à le rattacher à quelque chose, signe que cela ne devait pas être d'un intérêt primordial. Qu'importe qui était son futur employeur, pourvu qu'un toit lui fût offert et sa gamelle remplie. Son regard se fixa sur le sinueux chemin qui le mènerait à son nouvel emploi. Passer en l'espace d'une poignée d'heures de capitaine de navire marchand à jardinier, voilà qui pour Johan était la preuve que le destin prenait parfois des tournants inattendus.

CHAPITRE TROISIÈME

Le petit matin venait de se lever, fine ligne de lumière soulignant l'horizon brumeux. Lorsqu'aux premières heures du jour, Aloys ouvrit les volets, il remarqua qu'une pellicule d'eau s'était insinuée entre le bois et la vitre, commençant même à tremper les rouleaux de papier déposés sur la console de chêne calée sous la fenêtre. Effet naturel de la condensation. Et dire qu'il se disait féru de sciences ! Il maugréa contre sa propre distraction et s'échina à déplacer la pile de documents, certains précieux et maintenant humides, qu'il aurait dû trier depuis longtemps.

Guus n'était pas rentré la veille. Peut-être que son retour se ferait en ce jour ? Aloys l'espérait. Cela briserait enfin la monotonie de son quotidien. Ragaillardi par cette perspective, il entreprit de s'habiller seul. Il enfila sous-vêtements, culotte et chemise puis, par-dessus, un gilet de grosse laine, un peu trop grand pour lui, mais qui ne contraignait pas ses mouvements comme l'aurait fait un habit plus ajusté. Il marqua un temps pour considérer son accoutrement. Ce n'était pas une tenue strictement convenable pour une personne de sa qualité ; il ressemblait ainsi à un aide de cuisine. Peut-être qu'un gilet brodé serait plus approprié ? Son frère lui aurait dit qu'il fallait qu'il en

Fig. 5

impose face aux domestiques, qu'il se montre « homme » et maître en son domaine.

Aloys soupira. Oui, s'il était encore de ce monde, Jacobus lui aurait dit de mettre de côté ses livres, de s'astreindre à recevoir davantage et notamment des jeunes femmes de la bonne société d'Amsterdam afin d'envisager une union. Il lui aurait conseillé de prendre exemple sur leur aîné, qui, sa courte vie durant, n'avait jamais boudé la compagnie des femmes, même celles à la vertu monnayable. Aloys repensa au gros rire de son frère aîné, jamais avare de plaisanteries grasses à son endroit. Personne n'avait envisagé alors que ce gaillard impétueux trouverait la mort dans une escarmouche entre opposants et partisans de la dynastie d'Orange[22] ni qu'il faudrait à peine cinq années pour qu'il fût rejoint dans la tombe par leur père et son frère cadet. Ces deuils successifs avaient laissé Aloys seul héritier. Un piètre choix du destin. Le nom des Van Leiden devait se perpétuer, le patrimoine se transmettre. Cette lourde responsabilité reposait sur ses épaules à présent. De trop frêles épaules, assurément.

Il reporta son attention sur sa tenue du jour et tenta d'ajuster son gilet. Il n'y avait pas de miroir dans sa chambre, pas plus que dans les principales pièces de sa demeure. Le docteur Kuntze avait proscrit, pour son bien, cet objet de concupiscence. La fréquentation du miroir ruinait la pudeur. Il n'aurait pas fallu qu'il se complût à s'observer de façon coupable. Là encore, une restriction. Son existence croulait sous le poids des règles et recommandations. Celles de Jacobus, de Gerrit, tout comme celles de son père trouvaient écho dans la bouche du docteur Kuntze. Hélas, pas davantage à présent que du vivant de ses aînés, le rôle de séducteur viril ne semblait être fait pour lui. Ainsi, il avait lieu de se demander s'il était d'une quelconque utilité de suivre toutes ces directives. Lui qui depuis des années se plaisait à étudier, nommer et détailler les essences des fleurs les plus rares avait le plus grand mal à comprendre les méandres de son propre esprit. Certes, la solitude lui pesait, mais, sauf à suivre les convenances, rien ne l'inclinait à trouver une épouse.

Il n'en avait pas le goût. C'était son drame. Une secrète infamie, soupçonnée dès l'adolescence par le docteur Kuntze, qui n'avait pas manqué de remarquer qu'en plus d'une nature délicate, il semblait souffrir d'une absence chronique d'attraction pour le beau sexe. Très vite on avait présupposé chez lui des goûts antinaturels. Son père, horrifié, avait chargé Gerrit de le traîner au bordel. Une idée aux effroyables conséquences...

Aloys réprima un grognement, sa jambe venait de le lancer douloureusement. Il était resté trop longtemps debout. Voilà où pouvait conduire le dérèglement des sens. Il serra les poings. Pour contraindre sa nature corrompue, il s'astreignait au quotidien à une vie de moine. Toutefois, il devait se rendre à l'évidence : ses désirs ignominieux en étaient restés inchangés. Trop souvent, un rêve d'étreinte brûlante le réveillait en pleine nuit. Et le souvenir de l'être connu en songe, qu'il avait senti sous ses doigts avides, n'avait rien des rondeurs féminines. Son âme était donc irrémédiablement rongée par la flétrissure ? Il lui pesait de ne pas connaître les plaisirs de la chair, il lui pesait de ne pas être un jeune homme sain qui court les bals et les boudoirs des riches héritières, il lui pesait de vivre cette vie que ne venait distraire nulle excitation autre qu'intellectuelle !

Aloys expira longuement pour calmer sa frustration et s'assit à son bureau. Il entreprit de trier les documents couvrant sa table de travail pour se vider l'esprit. Ce n'est qu'après plusieurs minutes de cette activité que son regard se porta par hasard à sa fenêtre. Au loin, sur l'allée de peupliers à l'orée de sa propriété, une silhouette familière était apparue. Il ouvrit alors de grands yeux et une exclamation de joie lui échappa. Là, cahotant sur le chemin menant au grand portail d'entrée, arrivait l'attelage conduit par Guus. La carriole pleine de marchandises était couverte par une large toile, toutefois dessous se distinguait la forme de tonneaux, de sacs, de caisses ! Enfin !

Aloys enfila à la hâte une paire de bottes. Il attrapa sa canne et descendit, aussi vite qu'il le put, l'escalier menant au hall, puis au perron. Le bruit que firent le chariot et les sabots des chevaux en freinant sur l'allée de graviers ressembla au tonnerre et acheva de réveiller l'auguste demeure. Des domestiques sortirent de toutes les pièces, à commencer par la cuisine et, en voyant le maître si modestement vêtu pour s'aventurer à l'extérieur en plein hiver, certains poussèrent de hauts cris. Cependant, Aloys fut dehors avant même que l'un d'entre eux n'eût eu le temps de l'en empêcher. Comme pour se rappeler à lui, le vent de janvier lui fouetta le visage d'une rafale. Il n'en avait cure. Les marchandises étaient là !

Guus était déjà en train de dénouer les cordes qui maintenaient la bâche sur la carriole. Ses grosses mains habiles défaisaient les ligatures avec une dextérité qui trahissait ses années passées dans la marine. Aloys s'approcha, un sourire enchanté greffé au visage. Il adorait cet homme sans âge en qui il avait toute confiance et qui – il était le seul – ne s'offusquait jamais à le voir faire peu de cas de sa santé et se comporter parfois avec l'impétuosité du jeune écervelé qu'il était encore. Cet homme bourru, mais bienveillant, était ce qui se rapprochait le plus d'un ami pour lui.

— Monsieur Binckes, vous voilà de retour, j'avais craint qu'il ne vous fût arrivé quelques infortunes, vous avez une journée de retard et le climat est si imprévisible dans cette contrée ! dit-il, d'un ton de soulagement.

Le gaillard grogna une phrase rassurante où traînait une pointe d'ironie débonnaire. Il n'était pas dupe. Guus savait que son maître n'avait, très honnêtement, que très peu d'inquiétude à l'envoyer faire de telles courses. Son impatience et ses craintes n'étaient, en fait, tournées que vers les merveilles venues des terres lointaines que rapportait son fidèle serviteur. Il acheva de défaire la bâche et l'ensemble de son butin apparut enfin aux yeux d'Aloys : sacs de graines, caisses remplies de terre desquelles pointaient les fragiles pousses de plants exotiques, bulbes et racines, tonneaux contenant peut-être des arbustes, coffres remplis assurément de livres, objets et autres trésors. La carriole était pleine à ras bord et Aloys en fut émerveillé.

Il détailla longuement ce qu'il voyait et porta les mains aux couvercles des caisses pour, si possible, en connaître le contenu. Des étiquettes et des pochoirs indiquaient des provenances, certaines barriques étaient bariolées d'écritures non latines. Il reconnut, sans pouvoir le lire, du chinois et du sanskrit[23]. Un flot d'images, tirées de ses lectures de récits de voyage, lui emplit l'esprit. Mais le brusque bruit d'une taloche suivie de réprimandes rustaudes le tira de sa contemplation. Il se retourna.

Guus, debout près des chevaux, tenait par le col un autre homme, dont Aloys ne voyait que le dos. Une tignasse châtaine tirant sur le roux, à peu près aussi hirsute que celle de son serviteur, aussi grand également, mais, de ce que son lourd paletot pouvait laissait deviner de sa silhouette, bien moins massif. L'inconnu se débattait comme un chat sauvage courroucé. Était-ce quelque maraudeur ayant suivi le chariot dans l'espoir de réclamer la charité aux gens du manoir ? Aloys fit un pas vers les deux hommes et Guus, le voyant arriver, relâcha sa poigne. L'homme se délivra d'un coup d'épaule et rétorqua d'une voix tranchante :

— C'est bon, vous pouvez cesser ! Je ne vais pas le dévorer, votre seigneur Van Leiden !

Aloys retint un rire et lança, avec une arrogance à peine feinte :

— Je ne crois pas, en effet, que vous me trouveriez un très bon goût. J'ai, à ce qu'il paraît, la tête un peu dure et la peau sur les os.

À cette phrase, l'homme se retourna vivement et son regard attrapa instantanément celui d'Aloys. Deux billes aux teintes de tempête, mouvant du gris au vert, s'ancrèrent à lui. Un incendie sous la glace. Aloys fut parcouru par un violent frisson.

— Vous êtes... C'est vous le maître Van Leiden ? ne sut que hoqueter l'inconnu, paraissant pour le moins surpris.

Aloys sentit que son corps, lui aussi, réagissait d'une manière étrange. Il aurait voulu attribuer ce malaise au froid de la matinée, à la frénésie de l'arrivée des marchandises, mais cela aurait été bien hypocrite. Tout son être ne faisait que répondre naturellement à la surprise qui l'avait agrippé en découvrant le visage de l'inconnu. Il connaissait cet homme ! Un regard comme celui-ci n'était pas une chose que l'on pouvait facilement oublier. Ces yeux, ils n'avaient pas changé, ils avaient la même hardiesse, la même insolence. Indomptables. Fiers. Une telle intensité, si claire, si pure, était soit horriblement effrayante, soit magnifiquement fascinante. Lui ! Comment le hasard pouvait-il créer pareille improbabilité ? Bien malgré lui, Aloys fut plongé instantanément dix ans en arrière, dans la brume nocturne du quartier portuaire d'Amsterdam, dans une ruelle boueuse, face à un bordel à marins, là où son destin avait pris le plus dramatique des virages. L'homme qui se tenait face à lui était un fantôme bien vivant de cette soirée-là, de ce passé-là, de cette terreur qui alimentait nuit après nuit ses cauchemars. Cet homme, qu'il n'avait fait que croiser si peu de temps ; cet homme, qui avait été l'étincelle du brasier qui avait dévasté sa vie, était face à lui.

Aloys resta plusieurs secondes incapable de dire un mot. L'inconnu se reprit bien plus vite que lui et, passant avec nervosité sa main dans sa barbe rouge feu, il enchaîna d'un ton contrit :

— Veuillez pardonner mon étonnement, *heer*[24] Van Leiden, je n'avais pas compris en vous voyant que vous étiez le maître des lieux. Je… j'ai été le capitaine du *Chat génois*, le navire sur lequel sont parvenues les marchandises que vous avez acquises. Monsieur Binckes a bien voulu me mener jusqu'ici pour que je prenne soin de ces variétés de plantes exotiques dont je connais l'entretien. Je peux rentrer à votre service pour une saison, si cela vous agrée.

Aloys détailla avec avidité l'allure du marin. De joliment inquiétant, cet homme mûri au soleil des aventures au long cours en était devenu captivant. Au détour des traits d'un visage que ne cachait pas entièrement la tignasse hirsute, il avait à présent cet air de pirate aguerri, ce bel aplomb de roi barbare. Un charisme à faire tourner les têtes, même sous les oripeaux d'un rat de fond de cale. L'homme semblait ne pas l'avoir reconnu. Mais après tout, quoi de plus normal ? Cela n'avait été l'affaire que d'une heure, finie si vite et de quelle manière ! Qu'était cette poignée de minutes dans la vie d'un marin de vingt ans ? Bien peu de choses, si ce n'était rien. Un gamin d'à peine dix-sept années séduit dans l'obscurité d'une ruelle n'avait aucune chance d'avoir pu marquer sa mémoire.

L'insignifiance indéniable de cette étreinte fugace, moment de soif très vite étanchée, sans sentiment aucun, explosa dans le cœur d'Aloys. Putride. Bas instincts. Fascination d'une première fois arrachée aux convenances. Cela n'avait été rien d'autre que de la luxure sordide, oubliée, comme il se devait, par au moins un des deux fautifs. Aloys réprima un nouveau frisson, de dégoût cette fois, plus pour lui-même et sa faiblesse passée, d'ailleurs, que pour son interlocuteur. Peut-être que c'était une manière pour le destin de l'éprouver, de lui permettre de tirer un trait sur son passé honteux, de lui montrer combien il n'avait été peuplé que de chimères. *La vie a parfois des cruautés subtiles*, lui disait souvent le docteur Kuntze. Aloys déglutit et finit, malgré le vertige qu'il l'étreignait, par regagner une attitude plus digne de son rang.

— Fort bien, je verrai, à l'aune de ce qui a été apporté aujourd'hui, si nous vous gardons. Et j'aurais en effet peut-être besoin d'un peu d'aide pour certains travaux qui demandent une technicité particulière. Je laisse donc Monsieur Binckes vous conduire à l'office, où vous pourrez vous restaurer.

Il se tourna vers Guus ; celui-ci le regardait en fronçant ses sourcils broussailleux. Aloys n'avait pas bonne figure. Le froid lui mordait la peau, il tremblait, il devait certainement être blanc comme un linge et le brave serviteur l'avait remarqué et s'en inquiétait. Le jeune maître garda son ton roide ; il ne tenait pas à passer pour un délicat auprès du nouveau venu.

— Il doit rester des chambres libres dans la dépendance que vous occupez, Monsieur Binckes. Vous pourrez y loger le capitaine, hum… ? demanda-t-il avec une certaine hauteur en se tournant vers son serviteur.

Guus n'eut que le temps d'ouvrir la bouche, car le marin, les traits adoucis d'un large sourire, ne résista pas au fait de répondre à sa place :

— Je me nomme Johan Turing et, si vous le désirez, je puis également vous faire le récit des expéditions qui ont permis de réunir cette cargaison. Je vous assure que je saurai me rendre utile, *heer* Van Leiden. Vous n'aurez pas à le regretter, déclara-t-il avec assurance.

Aloys aurait voulu répondre qu'il en doutait grandement. Rien qu'à l'effet que ce beau sourire venait d'avoir sur lui et qu'il n'avait pu s'empêcher de rendre, comme en présence d'un ami cher enfin retrouvé. Un réflexe d'intimité bien peu opportun vis-à-vis de ce presque inconnu. Et l'éventualité de rester des heures au calme d'une cheminée à écouter cet homme ensorcelant narrer ses expériences d'au-delà des mers aurait eu de quoi l'inquiéter davantage, s'il n'avait pas été aussi spontanément enthousiaste à cette idée ! Le combat qu'il allait devoir mener en son for intérieur contre sa propre nature corrompue risquait d'être éprouvant. Cette perspective le laissa quelques secondes en proie à la plus grande confusion. Quand soudain, ses pensées furent tranchées net par une voix rêche :

— Mais, enfin, comment a-t-on pu vous laisser sortir dans un accoutrement pareil en plein hiver ! C'est impensable !

Le docteur Kuntze.

Le praticien était vêtu, comme à l'accoutumée, d'un costume noir ajusté qui donnait à sa silhouette une raideur d'échassier. Son cou était assujetti par un col de dentelle blanche[25]. Son regard perçant et son visage tout en creux et rictus achevaient d'asseoir chez lui une impression d'intransigeance et d'austérité. Aloys ne fut pas autrement surpris de le voir au manoir de si bonne heure. Il n'était pas rare que le docteur passât sans se faire annoncer pour prendre de ses nouvelles. Il connaissait tout le personnel de la maison et faisait maintenant presque partie de la famille, comme il aimait à le répéter.

— Regardez-vous, vous êtes près de défaillir de froid ! Ces messieurs n'ont donc aucun sens commun de vous laisser ainsi affronter les éléments avec si maigre vêture sur le dos, et d'ailleurs, sont-ils à ce point empotés qu'il vous faille maintenant inspecter les livraisons à leur place ? ajouta le docteur avec moins de véhémence que de dédain à l'endroit du capitaine Turing et de Guus, qui se tenaient aussi raides l'un que l'autre.

Aloys vit le visage de Johan Turing se fermer instantanément. Guus Binckes sortit sa pipe de sa poche et entreprit de la bourrer de tabac avec nonchalance pour montrer combien il méprisait les remarques acides du médecin. Il détestait Kuntze depuis toujours et ne s'en cachait pas. « Kuntze la charogne », l'appelait-il malgré les réprimandes constantes de son jeune maître. Johan Turing, à ses côtés, ne put réprimer un petit sourire entendu, qu'Aloys ne manqua pas de saisir. Le marin semblait être un esprit fin. Il avait sans doute compris les interactions sociales à l'œuvre en cet instant. Et son parti semblait déjà pris.

Aloys frissonna. Un homme comme lui, habitué à la liberté des océans, n'aurait que du mépris pour les règles et les lois d'une vie vertueuse. Accepter de le loger, c'était mettre le démon sous son toit. *Mais*, lui souffla sa curiosité, *cet aventurier au long cours doit avoir vu tant de choses... vécu tant de choses !* Un tel savoir serait certainement d'une grande aide dans son projet de collection de plantes, lui qui n'avait, jusqu'à présent, pu que les étudier sous forme d'herbiers. Aloys tenta de se rasséréner : il saurait se faire respecter et puiser les connaissances à la source, même si cette source était entourée de ronces ! Naïves résolutions, bien vite regrettées : lorsque le beau capitaine plongea crânement son regard dans celui d'Aloys, ce dernier sentit la chaleur lui monter aux joues et sa jambe se raidir de douleur. Voilà ce que lui avaient déjà coûté les tentations de la curiosité. Une infirmité à vie et des fantômes qui guettaient aux portes de sa mémoire à chaque instant. Il serra les dents.

— Vous avez raison, Docteur, je vais rentrer, déclara-t-il d'un ton glacial en s'écartant du marin avec raideur.

La soudaine expression offensée que prit le capitaine Turing n'échappa pas à Aloys. Cela lui fit l'effet d'un gravier lui roulant dans le cœur. Sensiblerie absurde qu'il décida d'étouffer. Sans se retourner, il ajouta :

— Merci, Guus, pour votre peine. Je viendrai examiner vos trouvailles cet après-midi. D'ici là, merci de les entreposer dans la serre.

Il se dirigea, d'un pas moins assuré qu'il l'aurait voulu, vers le docteur Kuntze. Celui-ci lui tendit un bras sec pour qu'il s'y appuyât et l'aida, avec forts effets de bienveillance, à regagner l'intérieur sombre du manoir. Aloys ne vit pas le sourire de satisfaction qui marqua durant un instant, à la manière d'une cicatrice grotesque, le visage du médecin. Lorsque la grande porte du hall se referma dans un bruit lourd et sentencieux, Aloys eut l'impression que l'on venait de le jeter en prison après plusieurs heures de tortures. Un épuisement nerveux particulièrement accablant venait de s'abattre sur lui. Son trouble devait se lire avec évidence sur son visage, car le docteur ne manqua pas de prendre un ton sévère pour lui assener :

— Vous me décevez beaucoup *heer* Van Leiden, un tel comportement irresponsable n'est pas digne de l'homme vertueux que vous êtes devenu. Vous exposer ainsi, c'est tenter le démon.

Aloys soupira, se redressa et lâcha le bras de Kuntze pour saisir la rampe de l'escalier menant à sa chambre.

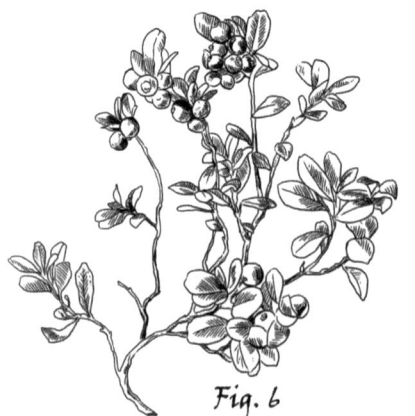

Fig. 6

— Je vous prie d'excuser ce manquement. Je prendrai garde à l'avenir à me couvrir davantage avant de m'exposer aux frimas de l'hiver, je vous le promets, Docteur, offrit-il avec lassitude.

La réplique du médecin se fit cinglante :

— Je ne parlais pas de cela, et vous le savez, *heer* Van Leiden.

Aloys monta une première marche, s'arrêta, puis répondit d'une voix noyée de résignation :

— Vous avez raison, Docteur… de « cela » aussi, je prendrai garde.

CHAPITRE QUATRIÈME

La chambre était modeste, mais plaisante, avec sa minuscule cheminée, sa table de chevet, sa commode et sa fenêtre en chien assis qui donnait sur le parc de la propriété. Il faisait presque chaud, l'air était sec. C'était un bonheur sans mesure pour celui qui avait connu l'humidité pénétrante des cales où l'on doit tenter de dormir même les vêtements mouillés !

Johan jeta son baluchon sur le lit couvert de draps frais et commença à le vider. Sa besace contenait le peu d'objets auquel il était attaché et qu'il était parvenu à conserver durant ses années de voyages : une boussole ayant appartenu à son père, son couteau, deux carnets de voyage couverts de notes et de croquis, des sachets de médecine orientale, une pierre à encre offerte par un amant chinois qui avait était fasciné par ses yeux clairs, et enfin une chemise et un pantalon qui n'en finissaient plus d'être reprisés. Il avisa ces derniers avec scepticisme. Il allait devoir trouver un moyen de se vêtir de propre, si ce n'était de neuf, pour ne pas être relégué au rang des mendigots dans cette demeure cossue grouillant de domestiques. N'était qu'à l'office, Johan avait compté une cuisinière, un valet et deux bonnes, ainsi que trois gamins qui devaient servir d'aides. La propriété, pour ce qu'il en avait vu, était étendue et bien

Fig. 7

entretenue. Plusieurs dépendances ponctuaient le jardin, dont celle qu'il occupait à présent, qui était située juste à côté d'une grande serre flambant neuve. Dans le parc, de beaux arbres poussaient, certains, vénérables, d'essences indigènes, d'autres, plus jeunes, étaient de variétés aussi diverses qu'incongrues sous ces latitudes. Rien qu'autour de la serre, le marin avait croisé deux cèdres bleus du Levant et un ginkgo. Ce dernier, même sans feuilles, était immanquable avec ses branches étrangement perpendiculaires au tronc. En voir un en Europe lui donnait une impression de dépaysement fort étrange. Cet arbre était originaire du très lointain Japon, Johan en possédait même une feuille dorée séchée entre les pages d'un de ses carnets. Elle avait la réputation d'apporter la richesse – cela restait encore à prouver dans son cas.

« Faire pousser des choses qui ne sont pas d'ici », c'était là la marotte de Maître Van Leiden, lui avait-on dit. Johan s'assit sur le lit, pensif. « Maître Van Leiden ». C'était donc lui. C'était lui le collectionneur de babioles duquel il avait cru se faire le portrait ? Et quel portrait ! Il avait imaginé un excentrique, nobliau frustré, au crépuscule de sa vie, passant son temps et sa fortune à entasser des trésors sur des étagères poussiéreuses, un ventripotent, portant perruque poudrée de surcroît. Quelle image ridicule ! Le marin se mit à sourire à ses propres préjugés. Ô combien cette description était loin du compte ! Quand il avait vu paraître ce beau jeune homme sur le perron, semblant à peine plus vieux qu'un mousse, ses boucles blondes ébouriffées par le vent, une silhouette tenant du paradoxe de la fragilité alliée à la volonté et ce sourire à nul autre pareil éclairant un visage aux traits désarmants de curiosité, Johan avait senti son cœur se heurter à sa raison. Il ne savait quoi, de ces lèvres vermeilles ou de ces yeux éclatants, l'avait le plus charmé. Était-il un jeune précepteur des hypothétiques enfants de la maison ? Un secrétaire particulier ? Habillé ainsi, avec la simplicité d'un garçon d'écurie et dans la voix tout le naturel d'une personnalité entière et humble, ce jeune homme lui avait paru si accessible que Johan n'avait pas un instant pensé être en présence du maître des lieux, dont il s'était fait précédemment une image si peu flatteuse. Cette apparition du petit matin, après la nuit détestable qu'il venait de passer, l'avait laissé sans voix, médusé comme un puceau rougissant, incapable de faire un geste pour le saluer. Heureusement que le jeune maître avait semblé totalement ignorant de sa présence, trop occupé à fondre sur Guus et son chargement pour remarquer le pauvre hère en loques et hirsute qui accompagnait les marchandises. Quelle impression douteuse il avait dû faire, d'ailleurs, lui qui ne s'était pas rasé ni coupé les cheveux depuis un mois !

Cela dit, quelle importance ? Johan avait encore en travers de la gorge la répugnance avec laquelle *heer* Van Leiden s'était écarté de lui à l'arrivée du vautour qui lui servait de chaperon. Celui-là avait tout du dévot assoiffé de vices, propre à vous faire fouetter pour la moindre parole impudique. L'homme semblait rogue et prompt à vouloir le faire chasser à la première incartade. Il l'avait lu dans ses yeux : cette ombre de mépris caractéristique. Rien que de très commun, hélas ! Les gens de mer étaient, il le savait, universellement perçus comme des ivrognes et des gredins par la bonne société[26]. De plus, autre indice s'il en fallait un : le sieur Guus semblait ne pas apprécier cet homme. Johan se fit la promesse de se méfier du docteur comme de la peste.

Toutefois, intervint son cœur, dans les yeux azur du jeune Van Leiden, il y avait eu, un moment, cette étrange lueur, cette émotion fugace qui lui avait remué l'âme. Son léger sourire portait l'ombre d'une souffrance passée. Une fêlure joliment attirante… *Bah !* se morigéna-t-il, *le dédain qui a fini par voiler ce beau regard est bien suffisant pour que je garde mes distances.* La curiosité et le désir n'étaient pas de bon ton à terre, et il devrait s'en garder jusqu'à nouvel ordre. Des rumeurs lui étaient parvenues de bûchers de sodomites[27] ayant eu lieu durant ses années d'absence. Après les ravages du roi-tyran français[28], la belle patrie humaniste qui avait accueilli ses parents fuyant les dragonnades[29] ne semblait, hélas, plus être une terre de tolérance. Il faudrait qu'il veillât à ne pas attirer sur lui les superstitions et les jalousies. Il était trop heureux d'avoir trouvé un refuge pour l'hiver, il n'allait pas tout gâcher en déclenchant une de ces révolutions dont il s'était fait l'habitude. Son caractère, qui tanguait de temps à autre entre le taciturne et l'emportement, l'avait poussé plus souvent qu'à son tour dans des situations inextricables. Cette fois, il comptait éviter les problèmes.

Dehors, le vent n'avait pas cessé de souffler. Le ciel était gris-blanc, triste, à l'image de ce manoir où, pour un début d'après-midi, il n'y avait pas grand bruit ni grande activité. Ce lieu respirait le tombeau fermé au monde. Et pourtant, son propriétaire avait dans les yeux des horizons de mers immenses aux couleurs d'un ciel sans nuages. Johan poussa un soupir de fatigue. *Quelle journée...*

Il s'allongea sur le lit, tout habillé, pour se reposer un instant. Il ferma les yeux. Les dernières heures qu'il venait de vivre tournaient en boucle dans son esprit épuisé. Le marin sombra malgré lui dans un profond sommeil.

***

De la brume de ses rêves surgirent des lèvres avides, brillantes de désir. L'ombre de la lune sur des paupières closes par un saisissement de douleur et de plaisir mêlés. Les traits d'un visage masqué par la nuit. Un souffle, des gémissements. Et ses propres mains empoignant un corps vif parcouru de frissons, le goût de la peau douce et délicate sous sa langue, quelque chose de violent dans ses tripes, essentiel et unique... Intense, comme si cette étreinte était primordiale, exigée par une volonté céleste à laquelle il ne pouvait échapper.

Mais le bruit dans la ruelle.

Mais des pas, des cris, d'autres hommes qui s'approchent, qui séparent les corps et brisent l'union interdite, qui entraînent l'inconnu. L'irréelle sensation d'arrachement de son âme et la colère qui monte devant une porte qui se claque. Des mots hurlés, sales, durs et des coups qui pleuvent, et un lendemain de réveil tuméfié au froid des pavés d'un quai solitaire...

***

Johan se réveilla d'un bond. Totalement désorienté, l'ex-capitaine manqua de tomber du lit, qui n'était pas très large, et se rattrapa à la table de chevet. Il mit plusieurs minutes à retrouver ses esprits. Des bribes de cauchemar lui revenaient, aussitôt oubliées. Une scène vécue la veille de son embarquement à bord du *Chat génois*, enterrée depuis dix ans dans sa mémoire, avait choisi ce deuxième jour de retour au pays pour affleurer. Il essaya d'en agripper les lambeaux de souvenirs, mais à présent la brume du sommeil les masquait tout à fait.

Johan se passa la main sur le visage et ses doigts rêches s'emmêlèrent dans sa barbe hirsute. La nuit était tombée sur le jardin, il avait dû dormir plusieurs heures. Faire une longue sieste le jour de son arrivée n'était pas du meilleur effet. Il se leva, le pied peu sûr sur ce plancher trop stable après des années de tangage, et se décida à descendre dans la salle de stockage des jeunes plantes au-dessus de laquelle était située cette chambre. Des voix lui parvinrent depuis l'étage inférieur. Il s'arrêta, silencieux, pour écouter.

— C'est donc lui qui vous a dit de transférer les caisses dans cette pièce ? demanda une belle voix claire.

— Oui, il avait l'air d'être affusté[30], alors j'l'ai pas contredit. C'était pas comme ça que vous auriez voulu ? J'peux aller le sortir de son pucier pour qu'il les remette à vot' goût si c'est vot' volonté, Maître Van Leiden.

Un rire attendri résonna dans la pièce et fit faire un rebond inattendu au cœur de Johan. Aloys Van Leiden était donc venu inspecter les marchandises.

— Non, laissez-le dormir, il doit sans doute avoir du sommeil à rattraper. Par ailleurs, il a eu raison de stocker les nouvelles plantes ici. Elles vont pouvoir s'acclimater à une température de transition avant de rejoindre la serre. Ce bon réflexe en a certainement sauvé plus d'une. Je devrais plutôt penser à le remercier lorsqu'il sera levé.

Johan sourit, flatté. Il s'apprêtait à descendre rejoindre les deux hommes pour recueillir les compliments, quand la conversation reprit, le stoppant dans son élan.

— N'en faites rien, Maître Van Leiden ! C'est un sacré caractère, et têtu comme une bourrique. Si vous voulez mon avis, faut pas trop i' laisser la bride lâche ou sinon vous allez retrouver vot' carriole dans le fossé, comme on dit. Et, c'est p't-être point un viédase[31], mais, sauf votre respect, Maître Van Leiden, la jugeote, ça fait plus souvent des bonheurs compliqués que des joies simples. Faut pas vous laisser intriguer par ce marlou-là, grommela l'homme à tout faire, naturellement grincheux autant que prompt au conseil.

Johan grinça des dents. Cette réflexion était, malgré son caractère irritant, d'une remarquable justesse. En effet, il avait pu constater que sa capacité à se fourrer dans les ennuis était souvent liée à sa trop grande perspicacité.

— Mon brave Binckes, vous avez en vous la sagesse innée et c'est, de fait, bien plus précieux que toutes les pages de mes livres de science. Je me montrerai prudent, je puis vous l'assurer. Mais dites-moi, quelle toquade vous a pris d'amener cet homme ici alors que, j'en suis certain, vous avez pressenti qu'il n'est pas la moins mystérieuse des étrangetés que vous m'avez rapportées, et je ne parle pas de son apparence d'homme des bois !

Johan, par orgueil, avisa sa tenue. En effet, elle n'était pas de la dernière élégance. Il se passa la main dans les cheveux, mais sa tignasse revêche n'en fut pas domptée pour autant et cette barbe de maraudeur devait lui donner bien plus que son âge, ainsi qu'une allure à faire peur. Sans parler de l'hématome qui devait lui maquiller la mâchoire ! Ses vêtements froissés et tachés, aussi bien que toute sa personne, méritaient sans doute un bon décrassage. Il se tint un peu penaud sur la marche de l'escalier en attendant la réponse de Guus. Le serviteur grommela, puis finit par parler sur un ton soudain particulièrement bienveillant, qui rappela à Johan la voix de son père quand, tout gamin, celui-ci le faisait asseoir sur ses genoux pour lui apprendre à lire sur de vieilles cartes de marine :

— Maître Van Leiden, vous savez c'que je pense de la vie qu'vous vous imposez ici. Moi, ça me va, parce que j'en ai vécu tellement qu'j'ai l'envie à mon âge de rester à quai, mais vous, vous avez b'soin de voir des choses, de connaître des gens et de vivre les aventures dont vous rêvez. Alors, que j'me suis dit : si votre p'tite infirmité vous retient ici, c'est à l'aventure de v'nir à vous, et ce gars-là, il a un drôle de feu dans le regard qui m'a fait accroire qu'il saurait vous l'apporter.

Johan avala sa salive, c'était un drôle de compliment qu'il venait d'entendre. Les paroles de cet homme franc et visiblement estimé de son maître semblaient, en écho, l'avoir investi lui, Johan Turing, d'une mission d'importance : celle d'éveiller l'âme de ce jeune homme. Était-ce vraiment cela que l'on attendait de lui ? Il tendit l'oreille de nouveau.

Il y eut un bruit d'étoffe que l'on étreint et une sorte de hoquet de surprise suivi d'un soupir bonhomme. Puis, quelques secondes plus tard, des paroles échangées très bas, que Johan n'entendit pas, mais où transparaissait une certaine émotion. Il se décida à prendre son courage à deux mains et descendit enfin l'escalier qui craqua sous ses bottes. Au bruit qu'il fit, les deux hommes étaient déjà tournés vers lui lorsqu'il arriva au bas des marches.

Guus l'accueillit d'un : « Ah, bin la v'là not' princesse endormie ! », qui arracha une toux amusée à Johan. Il dédaigna de répondre à la boutade rustaude et préféra saluer le maître des lieux, dont il remarqua immédiatement les yeux particulièrement brillants.

— Un peu hirsute pour une princesse, commenta le jeune Van Leiden avec un sourire gentiment moqueur.

Cet air d'espièglerie légère lui allait bien.

— Apprenez, *heer* Van Leiden, que j'ai croisé des princesses autrement plus étrangement accoutrées que mon humble personne, renvoya Johan en fourrageant dans sa barbe.

— « Humble », vraiment ? souligna le jeune homme en levant les sourcils avec scepticisme. J'ai appris depuis longtemps à me défier de l'habit qui ne fait pas toujours le moine. Et d'ailleurs, si l'on en croit votre cas, l'habit ne fait pas, j'ose l'espérer, le pilleur d'épaves qui n'a pas vu un savon depuis des années… même si j'avoue que c'est très bien imité.

À cette réplique, Johan resta un instant pantois, il brûlait de rendre insolence pour insolence, juste pour tester les limites de cette naissance de camaraderie si désarmante, si attirante. Mais là n'était pas sa place. Il préféra baisser les yeux et se contenta de répondre avec contrition :

— Je veillerai au plus tôt à rectifier mon apparence, *heer* Van Leiden. Souhaitez-vous que je vous fasse l'inventaire des marchandises que vous avez acquises ?

Le jeune homme prit un instant avant de lui répondre, ce qu'il fit avec un ton soudain redevenu très distant :

— Non. Il est tard et j'ai des obligations pour ce soir. Nous verrons cela une autre fois, je vous laisse le temps de prendre vos marques. N'hésitez pas à parcourir le domaine, il y a sans doute des essences d'arbres que vous reconnaîtrez d'un de vos voyages.

Là-dessus, il se tourna vers Guus, qui avait entrepris de vider le contenu d'un tiroir de bahut sur la table et farfouillait dedans avec conviction en faisant un barouf de tous les diables.

— Monsieur Binckes, pourriez-vous trouver au capitaine Turing de quoi se laver et se vêtir de propre ? Si besoin est, demandez à Mademoiselle Aniek, elle sera ravie de vous venir en aide, conseilla *heer* Van Leiden en terminant sa phrase d'un ton affectueux.

Le serviteur arrêta net son tintamarre et grogna une réponse en rougissant légèrement, à la grande stupéfaction de Johan. Ce dernier salua le maître du domaine d'un mouvement de tête déférent lorsque celui-ci quitta la dépendance pour regagner le manoir.

***

Ce soir-là, alors qu'il revenait des cuisines où il avait pris un copieux dîner en compagnie des domestiques, Johan croisa, en traversant la cour, un beau cabriolet blanc tiré par deux chevaux. Il s'arrêta devant la porte de la dépendance et attendit, curieux, d'en voir les occupants. Le docteur Kuntze, macabre dans ses habits de bigot, mit pied à terre en premier, puis aida galamment une superbe dame vêtue d'une robe de velours noir brodé de discrets fils d'argent et drapée d'une cape doublée d'une fourrure de loup grise. Avec ses magnifiques cheveux blond cendré et son chapeau garni de plumes noires, elle ressemblait à une reine en deuil. Élégante et altière, elle devait avoir à peine une trentaine d'années, et les détails de sa vêture indiquaient qu'elle sortait d'un veuvage récent[32]. Ils se dirigèrent vers l'entrée du manoir dont la large porte, éclairée de deux flambeaux, était ouverte. Aloys Van Leiden se tenait sur le perron de pierres. Portant perruque et habillé comme un noble d'une veste de brocard bleu et de bas de soie blancs sur des souliers à boucles dorées, il accueillit la dame d'un baisemain. Quelques paroles mièvres de salutation furent échangées. Le jeune maître avait toutes les apparences de l'hôte parfait tout à la joie de recevoir : un sourire poli greffé au visage et la voix chaleureuse. La dame, elle, fit montre de la plus radieuse joie feinte. *Les apparences…* Johan fit une grimace et se désintéressa de la scène ; les convenances et les mondanités l'avaient toujours profondément ennuyé. Il poussa la porte de la dépendance d'un coup d'épaule, qui grinça en s'ouvrant, et il monta se coucher.

***

Février s'ouvrait sur une magnifique journée de soleil[33]. Le vent froid n'était pas encore tombé, mais le ciel bleu avait ce chatoiement printanier particulier qui décida Aloys à enfin mettre le nez dehors. Une semaine venait de filer sans qu'il eût trouvé le temps de descendre voir les nouveaux plants stockés dans la dépendance.

« Trouver le temps » : mensonge que cela ! Son hésitation à assouvir sa curiosité n'avait aucun rapport avec les contraintes fort clairsemées de son agenda. Outre le docteur Kuntze qui s'était fendu de trois visites successives ces derniers jours, il n'avait reçu personne depuis la venue de la Dame de Wijs. Non, autant qu'il l'admette : c'était la lâcheté qui le retenait. Pourtant, il brûlait de curiosité. Il voulait découvrir plus attentivement ces merveilles, dessiner certaines pousses, étudier les racines et les graines. Mais pour cela, il lui fallait se confronter au capitaine Turing et cela le terrifiait. Oh, l'homme lui-même ne lui faisait pas peur, Aloys n'était plus, depuis longtemps déjà, un gamin impressionnable fuyant les coups de férule[34] ! Non, c'était son propre corps, c'étaient ses propres réactions en présence de cet homme ensorcelant qu'il craignait. L'irrépressible attirance, la fascination pour cet inconnu si intimement connu par le passé dont le regard brillant venait hanter ses nuits depuis une semaine. La situation était absurde. Après tout, il n'avait qu'à le renvoyer plutôt que de faire pénitence ainsi ! Cependant, il ne parvenait pas à s'y résoudre, quelque chose, comme une voix intérieure, l'en dissuadait.

Il grommela contre lui-même et ses lubies sibyllines en enfilant ses bottes fourrées. Pour se lever, il s'appuya sur son bureau. Avec le froid, les douleurs dans sa jambe ne cessaient de le tourmenter et sa claudication était bien plus apparente.

Il descendit avec difficulté l'escalier principal. Peut-être que la récente invention venue de la faculté de médecine de Paris[35], dont lui avait parlé le docteur Kuntze, ferait des miracles. Aloys l'espérait, par intérêt pour les progrès de la science et sans doute un peu par orgueil. Il ne voulait pas passer pour un pitoyable infirme auprès du fier capitaine Turing.

Une fois dans la cour du manoir, il resta un instant à observer les bâtiments de la serre. Il en était fier, elle était de la dernière modernité avec son système de chauffage situé sous les dalles du sol. Il avait suivi à la lettre les conseils de Pieter de la Court[36], son presque voisin dont les domaines s'étendaient non loin de la ville de Leyde. Aloys avait fait construire, comme lui, le bâtiment principal avec sa haute façade vitrée tournée vers le sud pour capter le maximum de rayons du soleil. Il avait veillé à n'utiliser que du bois pour les châssis, le fer étant trop fragile, et un verre spécial, très résistant, fabriqué dans la région : le *Gilde glas*, dont la couleur jaune était caractéristique. Tous les autres murs étaient en briques. La paroi nord s'appuyait sur la dépendance. Cette dernière servait de lieu de stockage, d'étude et de zone d'acclimatation des plantes. Il fallait nécessairement la traverser pour se rendre dans la serre, par ce biais, on évitait les déperditions de chaleur. Deux chambres et un bureau avaient été conservés au premier étage. C'est là que logeaient Guus… et Johan Turing.

Aloys prit une profonde inspiration avant de pousser la porte de la dépendance. Sans frapper, il entra et resta un instant sur le seuil. Dans la pièce, encombrée par les sacs, tonneaux et caisses de marchandises, il y avait assez peu de lumière. Un bureau rustique, constitué d'une planche posée sur deux tréteaux, avait été poussé contre une sorte de fenêtre close par un papier huilé, qui laissait passer la luminosité venant de la serre. Johan Turing était là, assis, en train d'écrire, se tenant dos à la porte d'entrée. Aloys eut à peine passé le seuil que le marin lança d'un ton de reproche et sans se retourner :

— Revenez plus tard, ce n'est pas le moment ! Et fermez cette foutue porte, palsambleu !

Aloys se figea. Évidemment que la rebuffade ne lui était pas vraiment adressée, le marin croyait certainement que l'importun était un domestique venant lui demander de l'aide. Cependant, il ne put s'empêcher de se sentir vexé par l'accueil peu amène de son employé et rétorqua d'un ton pincé :

— Vous me voyez navré que votre séjour dans ma demeure vous soit aussi désagréable, capitaine Turing. Peut-être puis-je vous conseiller une auberge des environs où vous serez mieux traité ?

Aux premiers mots qu'il prononça, il eut le plaisir, un peu cruel, de voir le susnommé se lever d'un bond en bousculant le tabouret sur lequel il était assis.

— *Heer* Van Leiden, je vous prie de m'excuser, je ne vous attendais pas. Croyez bien que si j'avais su que vous…

Le reste de la phrase se perdit dans les limbes de l'esprit d'Aloys qui, à l'instant où Johan Turing s'était relevé, avait vu toute pensée cohérente le quitter. Visiblement, la semaine écoulée avait été, fort judicieusement, employée par le capitaine à reprendre une allure civilisée. Disparues la barbe rousse de flibustier et la tignasse de faune. Bien visibles à présent : les angles d'un visage aiguisé par les embruns, les traits fiers et empreints de noblesse, les lèvres fines et la ligne de la mâchoire, du cou, de la gorge qu'Aloys suivit, malgré lui, des yeux jusqu'à la naissance d'un torse joliment hâlé, rendu visible par le col ouvert d'une chemise de lin blanc.

—… et vous montrer le résultat si vous le souhaitez. *Heer* Van Leiden ?

Le ton interrogatif sortit un peu brusquement Aloys de sa contemplation. Le capitaine avait à présent un discret sourire impudent au coin des lèvres. Aloys déglutit. Cet homme avait le don de le faire se sentir profondément ridicule.

— Oui, faites, je vous prie, répondit-il rapidement et un peu au hasard, ne sachant pas réellement ce qu'il lui était demandé, mais ne voulant pas passer pour un simple d'esprit.

Le visage du capitaine s'éclaira d'un sourire plus appuyé encore et Aloys comprit qu'il n'avait pas fait illusion.

— Dans ce cas, si vous voulez bien vous approcher, j'ai ici le premier inventaire, enchaîna Turing en lui désignant le bureau.

Aloys affermit la main sur sa canne et contourna la grande table au centre de la pièce pour ensuite atteindre le coin sobrement éclairé. Son regard évita soigneusement celui du capitaine. Ce dernier l'invita à s'asseoir sur le tabouret qu'il venait de redresser, mais, par fierté, Aloys déclina la politesse. Il sentit que son refus, peut-être un peu rêche, avait raidi les manières du marin lorsqu'il entendit le ton affreusement doctoral que celui-ci adopta pour commencer ses explications :

— Bien, comme vous le voyez, j'ai établi un inventaire par lieu et altitude du prélèvement, ensoleillement, nature du terrain et température ambiante. Vous trouverez dans la colonne de droite les noms indigènes de ces variétés. Je ne connais pas leur nom latin, si tant est qu'elles en aient un. J'ai presque terminé les caisses et tonneaux, et je pensais commencer l'estimation des sacs, si du moins vous...

— Un instant je vous prie, vous avez dit que vous aviez fait un inventaire par critères de prélèvement, mais comment avez-vous retenu toutes ces informations, vous connaissez les caractéristiques de ces plants par cœur ? Il y en a des dizaines de variétés ! l'interrompit vivement Aloys.

Le marin eut un rire gêné. Il lui désigna une des caisses les plus proches du bureau, laquelle était couverte d'étiquettes écrites dans les langues les plus diverses.

— Non, j'ai simplement recopié les informations notées ici. Elles sont placées là dans ce but à vrai dire...

Aloys avisa l'ensemble des contenants présents dans la pièce. Très rares étaient les étiquettes écrites en alphabet latin. Il se tourna, abasourdi, vers son interlocuteur.

— Vous savez lire le sanskrit ? demanda-t-il, dubitatif.

— Le sanskrit, très peu, j'ai de meilleures bases en persan et en chinois[37], et je parle couramment le japonais, car mon navire a mouillé à Dejima pendant trois ans.

Le ton était factuel, mais derrière cette sobre modestie, un éclat de fierté brillait. Aloys en fut d'autant plus charmé que le marin n'en profita pas pour fanfaronner. Emporté par sa curiosité, il l'assaillit de questions, si bien que le capitaine finit par lui proposer de lui apprendre à reconnaître certains caractères asiatiques, notamment ceux signifiant des chiffres afin de l'aider à terminer l'inventaire.

***

Ainsi, la matinée passa au fil des explications du capitaine Turing, qui naviguait avec aisance entre inventaire scrupuleux et digressions linguistiques, récits de voyages et conseils horticoles. Cet homme parlait de l'océan comme d'un grand champ ouvert où il avait été accoutumé à courir, librement. Cela paraissait un conte de fées pour Aloys, qui buvait ses mots comme un assoiffé. Il en aurait presque oublié de déjeuner si le carillon de la vieille horloge de Guus, cachée par une pile de sacs de bulbes, ne les avait pas interrompus et fait revenir brusquement à la réalité. Il ramassa sa canne posée non loin et, après avoir remercié son professeur improvisé, se décida à quitter la dépendance pour regagner le manoir. Il n'avait qu'une hâte, c'était de coucher sur le papier tout ce qu'il avait appris. Il allait également lui falloir identifier tous les noms savants des plantes rapportées, pour cela il commencerait par…

Porté par son enthousiasme, Aloys continua à haute voix ses plans et réflexions tandis que le marin le raccompagnait à la porte.

— Je devrais descendre ici plusieurs herbiers que j'ai dans mon cabinet de travail, nous comparerons vos descriptions avec les croquis qui s'y trouvent et il faudra également que j'aménage un endroit pour dessiner. Peut-être près de ce bureau. Nous verrons ensemble, Johan, si la lumière ne vous...

Aloys stoppa net sa phrase. *Johan* ! Il venait de l'appeler « Johan », comme s'il parlait à un ami intime, comme si son cœur avait décidé que la barrière des politesses froides était encore de trop entre leurs deux âmes si rapidement captivées l'une par l'autre. Et le capitaine n'avait pas manqué de saisir cette petite trahison de sa bouche, à en croire le bref éclair de surprise qui venait de passer sur ses traits. Poli, il ne releva pas et ouvrit courtoisement la porte à son élève d'un jour et employeur. Le vent froid s'engouffra dans la pièce attiédie par le voisinage de la serre, et Aloys ne put refréner un violent frisson. Il porta la main au col de son gilet de laine pour se protéger la gorge avant de gagner l'extérieur, mais Johan le retint par le bras.

— Attendez un instant, vous ne pouvez pas sortir comme ça.

Le marin alla aussitôt se saisir de son paletot posé sur la table et vint en couvrir les épaules d'Aloys avec galanterie. Celui-ci n'eut pas le temps d'être surpris. En un instant, il fut englouti par le parfum chaud de vieux cuir et d'embruns salés qui émanait du manteau. C'était l'écho sensuel de toute l'intimité de cet homme, l'haleine d'une vie de dangers et d'aventures. C'était cette odeur entêtante de mâle, la même que cette nuit-là, la même que celle de ses cauchemars. Aloys eut un sursaut douloureux qui lui raidit jusqu'à l'épine dorsale. Il repoussa le vêtement avec une grimace de dégoût. Le paletot tomba au sol. Johan se figea, les mâchoires serrées.

Aloys fut affreusement embarrassé de la réaction épidermique qu'il n'avait pu maîtriser, mais trop remué encore par cette morsure surgie du passé, il ne sut que balbutier avec une amertume navrée :

— Je... je n'ai pas froid, et vous n'avez pas à me traiter avec autant de... de...

Il voulait dire de galanterie, d'empressement, de séduction, mais cela aurait été trahir davantage sa gêne. Le capitaine ramassa son manteau et l'épousseta sommairement avant de le reposer où il l'avait trouvé.

— J'ai compris, vous n'êtes pas une fleur délicate, commenta-t-il, renfrogné.

Aloys fut piqué par le choix lexical ironique et, en une seconde, passa de mortifié à vexé.

— En effet, je ne dois pas être loin d'avoir votre âge, capitaine Turing, et votre galanterie condescendante vis-à-vis de l'homme que je suis est tout à fait déplacée. Vous en avez conscience ? assena-t-il avec hauteur.

Fig. 8

Johan leva les sourcils et prit un instant pour le considérer de la tête aux pieds.

— Si j'ai conscience... que vous êtes un homme ? demanda-t-il d'un ton badin.

— Oui... Non ! Attendez, ce n'est pas ce que... s'embrouilla Aloys.

— Oh, croyez-moi, *heer* Van Leiden, j'en ai bien conscience, le coupa le marin en accompagnant sa remarque de l'un de ses petits sourires insolents et irrésistibles.

Aloys sentit le rouge lui monter aux joues. Que répondre à cela ? Incapable de trouver une réplique suffisamment cinglante, il le fusilla du regard, puis poussa un soupir exaspéré avant de sortir en fulminant.

Bouillant de colère comme il l'est, il ne risque pas d'attraper froid en traversant la cour, au moins ! se dit Johan en refermant la porte.

CHAPITRE CINQUIÈME

Cela faisait maintenant plus de deux mois que Johan avait posé ses bagages au manoir Van Leiden. Mars allait se clore sur les dernières gelées, et une odeur de printemps flottait déjà dans l'air lorsqu'il ouvrit, ce matin-là, la fenêtre de la chambre qu'il occupait. Il avait encore du mal à en parler comme de « sa » chambre. Pour le marin qu'il était : il n'y avait pas de foyer, que des ports d'attache. Pour autant, un sentiment diffus commençait, malgré lui, à gagner son cœur. Celui-ci entrait progressivement en communion avec ce lieu où il avait trouvé un accueil et une bienveillance auxquels il n'était pas habitué. La plupart des domestiques, après un temps de méfiance fort prévisible, l'avaient accepté. Certains avec visiblement moins de bonne volonté, comme Dorus, le valet du maître, personnage mutique et dédaigneux, que Johan soupçonnait d'être un laquais à la solde du docteur Kuntze. Ce dernier avait développé pour le marin la plus farouche aversion. Chaque fois qu'il passait visiter son patient et que Johan se trouvait dans les parages, le médecin ne manquait jamais de lui adresser une remarque acide. Pourtant, les deux hommes n'avaient pas, jusqu'à présent, échangé plus de trois phrases, mais c'était comme si leur inimitié leur était tout bonnement naturelle.

Pour le reste du personnel de maison, Johan devinait qu'à leurs yeux, il avait un

Fig. 9

statut particulier. Pas vraiment un employé, pas non plus un invité ; il était cet homme auquel le jeune maître s'adressait souvent d'égal à égal, regardé par la maisonnée comme un genre d'esprit libre que l'on accueille chez soi pour se prémunir des farces des êtres de la forêt. Johan supposait qu'il devait cela aux quelques notions d'herboristerie dont il avait, à l'occasion, fait profiter les domestiques. Pourtant, ses connaissances en médecine se résumaient à la préparation de décoctions ou d'onguents à base de plantes pilées, la plupart ne poussant pas, du moins le croyait-il, sous ces latitudes. À sa grande surprise, le parc de la propriété s'était révélé être une ressource tout à fait étonnante. Le marin y avait reconnu plusieurs essences d'arbres et de buissons de provenances exotiques, dont les feuilles ou les fruits avaient des vertus exceptionnelles bien connues dans les pays où il avait séjourné. C'était le cas du gommier[38] qu'il avait trouvé prospérant le long de la rivière. Encore jeune, ce spécimen venu des terres de Nouvelle-Hollande, de l'autre côté du globe, était très reconnaissable avec ses feuilles sentant fortement la menthe. Johan en avait tiré une tisane souveraine contre la toux que Greta Pols, la maîtresse des cuisines, et ses aides s'arrachaient ! Depuis, l'imposante matrone avait donné de la souplesse à son tempérament de cantinière des armées pour faire plaisir à ce marin, un peu sorcier, et ne lui refusait plus rien de ce qui sortait de ses fourneaux.

Pour Guus, l'entreprise avait pris nettement plus de temps, principalement le temps pour Johan de reconnaître et de ragaillardir les plants de *kumārī*[39] qui, dans leurs caisses remplies de sable, avaient très bien résisté aux voyages. Le suc de cette étrange plante épineuse faisait un remède peu connu contre les petites blessures de la peau, et l'homme à tout faire, maniant des outils tranchants à longueur de journée, en faisait maintenant une consommation avide. Johan devait d'ailleurs le freiner afin qu'il ne vînt pas piller la serre à cactées ; les plants n'étant tout de même pas là pour les seuls bénéfices des serviteurs. De farouchement bourru, Guus était devenu avec lui gentiment grognon. Net progrès ! Toutes ces petites taquineries de la domesticité s'étaient avérées bien plus reposantes que Johan ne l'aurait cru, lui qui était habitué à la dureté souvent rugueuse de la camaraderie en mer. À son grand étonnement, il ne s'ennuyait aucunement et trouvait dans ses tâches quotidiennes un réel intérêt. Cela le laissait d'ailleurs encore un peu sceptique ; ce genre de période de repos et de bien-être, d'après son expérience, présageait toujours de tempêtes à venir.

L'ex-capitaine acheva de se raser, puis enfila une chemise et un gilet sans manches de toile brodée, que lui avait cousu Aniek, l'une des femmes de chambre, à partir d'une veste usagée. La jeune femme, bien que très méfiante et timide lors de leur rencontre, s'était révélée rapidement avenante à son endroit. Aniek avait une manière d'observer les autres sans un mot que l'on pouvait méprendre pour de la pédanterie. Johan l'appréciait justement pour sa capacité à respecter le silence. À l'occasion, elle se permettait une remarque pleine de justesse et empreinte d'une honnêteté confondante. Il aimait sa compagnie pour cette raison, et également pour avoir le bonheur infini de voir le taciturne Guus s'empourprer dès que la jeune femme paraissait au seuil de la dépendance. Le bonhomme en était désespérément amoureux, cela Johan s'en était bien vite aperçu. Est-ce qu'Aniek partageait ses doux penchants ? Les avis divergeaient sur cette question, toutefois l'ex-capitaine aurait bien parié que oui, même si, sans doute, leur grand écart d'âge et la différence de leur confession pouvaient être des barrières à leur union. *Il y a en ce monde bien des empêchements à l'amour*, philosopha Johan en descendant l'escalier de bois de la dépendance. L'odeur du thé parfumé à la bergamote lui emplit instantanément les narines. L'héritier Van Leiden devait déjà être en train de travailler au rez-de-chaussée sur l'étude des racines des végétaux qu'ils avaient mis de côté après s'être rendu compte que ceux-ci, trop imprégnés d'eau de mer, ne pourraient pas être replantés. Aloys avait entrepris de tous les dessiner avant de les faire sécher.

Aloys. Oui, Johan avait également cédé à cette entorse aux bonnes manières en finissant, après que ce prénom se fut trouvé mêlé trop souvent à leur conversation, par appeler le maître des lieux tout naturellement Aloys. L'intéressé avait paru plus soulagé que choqué par cette nouvelle petite familiarité. Et le pli pris, les deux hommes n'avaient plus cessé, lorsqu'ils étaient seuls, de s'appeler par leurs prénoms.

Johan descendit dans ce qui, maintenant, était devenu leur cabinet d'études. La grande pièce d'acclimatation des plantes était comme à l'habitude agréablement tiède et calme. Les caisses, sacs et tonneaux avaient été triés et rangés avec davantage d'ordre, libérant l'espace devant la cheminée et autour de la table centrale. Leurs deux bureaux, en revanche, étaient encore engloutis sous tout un fatras de livres, spécimens, pots et matériels d'étude comprenant loupes, scalpels, colles et instruments divers qu'Aloys entassait là. Son matériel de dessin, encres, couleurs, crayons et plumes, avait migré également dans ce petit espace, lui permettant ainsi de travailler directement sur place. Il pouvait passer des heures sur sa table de dessin, oubliant le plus souvent de déjeuner. Il était aussi désordonné qu'incroyablement méthodique, aussi cultivé que désespérément naïf. Autant de touches de couleur opposées dans ce tableau d'une personnalité déjà naturellement bien trop attractive. Difficile de ne pas être tenté de découvrir toutes les facettes d'un être aussi complexe. *Difficile de ne pas être séduit*, se disait chaque jour Johan. Car Aloys avait le don d'éveiller en lui des sentiments aussi violents que contradictoires. Têtu, fier, parfois arrogant, Aloys pouvait se montrer horripilant. Curieux, intelligent et passionné, le jeune maître était aussi infiniment désirable. Il hantait les pensées de Johan à tout moment, du lever au coucher. Il y avait là une forme de douce torture qui ne manquait pas de sel.

Les deux hommes avaient rapidement mis en place une sorte de routine. Aloys était levé à l'aube. Sitôt qu'il avait pris son petit déjeuner au manoir, il descendait à la dépendance et commençait à dessiner. La lumière aux aurores n'était vraiment pas bonne, mais il ne semblait pas s'en émouvoir, ajoutant des bougies à l'occasion. Johan le rejoignait autour de neuf heures. Le marin se faisait violence pour ne pas descendre trop tôt, pour ne pas laisser voir combien il était impatient de profiter de cette présence exaltante. Ils travaillaient alors côte à côte, et échangeaient longuement à propos de tout ce qui éveillait l'intérêt du jeune maître. L'heure du déjeuner les voyait se séparer, chacun rejoignant son rang pour se sustenter. Puis Johan s'attelait à des travaux plus physiques : rempotage, installation de bacs de terre étagés dans la serre, boutures et tailles. Il lui arrivait également d'aider Guus, bien que ce dernier ne fût pas friand de travailler en duo.

Ils passaient donc leurs matinées à comparer graines, racines, feuilles afin de déterminer à quelle variété appartenaient les jeunes plants. Aloys lui posait mille questions sur les paysages, les lieux, les peuples, les coutumes propres aux pays d'où provenaient les pousses. Et Johan lui racontait tout. Lui qui, en mer, était d'un naturel taiseux et secret, là, devant les yeux débordant de curiosité de son interlocuteur, il se faisait conteur, il trouvait des trésors de métaphores pour décrire les ambiances, les merveilles et les terreurs qu'il avait pu observer. Il avait également commencé à lui apprendre l'écriture japonaise ; le jeune lettré était habile et doué d'une vive intelligence, la calligraphie complexe des caractères nippons ne lui faisait nullement peur. En échange, avait déclaré Aloys, il enseignerait au marin le latin et le grec, langue indispensable pour donner une patine érudite à ses connaissances certes étendues, mais rustiques. Leurs échanges étaient animés, parfois même un peu cinglants lorsque leurs points de vue venaient à se télescoper. Ces joutes verbales ne manquaient pas d'intérêt, elles étaient même agréablement vivifiantes. Aloys n'était jamais condescendant avec lui et choisissait de lui opposer ses arguments avec une volonté rafraîchissante, le traitant ni plus ni moins que comme son égal. Dans les faits, l'était-il ? Aux yeux du monde, certainement pas, pourtant, si l'on mettait de côté leur différence de classe, ils avaient bien peu de dissemblances. Les mêmes goûts, les mêmes élans, une commune passion pour les merveilles de la Nature. Aloys, avec ses vingt-sept ans, était à peine plus jeune que lui. Indéniablement quant au physique, il ne les faisait pas, mais si l'on creusait l'âme, Johan pressentait les eaux sombres d'un lourd passé qui sourdaient parfois au détour d'un regard. Cette part d'ombre le fascinait, il avait toujours été attiré par l'obscurité cachée chez les êtres.

Un souvenir d'enfance lui revint soudain : « Il est timide », disait-on de lui lorsqu'il était petit et qu'il restait sagement dans un coin de l'échoppe de son père. « Non, c'est un observateur, répliquait ce dernier en lui souriant. Un jour, il sera savant ou explorateur. » Les clients riaient alors de bon cœur face aux vœux naïfs du pauvre écrivain public. Johan, entêté jusqu'à l'obstination, s'était acharné à être les deux. Et aujourd'hui, à demi explorateur devenu presque savant, il touchait au but. La bonne fortune avait des tours étranges. Le marin sourit pour lui-même en arrivant dans la pièce.

Il était presque huit heures et demie, et Aloys était en effet déjà à sa table de travail. Il persistait à se vêtir d'une triple couche de chemise, gilet et autres vestes malgré la tiédeur constante du coin de bureau donnant sur la serre. Immanquablement, au cours de la matinée, il en venait à retirer une épaisseur de tissu, puis une autre, puis à rouler ses manches jusqu'à ses coudes. Il travaillait la couleur de ses planches de botanique avec des pigments fortement dilués d'eau. Sa main, précise et vive, passait du flacon à la feuille, le pinceau effleurant le dessin et n'y laissant qu'un halo translucide qui, couche après couche, prenait les teintes diaphanes des pétales et des folioles. Les muscles de ses avant-bras s'animaient joliment sous la peau blanche, donnant ainsi la preuve, s'il en était besoin, que son physique de noble enrichi avait indéniablement les formes plaisantes de la virilité.

Johan s'amusait souvent, avec une curiosité d'adolescent, à surprendre à la dérobée les quelques centimètres de peau visible dévoilés ainsi : mains et bras nus. Et surtout, il aimait contempler, lorsque gilet et écharpe étaient tombés, lorsque le col de la chemise trop serrée était détendu, ce petit triangle de chair blanche qui faisait tant dans l'érotisme asiatique : la nuque. Cette nuque diablement sensuelle où finissaient de friser avec coquetterie les dernières mèches d'une charmante chevelure blonde. Cette nuque où se dessinait le grain de myriades de taches de rousseur pareilles à de la bruine sur du velours, cette nuque enfin où couraient parfois des frissons lorsque Johan venait trop près pour faire la démonstration d'une calligraphie ou rectifier un trait maladroit.

Pouvait-on encore parler de camaraderie pour qualifier cette intimité palpable qui, au détour d'un regard, d'un geste trop appuyé, dévoilait entre eux une attraction subtilement coupable ? Cela tendait les nerfs de l'ex-capitaine de la plus délicieuse, mais aussi de la plus frustrante des manières. Leur relation d'amitié tendre était un dangereux jeu de funambule sur le fil tendu des mœurs du temps.

— Bonjour, Johan ! Je vous en prie, servez-vous en thé ! Mademoiselle Aniek a eu la gentillesse de nous en apporter une pleine théière ! Et j'aurais besoin de vos lumières pour ce spécimen à la forme peu commune qui me donne du fil à retordre depuis une heure ! lança Aloys d'une voix à l'enthousiasme désarmant.

— Bonjour à vous, Aloys, répondit Johan après un soupir amusé. Laissez-moi une minute pour avaler un peu de pain et je suis à vous.

Le marin piocha sans scrupule dans le garde-manger de Guus, lequel gardait toujours dans le bahut : pain d'une semaine, miel et viande salée. Il déjeuna avec célérité sur le coin de la table centrale. Johan observa sans un mot le dos du jeune maître plongé dans ses études. Il sourit, attendri.

Une fois de plus, et malgré tout le plaisir qu'il trouvait à la compagnie d'Aloys, Johan saluerait l'arrivée de l'après-midi avec soulagement tant le besoin de s'éloigner de cette tentation, trop grande, lui devenait jour après jour plus que nécessaire. L'embrasser, frôler de ses lèvres cette peau délicate… Ce matin encore, il allait lui falloir déployer des trésors de continence pour ne pas céder à l'envie de mettre fin d'une façon ou d'une autre à ce jeu de séduction bien trop excitant pour son tempérament impulsif. Il n'avait jamais connu cela : un désir si violent resté si longtemps insatisfait.

Bien sûr, les simples impératifs de la nécessité lui dictaient de ne pas faire un pas de plus sur le chemin de l'immoralité. Ne serait-ce que pour s'assurer un toit, il lui fallait dominer ses penchants. Pourtant, au-delà des arguments que lui soufflait sa conscience, un instinct plus impalpable retenait ses ardeurs. C'était un sentiment étrange, plus noble, une tendresse respectueuse, une émotion que, décidément, il ne parvenait pas à définir.

***

Le plein soleil de l'après-midi donnait sur la cour du manoir. Pour un début de printemps, la saison était exceptionnellement chaude. Malgré tout, il fallait encore que Johan vînt placer des braseros dans la serre durant les nuits les plus fraîches pour permettre aux plantes fragiles de ne pas souffrir des gelées. Il avait conçu ce procédé avant même qu'Aloys en eût eu l'idée, sauvant ainsi à coup sûr certains bourgeons précoces qui s'apprêtaient à fleurir dans les semaines à venir.

Cet homme est devenu indispensable, constata le jeune Van Leiden en observant la cour depuis la fenêtre de sa chambre. Cette cour que, pour la quatrième fois, le capitaine Turing venait de traverser en charriant une lourde brouette de terre destinée à la serre. Aloys soupira, le cœur gros. Indispensable à quel point ? Assurément aux plantes qui prospéraient si bien sous son aide avisée. Indispensable aux domestiques également, il ne pouvait pas être dupe du statut privilégié qu'occupait le séduisant capitaine auprès de ses gens de maison. Et enfin, Johan lui était devenu indispensable à lui, autant que l'air dans ses poumons et le sol sous ses pieds. Le constat était amer. Aloys n'était pas plus parvenu à se prémunir des élans de son cœur que des envies que lui soufflait sa nature profonde. Il lui était impossible de manquer une seule de leur matinée de travail qu'il attendait comme l'oasis au milieu du désert. Il apprenait tant de choses à cette source de connaissances ! Des souvenirs intensément vécus, des impressions passées encore éclatantes, un flot de vie dont le marin se faisait l'écho, et avec quel charisme ! C'était fascinant, c'était envoûtant.

Aloys était devenu dépendant de ces moments de liberté et de franchise où il pouvait boire les paroles qui lui étaient offertes sans la crainte d'un regard sentencieux. Johan ne le jugeait pas, il discutait avec lui comme avec un camarade, s'emportant au besoin lorsqu'un argument lui tenait particulièrement à cœur. Il n'y avait, entre eux, ni l'hypocrisie de la bienséance ni la mesquinerie des rapports hiérarchiques. Peut-être l'aurait-il fallu ? Peut-être, en effet, car le jeune homme sentait combien cette camaraderie trop intime portait d'inconvenances. Combien de regards caressants, combien de gestes affectueux avaient-ils eu l'un envers l'autre ? Depuis trop longtemps, Aloys n'osait même plus les dénombrer. Une main posée sur l'épaule d'un ami n'avait rien de licencieux, bien sûr, mais le péché résidait dans cette sensation indélébile et brûlante qui pouvait le suivre des jours après ce simple geste. Que Johan le frôlât, et il sentait son âme prête à succomber. Si ce n'était pas la preuve qu'il était irrémédiablement perdu, alors quoi d'autre ? Cet homme savait se montrer effroyablement tentateur. Le plus naturellement du monde, il pouvait être tour à tour froid et chaleureux, bienveillant et méfiant, aussi imprévisible que l'océan. Aloys se sentait comme un esquif perdu au large.

Le docteur Kuntze, qui passait maintenant plus de trois fois par semaine, l'abreuvait à chaque venue de longues tirades sur la corruption des mœurs qui souille immanquablement les corps, sur l'influence délétère des esprits dépravés sur les âmes innocentes. Lors de sa visite de la veille, le médecin lui avait fait le long récit de la condamnation du jeune Hermann von Katte, le très « bon ami » de l'héritier au trône de Prusse, Frédéric. Cette horrible histoire[40] avait fait le tour de l'Europe en un rien de temps. Selon ce qu'en savait Aloys, le fils du « Roi Sergent », tout prince qu'il était, avait séjourné en prison presque un an dans l'attente du pardon de son père et le malheureux Katte avait fini sa vie horriblement ! Voilà comment on punissait les unions anti-naturelles. Voilà ce qui l'attendait, lui, si la corruption de son cœur venait à être connue.

— Pensez à vos gens, *heer* Van Leiden ! Certaines jeunes femmes en ces lieux ont l'âme perméable aux paroles enjôleuses d'un aventurier sans scrupule. Et je ne parle même pas des ragots, qui ne manqueront pas de surgir lorsqu'on saura que vous entretenez à grands frais un homme de rien, un aigrefin et, allez savoir, probablement même un assassin ! avait prêché le médecin dans un mouvement d'exaltation.

Cette dernière entrevue avait manqué de peu de se terminer en esclandre. Aloys avait demandé fermement au médecin de se retirer et d'éviter à l'avenir d'insulter le capitaine Turing. D'où lui était venu un tel élan d'autorité ? Une soudaine colère avait surgi en lui avec violence. Une rébellion de sa sensibilité devant le mépris affiché de Kuntze. Celui-ci s'était fendu d'excuses, mais sur ses traits, Aloys avait reconnu l'ombre du jugement et en avait été affecté. Avec le recul d'une nuit de sommeil, il en était pourtant venu à se dire qu'il s'était montré ingrat envers cet homme qui depuis deux décennies veillait sur sa santé physique et morale. Cependant, entendre dénigrer ainsi celui qu'il considérait comme son ami lui avait été insupportable. Ces qualificatifs grossiers avaient entaillé l'image de sa belle amitié comme des tessons de verre déchirent la toile d'un tableau de maître. Il portait son ami en trop haute estime pour accepter de le voir insulter de la sorte. Hélas, ici siégeait son tourment. *Johan est bien plus qu'un ami*, lui soufflait sa conscience. Johan était son souffle, il était ce qui nourrissait son esprit. Johan le faisait voyager, vibrer, s'exalter, il était la vie entrant enfin comme une tempête dans l'ermitage de son existence. Un flot d'émotions bien trop tourmentées pour ne pas cacher de coupables pensées...

Aloys préféra quitter là ces réflexions par trop mortifiantes. De sa fenêtre de chambre, donnant sur la cour, il aperçut l'ex-capitaine ressortir de la dépendance. Il le suivit des yeux, et le vit rapporter la brouette à l'angle du bâtiment et la caler aux côtés de divers outils contre un mur de briques. Sous l'effort de ses aller-retour et grâce au beau soleil qui inondait de ses rayons la cour du manoir, le marin avait rapidement retiré gilet et écharpe, ne gardant qu'une chemise simple de toile écrue. Un pantalon sombre venait enserrer sa taille très haut, à l'aide d'une large ceinture de tissu nouée comme il était de coutume à bord des navires, mettant ainsi en valeur sa silhouette élancée, qu'Aloys ne put s'empêcher d'admirer. Pour ajouter au malheur du jeune Van Leiden, Johan était irréellement beau. Il était l'homme dans ce qu'il avait de plus essentiellement mâle, sans aucune place pour la brutalité. Une silhouette de fauve, dangereux, séduisant. Toute l'arrogance et les grâces viriles de son caractère s'incarnaient dans chacun de ses mouvements, et il n'était pas difficile d'être captivé par l'autorité naturelle de l'ex-capitaine du *Chat génois*.

Ce dernier venait de s'arrêter devant l'abreuvoir situé le long des écuries. Un filet d'eau, capté d'une des nombreuses sources du domaine, coulait, limpide, depuis une tête de lion sculptée et alimentait ainsi la cuve de pierre. Johan se pencha au-dessus de l'abreuvoir et recueillit dans ses paumes de l'eau fraîche dont il s'aspergea le visage. Plusieurs fois, Aloys le vit répéter ce geste simple et ô combien délectable, sans doute, quand on avait, comme cet homme, la liberté de se délasser en plein air après un effort physique. Johan se redressa. Il ramena ses cheveux trempés en arrière et étira ses muscles engourdis avec un contentement visible. Il resta un instant ainsi, les yeux clos, tourné vers le soleil qui tombait, bienveillant, en plein sur ce bâtiment orienté au sud. L'eau devait avoir chassé la sueur et la terre sur ses mains. De là où il se trouvait, Aloys pouvait deviner les gouttes brillant sur sa tempe, sur son cou, sur la naissance de sa clavicule. L'eau avait trempé sa chemise. Pas au point de la rendre transparente, le tissu n'en était pas assez fin pour cela, mais suffisamment pour que le lin colle à son torse, le modelant de façon étrangement sensuelle, crûment, soulignant muscles et taille étroite, aine et virilité, dans une impudeur splendide. Il ressemblait à une ébauche d'argile sous un linge humide, abandonnée là par le sculpteur. L'œuvre inachevée se dérobait et se dévoilait en même temps aux yeux des curieux, sujet de tous les questionnements, objet de toutes les convoitises. Aloys sentit la chaleur lui monter aux joues.

C'est alors que Johan se tourna vers le manoir et son regard agrippa immédiatement, à travers la vitre, celui de son observateur démasqué. Le beau visage du marin s'anima d'un sourire complice. Aloys s'écarta aussitôt de la fenêtre, le souffle haletant, la verge dure. *Il savait que je le regardais !* comprit-il, mortifié. *Se souvient-il de… de cette nuit-là… de moi ? Songe-t-il à ce qu'il peut faire naître en moi ? À ce que je risque si… si…*

Cette pensée le terrifia.

Aloys se précipita à la porte de sa chambre pour en fermer le verrou avec frénésie. Futile précaution ! Une pauvre serrure pouvait-elle le protéger de ses propres pensées, de ses propres désirs, de ce besoin atroce qui tendait avec indécence le tissu de son pantalon ? Il avait chaud, si chaud soudain, comme si les flammes des bûchers des sodomites lui léchaient la peau. Incapable de retrouver la

Fig. 10

raison, il finit par s'appuyer au bois épais de la porte et, debout, entreprit de délacer sa ceinture pour accéder à son vice. Lorsque sa main fiévreuse empoigna sa hampe engorgée, un éclair lui traversa le corps et son crâne vint cogner contre le chêne dans un bruit sourd. Il se mordit la lèvre pour s'empêcher de gémir. D'une prise brutale, après plusieurs va-et-vient, son poing ferme lui arracha une jouissance douloureuse.

Aloys s'écroula sur le parquet ; épuisé de dégoût pour lui-même. Il sentait, sans oser la regarder, sa main poisseuse de semence fautive se crisper contre sa hanche qui lui faisait atrocement mal, et il réprima un sanglot. La leçon tardait à être apprise : de telles pensées ne pouvaient offrir le plaisir, de tels désirs n'engendraient que la douleur. Il fallait que sa raison reprenne les rênes de son esprit avant que sa dépravation ne l'entraînât lui, et le trop inconséquent Johan, dans les limbes. Il se devait de prendre courageusement l'aride chemin de la vertu et, pour cela, l'assujettissement de ses goûts anti-naturels était indispensable.

Reinhilde de Wijs ne cessait de réclamer à le voir davantage. La belle dame avait l'esprit vif et était fort jolie, l'effort n'était pas grand pour trouver à cette jeune veuve les attraits d'une possible fiancée. Se cacher derrière sa prétendue timidité et une santé fragile ne ferait plus illusion indéfiniment. Fort bien. Il l'inviterait donc ! Et d'ailleurs, finies les lâches complaisances pour lui-même ! Il avait attendu trop longtemps. À la prochaine venue du docteur Kuntze, il lui demanderait à essayer cette invention reçue de France et destinée à guérir son infirmité.

D'un mouvement hargneux, Aloys se saisit de sa canne tombée au sol avec lui. Il se releva et, porté par ses résolutions, réajusta sa mise et se décida à oublier son cœur plombé de désespoir.

CHAPITRE SIXIÈME

Le printemps ! Oui, il était là à le narguer depuis un mois avec ses journées ensoleillées, son odeur de pollen et de rosée, ses bruits d'oiseaux et d'insectes, et cette humeur légère qui s'insinuait dans les cœurs des aides de cuisine, des garçons d'écurie et des bonnes. Pas étonnant que Johan sentît chaque jour un peu plus son sang bouillir, et ses pensées l'attirer insidieusement vers le manoir et son charmant propriétaire. L'impatience de l'instinct. Une braise qui réclamait l'incendie sous sa peau.

Ces dernières semaines, pour ne rien faciliter, ses nerfs avaient été mis à rude épreuve par les caprices de Dame Nature. Les gelées d'avril avaient manqué de gâter la pousse de certains jeunes plants peu robustes, et il lui avait fallu coucher directement dans la serre pour veiller à alimenter, de jour comme de nuit, les petits braseros qui venaient en complément du système de chauffage par le sol. Certaines plantes, moins fragiles, lui avaient fait de belles surprises, les camélias japonais avaient eu une première floraison : du rouge, du rose, du blanc éclatant. Leur culture en pot, à la manière chinoise, leur avait très bien convenu. En revanche, alors que des variétés réussissaient à s'enraciner et à bourgeonner, d'autres n'avaient pas supporté d'être placées

Fig. 11

en pleine exposition et dépérissaient sans qu'il sût quoi faire. Le marin devait bien admettre que la culture des plantes demandait un sang-froid et une patience peu communs auxquels il ne s'était pas attendu. Dans leurs pays d'origine, les fleurs abondaient avec tant de facilité qu'il avait cru, naïvement, qu'un peu d'attention et trois sous de jugeote donneraient de bons résultats. Il était loin du compte ! Et les nuits sans sommeil commençaient à lui entamer le caractère.

Il était plus de neuf heures du matin et Johan venait de finir son tour d'inspection de la serre à cactées. Les petites pousses de succulentes[41] prenaient bien et les plants plus âgés avaient même développé des tiges et des feuilles vigoureuses. L'ex-capitaine en surveillait une en particulier, qu'il avait sciemment gardée de côté et qui laissait poindre un bouton prometteur. L'éclosion ne tarderait pas, il comptait bien en faire la surprise à Aloys. Si toutefois le jeune maître des lieux daignait mettre les pieds dans la dépendance en ce jour. De cela, Johan doutait fort, hélas !

En grommelant tout haut, le marin se défit de son large tablier et rangea les outils qu'il avait éparpillés sur la table de la dépendance. Il finit par s'asseoir sur l'un des très bas bancs de bois placés devant la cheminée et entreprit d'aiguiser le tranchant de son couteau à l'aide d'un fusil. Les gestes répétitifs de la lame glissant sur la pierre à aiguiser lui permirent de se plonger aisément dans une profonde introspection.

Pourquoi cet agacement, cette presque jalousie, cette inquiétude ? Il n'était pas dans ses habitudes de se préoccuper du devenir des autres sauf dans son propre intérêt. La bonne santé d'un équipage, la nécessaire amabilité dans un commerce, la part de séduction dans toute transaction humaine, oui, cela faisait des raisons de se montrer prévenant. Les humeurs d'un simple employeur n'entraient pas dans cette liste. Par ailleurs, un attachement trop grand était inopportun dans sa situation.

Cependant, Aloys n'était plus, depuis longtemps, un simple employeur. Oh, aucun geste, entre eux, n'avait touché à l'indécence, rien de répréhensible. Non, dans les actes : rien. Mais en pensées… Combien de péchés Johan aurait-il eu à confesser ? Trop, bien trop. Et puis les rêves d'étreintes n'étaient pas la seule cause de ses insomnies. Il y avait ce quelque chose qui le faisait veiller tard et qui le poussait à observer le jeune Van Leiden et à s'inquiéter. Ce quelque chose dont le prévenait son instinct, une sorte de frisson, un élan de son cœur, presque une peur. Beaucoup de mystère entourait, décidément, cet héritier solitaire qui, chaque jour, semblait devenir plus distant, plus fragile. La flamme qui s'était joliment allumée dans ses yeux depuis leur rencontre, et qui s'entretenait aux braises de leur tendre complicité, s'éteignait peu à peu. Et Johan enrageait de ne pouvoir rien faire pour empêcher ce dépérissement. Le refroidissement dans leur relation avait été aussi soudain qu'inexpliqué. Parfois, Aloys, avec son regard si bleu, lui rappelait les changeantes mers du Sud pour lesquelles le marin qu'il était avait gardé autant d'amour que de crainte. Elles pouvaient être si belles, mais si dangereuses. Cela lui rongeait le cœur plus que de raison.

Ses inquiétudes remontaient à plusieurs semaines, déjà. Aloys avait subitement cessé de venir chaque jour étudier auprès de lui dans la dépendance. Ils ne s'étaient pourtant pas disputés ni même gentiment agacés comme ils le faisaient régulièrement. À présent, à son plus grand déplaisir, leurs semaines, avant si complices, étaient entrecoupées le matin des venues de plus en plus nombreuses du docteur Kuntze, qui redoublait ses visites le soir en compagnie de la belle veuve de Wijs. Croiser le médecin était, pour Johan, une vraie torture, surtout depuis que les remarques méprisantes avaient disparu, laissant la place sur le visage de Kuntze à un sourire perpétuel d'orgueil assouvi. Cela glaçait le sang du marin. Lorsque le praticien venait au manoir, il s'enfermait avec Aloys dans sa chambre et, à son départ, le jeune homme déclarait systématiquement n'être plus en état de descendre dans la serre. Johan avait envie de défoncer cette porte, chêne massif ou non, pour le contraindre à sortir, à profiter de l'air frais.

La médecine, dans ces contrées dites civilisées, n'avait décidément aucune des vertus qu'on trouvait dans la lointaine Asie, à savoir par exemple : rendre la santé au patient ! Mais que se passait-il dans cette chambre ? Personne en dehors du mutique Dorus n'en avait la moindre idée. Même Guus, plusieurs fois interrogé sur le sujet, ne savait rien, et semblait, d'ailleurs, ne pas le vivre sereinement lui non plus, si Johan en croyait l'incroyable quantité de troncs ébranchés trônant dans la cour. Chacun trouvait son défoulement où il le pouvait, et l'ancien gabier reportait souvent sur les travaux de force son trop-plein de colère.

À ces mystérieux traitements imposés par le fielleux docteur s'ajoutait certainement un épuisement plus insidieux encore. Les soirées d'Aloys étaient à présent régulièrement occupées à recevoir la veuve de Wijs ainsi que les deux ou trois amies qui lui servaient de faire-valoir. Aloys, qui avait assuré à Johan n'avoir aucun goût pour les mondanités, se complaisait depuis trois semaines en réceptions frivoles, jouant aux cartes jusqu'à des heures tardives et faisant le singe savant en culottes brodées pour séduire les dames. Reinhilde de Wijs avait toujours avec elle, tel un petit chien de salon, une sorte de camériste effrontée : Marit. Celle-ci venait parfois aux cuisines lorsque Johan s'y trouvait et elle ne se privait pas pour cancaner et vanter les mérites de sa maîtresse.

Les bavardages candides et niais de la jeune fille n'avaient aucune valeur aux yeux de l'ex-capitaine, qui s'était fait son opinion sur la belle veuve depuis longtemps : dangereuse. Elle avait cette manière de vous sourire qui rendait son regard hautain de native du Nord aussi venimeux que la morsure d'une vipère. Pour autant, la Dame de Wijs n'avait pas, vis-à-vis de lui, une attitude désobligeante. De sa part, il avait même surpris plusieurs coups d'œil appréciateurs portés, il est vrai, essentiellement sur son entrejambe. Johan aurait pu s'en sentir flatté. Dans une négociation commerciale, il en aurait fait un argument de tractation, même si les attentions prédatrices du beau sexe avaient plutôt tendance à naturellement le rebuter. Mais il haïssait la façon outrageusement mignarde que la dame avait de s'adresser à Aloys, comme s'il était un de ces nobliaux narcissiques qui aiment à s'entendre débiter des vanités. Les rares fois où, au détour d'une porte, il avait été témoin de ces cajoleries obséquieuses, il en avait grincé des dents de rage. Cette femme avait des projets, assurément. Marit ne cachait pas, d'ailleurs, qu'elle se voyait déjà première femme de chambre du manoir Van Leiden.

Un soir mémorable, pendant le dîner des domestiques à l'office, Marit avait débarqué pour réclamer des sucreries. L'écervelée avait déclaré, tout sourire, combien Aloys Van Leiden ferait un excellent mari pour sa maîtresse. Idéal même : riche, sans enfant ni famille encombrante, et assurément très tolérant pour son épouse qui aurait, après tout, bien du mérite à vouloir d'un infirme tel que lui. Un décès précoce, et Dame de Wijs pourrait se trouver assez vite propriétaire d'un beau domaine, quelle aubaine ! Johan s'était levé d'un bond et lui aurait très certainement retourné une gifle si l'imposante Greta ne l'avait pas arrêté et prié d'aller se rafraîchir les idées à l'extérieur. Johan avait accepté pour la seule et unique raison que la jeune gourde allait immanquablement être tancée par la matrone des cuisines. De fait, depuis l'incident, Marit évitait le marin et les cuisines comme la peste.

Le fusil ripa et la lame manqua d'entailler la main de Johan. Celui-ci jeta couteau et outil à travers la pièce en poussant un juron.

L'inquiétude le rongeait et sa frustration ne faisait que croître de jour en jour. Souvent, à présent, Aloys ne paraissait à la dépendance qu'en milieu de matinée, blanc comme un linge et les traits tirés. Il prétextait avoir mal dormi à cause de sa jambe qui le faisait souffrir. L'humidité du printemps était invoquée comme source de tous ses maux. Johan avait tenté plusieurs fois de lui demander d'où lui venait cette blessure. *Une stupide chute de cheval lors d'une partie de chasse*, lui avait répondu, nonchalamment, le jeune homme. Et la question en était restée là, laissant le marin pour le moins sceptique. Un instinct réveillé au plus profond de ses entrailles lui soufflait qu'il y avait là un mensonge et lui dictait d'agir, de protéger, de venir en aide à ce garçon, qui pourtant n'était rien pour lui.

Rien. Un employeur bienveillant, certes. Un joli minois agréable à l'œil, bien sûr. Un camarade d'études, complice et stimulant, également. Un ami à l'oreille attentive et au regard si pur que son esprit tourmenté y trouvait le réconfort. Une âme qui lui semblait toute pareille à la sienne, et pareillement complexe, qui le fascinait et l'attirait comme l'aiguille au nord d'une boussole.

Tout sauf « rien », à l'évidence. Pauvre entêté orgueilleux qu'il était ! Aloys lui avait agrippé le cœur à tel point qu'il ne voulait plus quitter cette demeure, qu'il ne voulait plus repartir sur les mers, qu'il voulait s'ancrer à cet homme et que son corps exigeait à présent d'assouvir ses désirs au mépris de tout le reste. Fis de la Morale ! Fis des condamnations et de la clique des tourmenteurs mondains qui s'obstinaient à tuer à petit feu leur amitié ! Johan claqua le plat de sa main sur une malheureuse étagère de bois, deux pots s'entrechoquèrent bruyamment.

Il était à bout de patience. Trois jours qu'il ne l'avait pas vu ! Aloys n'était pas venu à la serre depuis trois interminables jours et cela en pleine période de floraison. Johan se leva, fumant, et se décida à sortir de la dépendance pour aller directement voir le maître au manoir. C'était peut-être un peu cavalier de sa part, mais, après tout, Aloys lui avait répété maintes et maintes fois que sa collection botanique était sa priorité. Dès lors, si leur amitié moribonde pouvait bien attendre, plusieurs questions horticoles urgentes exigeaient son avis. Même si le jeune Van Leiden était en pleine inhalation d'il ne savait quelle drogue oiseuse du docteur Kuntze, Johan avait impérativement besoin de le voir. Et de toute façon, le marin faisait peu de cas des convenances lorsque celles-ci venaient empiéter sur sa liberté. Il sortit donc dans la cour d'un pas résolu.

La journée était splendide comme un pied de nez à son humeur sombre. Il entra dans la demeure par la porte des domestiques et passa par les cuisines, où il ne croisa qu'un commis affairé à entretenir le feu sous une marmite. Il remonta l'étroit escalier de service desservant le hall d'entrée et les étages. La chambre d'Aloys se trouvait au premier. Johan savait exactement où, pour avoir plusieurs fois aidé à déménager du matériel et des livres depuis cette pièce jusque dans la dépendance.

Le couloir des chambres était désert. Ses pas ne firent aucun bruit sur l'épaisseur duveteuse des tapis. En s'approchant de la porte close du bureau, il perçut les bruits d'une conversation houleuse. Il reconnut immédiatement la voix du docteur Kuntze et celle d'Aloys. Le médecin semblait exaspéré.

— ... et les points de vue mièvres d'une servante sur l'efficacité d'un instrument médical me sont parfaitement indifférents, mademoiselle ! On ne vous demande pas de réfléchir, mais d'appliquer ! Je vous avais dit, *heer* Van Leiden, que nous devions solliciter Dorus pour revoir les ajustements de tout ceci. Une femme a une sensibilité bien trop délicate pour assister un médecin !

— Je vous en prie, Docteur, ne vous offusquez pas. Mademoiselle Aniek aura simplement été émue de découvrir mon état. Elle saura très bien faire avec un peu de pratique, j'en suis sûr. Dorus reviendra dans peu de jours et la soulagera de cette tâche ingrate, intervint Aloys d'un ton anormalement lassé et peu combatif.

Cela ne lui ressemble pas ! s'offusqua intérieurement Johan, dont l'humeur passa de l'impatience à la préoccupation.

— Sans doute, et votre mansuétude à l'égard des petites gens vous honore, bien sûr, *heer* Van Leiden, mais, hélas, la médecine n'attend pas et je vois dans l'empirement de vos douleurs les bons signes d'une rémission prochaine ! Les humeurs réagissent !

— C'est absurde.

— Pardon, mademoiselle !

— C'est absurde, la douleur n'a aucun pouvoir de guérison.

— Mais, enfin, comment osez-vous ! Je...

Il y eut un bruit de bois grinçant, de chaise que l'on déplace et la voix d'Aloys trancha la dispute entre la femme de chambre et le médecin :

— Je vous en prie, pas d'éclats de voix. Mademoiselle Aniek : apportez-moi un thé, cela me revigorera. Et ne vous inquiétez plus, je tiens bien debout à présent, ce petit malaise n'en était pas un.

Johan fronça les sourcils au mot « malaise ». Il s'apprêta à frapper à la porte, mais la voix d'ordinaire si réservée d'Aniek suspendit son geste.

— Mais Maître Van Leiden, si le capitaine Turing pouvait vous donner un avis, il dirait comme moi que...

— Par toutes les plaies de Notre Sauveur, mademoiselle, taisez-vous ! Votre naïveté serait juste déplaisante si elle n'était pas criminelle : ce flibustier, engeance de je ne sais quel couple de rats de basse-fosse, n'a aucun savoir en fait de médecine, quand je suis, moi, diplômé de la faculté de Göttingen ! aboya Kuntze.

À ces mots, le sang de Johan ne fit qu'un tour, il ouvrit violemment la porte, sans même avoir frappé, bien décidé à faire ravaler les insultes qu'il venait d'entendre à ce...

Son cœur se figea dans sa poitrine. Près du lit se tenait le médecin, droit comme une trique dans son costume noir de vautour. Aniek faisait un étrange tableau : coiffée de son bonnet blanc de jeune fille lui conférant un visage de Vierge adolescente, elle avait dans les mains un petit ballot de linge taché de rouge. Johan ne prêta pas plus d'une seconde d'attention à ces deux personnes et à leur exclamation de surprise. Sa colère venait d'être tout entière engloutie par le spectacle consternant qu'il avait sous les yeux.

Aloys, debout, se soutenant d'une main sur le dos d'une chaise, était presque dévêtu. Il portait une étrange camisole longue s'ouvrant sur le côté et qui laissait entrevoir toute la longueur de son corps en préservant toutefois sa pudeur. Ses jambes, ses cuisses, ses hanches, ses côtes étaient visibles... ou plutôt, constata avec effroi Johan, auraient dû l'être. Sa jambe droite ainsi que sa taille et la naissance de son torse étaient entravées par une sorte de corset fait de multiples ceintures de cuir enserrant les chairs, les meurtrissant à tel point que toute la peau se trouvant à proximité des sangles était noircie d'hématomes[42]. Des bandages de tissu étaient parfois noués sous certaines lanières ; ils étaient tachés de sang. Le marin en grimaça de dégoût. Qu'était cette monstruosité, sinon un instrument de torture ?

— Qui vous a donné la permission d'entrer ici ? cingla le docteur Kuntze au milieu du silence dans lequel la pièce était plongée après son entrée fracassante.

Le regard horrifié de Johan agrippait à présent celui d'Aloys. Il lui sembla être face à un miroir de ses propres émotions : un tourment d'une violence indescriptible. Il était blanc comme un mort, ses yeux écarquillés brillaient d'une manière inquiétante, un mélange d'effroi, de stupéfaction et de colère aussi. Cette même colère que Johan tentait de refréner, mais qui montait en lui comme un orage en haute mer.

— Qu'est-ce que vous lui avez fait ? gronda-t-il d'une voix suintant de révulsion à l'attention du docteur.

Celui-ci voulut répondre. Aloys le fit taire d'un geste sec de la main. Son autorité se fit sans appel. Il prit une robe de chambre se trouvant sur le lit et s'en drapa les épaules avec dignité. Il répondit à Johan d'un ton d'un calme inquiétant :

— Capitaine, vous n'avez rien à faire ici, veuillez sortir de cette chambre.

Mais Johan n'était déjà plus assez maître de ses émotions pour pressentir dans cette attitude hautaine les prémices de la tempête. Il ignora la demande d'Aloys et se tourna vers le médecin.

— Qu'est-ce que vous lui avez fait ? persista-t-il en faisant un pas vers ce dernier.

Kuntze eut un sourire méphitique.

— Rien qui ne soit parfaitement volontaire, et je ne crois point qu'il ait été demandé votre avis sur ces questions. Enfin, à moins que je me trompe ? Il me semble savoir que le capitaine Turing n'est pas votre tuteur en matière de soins médicaux, *heer* Van Leiden, persifla le médecin en se tournant benoîtement vers son patient.

Aloys était en train de nouer élégamment le cordon de sa robe de chambre, mais son calme apparent ne faisait pas illusion : ses mains tremblaient. Il se redressa et dévisagea le docteur avec une suffisance tout aristocratique. Évidemment qu'il avait relevé l'ironie de cette remarque, évidemment qu'elle ne faisait qu'attiser sa colère.

Johan souffla avec irritation. Ce cirque absurde avait assez duré.

— Vous ne pouvez pas le laisser vous faire subir ça, lâcha-t-il avec une insolence cette fois dirigée vers Aloys.

À cette remarque, ce dernier se tourna vers lui avec tant de soudaineté qu'Aniek poussa un petit cri de surprise. L'éclat de ses yeux était difficilement soutenable. Le marin ne baissa pas le regard. Son âme était tant gagnée par l'écœurement devant cette terrifiante situation qu'il ne put s'empêcher d'ajouter avec aigreur :

— Vous ne pouvez pas le laisser vous soumettre à ce point ! Ce n'est pas cette chose qui soignera vos tourments et vous le savez.

Ces mots, aussi allusifs qu'ils pussent être, n'avaient pas à être dits en public, et la réaction d'Aloys fut aussi immédiate que violente :

— Sortez d'ici immédiatement, c'est un ordre ! aboya-t-il, les yeux débordant de colère et les poings serrés.

— Un ordre ? répéta le marin d'une voix blanche.

— Oui, un ordre. Vous êtes un employé dans cette demeure, capitaine Turing. Et votre place est à la serre à vous occuper de mes plantes, et en aucun cas ici à venir m'imposer vos impertinences de soudard. Sortez !

Ce dernier mot claqua comme un fouet.

Le fouet, Johan en connaissait la morsure, la vie en mer vous apprenait très tôt cela, mais les mots pouvaient souvent être plus douloureux. Il serra les mâchoires. « Sa place ». Ils en étaient donc là.

Il se raidit, comme au garde-à-vous, et fit une révérence appuyée dans laquelle se lisait, du moins l'espérait-il, toute sa fierté outragée.

— Très bien, Maître Van Leiden, commenta-t-il froidement avant de tourner les talons et de quitter la pièce.

Il eut à peine atteint l'escalier de service qu'il vit le docteur Kuntze sortir de la chambre à son tour. Les deux hommes échangèrent un regard de défi. Johan connaissait ce genre de regard. Cet homme voulait le voir mort.

***

Il faisait beau, cruellement beau. Sans doute une manière pour Dame Nature de le punir, car Aloys s'obstinait à rester enfermé chez lui malgré le temps radieux. Deux semaines venaient de s'écouler et il ne s'était toujours pas décidé à redescendre à la dépendance. Il n'avait pas mis les pieds dans la serre, ne savait pas où en étaient les floraisons et n'avait entrevu Johan que deux fois, par hasard, alors que celui-ci traversait la cour. Les deux hommes n'avaient plus échangé une parole depuis ce maudit matin de fin avril. Et à présent, nous étions en mai. Le mois où les équipages des navires se constituaient pour prendre la mer, et Aloys s'attendait d'un jour à l'autre à recevoir du capitaine son congé. Il savait que le marin avait fait partir des lettres pour Amsterdam quelques jours plus tôt par le biais de Guus, cela ne pouvait être que dans le but de rejoindre une expédition au long cours. Johan avait besoin de liberté, d'aventures, de vie. Assurément, il ne trouverait rien de tel dans un manoir perdu de la campagne hollandaise avec pour seule compagnie un infirme.

Il posa le livre qu'il lisait sur le petit guéridon à ses côtés et soupira, le cœur à l'agonie. *Qu'il s'en aille. C'est pour le mieux*, se répétait-il, *pour le mieux, vraiment...*

Ah oui ? Alors pourquoi cela lui meurtrissait-il ainsi l'âme ? Pourquoi avait-il envie de hurler, de briser tout ce qui l'entourait, d'aller s'excuser auprès de Johan, d'aller lui demander pardon ? Aloys savait qu'il avait eu une attitude odieuse et des mots indignes : indignes de lui et de leur amitié. Il se sentait atrocement coupable. Pour autant, était-il fautif ? Il n'avait pas demandé à être surpris ainsi, il n'avait pas voulu être découvert dans cet état. Il... il avait été profondément blessé par le regard de dégoût du marin lorsque celui-ci avait posé les yeux sur son corps à demi nu. Un monstre, il s'était senti un monstre dans les yeux de celui dont il pensait être aimé... Non, ce mot était à proscrire et ce sentiment avec lui ! Les larmes lui vinrent aux yeux et il les ravala avec colère. Colère contre lui-même, à présent, et contre ses multiples faiblesses. Si Johan était parvenu à oublier aussi facilement l'étreinte qu'ils avaient partagé des années plus tôt, alors pourquoi lui-même ne pouvait-il s'arracher ce souvenir de l'esprit ? Il savait bien pourquoi. Le marin n'avait pas, chaque seconde de son existence, à subir les conséquences de ce très éphémère moment d'égarement. Lui y était contraint : prisonnier de ce sentiment où la découverte d'un plaisir infini s'était mêlée au drame.

On frappa à la porte de la bibliothèque. Aloys se passa rapidement la main sur le visage et se redressa dans son fauteuil. Depuis deux semaines, il semblait que ses gens de maison avaient également pris le parti de se montrer très discrets, le laissant à ses souffrances et renforçant ainsi un peu plus son sentiment de solitude.

— Entrez, dit-il d'un ton de maître plus sec qu'il ne l'aurait voulu.

C'était Guus, qui s'introduisit dans le cabinet de lecture d'un pas méfiant et pataud. Ses sabots d'homme de peine faisaient un bruit incongru sur le bois du parquet et sa carrure massive semblait disproportionnée dans l'élégante bibliothèque garnie d'étagères en délicat acajou sculpté. Aloys prit conscience qu'il était rare que son dévoué serviteur s'aventurât jusque dans cette pièce.

— Bonjour, Monsieur Binckes, que se passe-t-il donc pour vous amener ici ?

— Maître Van Leiden, excusez-moi de vous tirer de vot' travail. Alors, eh bien, je v'nais vous voir parce que... voyez-vous, il y a des plantes qu'on dirait touchées de malandre[43] dans la serre.

Aloys releva les sourcils, surpris par ce ton vaguement anxieux, peu coutumier chez l'ancien matelot. Pour autant, il décida de ne pas donner l'air de s'en inquiéter.

— Ah oui, mais le capitaine Turing n'est-il pas là pour s'occuper de ce genre de chose ? répondit-il en reprenant son livre sur le guéridon et en le rouvrant avec indifférence.

Guus poussa un grognement irrité.

— Oui, mais... c'est qu'il doit s'y prendre mal. Vous savez bien, n'est-ce pas, il nous embobine avec son amphigouri de parler, mais sans doute qu'il aura mal compris quelqu'chose. Hum... Et pour vous dire la chose, Maître Van Leiden, c'est lui qui m'a demandé d'en recourir à votre aide, attendu que vous êtes savant de ces choses-là, bougonna-t-il en fourrageant dans ses gros favoris poivre et sel.

Aloys ouvrit de grands yeux et prit une moue un peu sceptique.

— Vous êtes en train de me dire, Monsieur Binckes, que c'est le capitaine Turing qui vous envoie ?

Guus regarda ses ongles et prit un instant à étudier ses cuticules en inspirant profondément avant de répondre :

— Il a besoin de vous à c'te heure, et ça c'est pas une menterie, finit-il par grogner.

Aloys comprit qu'il n'obtiendrait rien de plus du bourru serviteur. Que se passait-il dans cette serre ? Il agrippa les accoudoirs de son fauteuil avec, dans l'attitude, la plus mauvaise volonté possible et se leva. Il accompagna son mouvement d'un lourd soupir de résignation et masqua ainsi sa douleur. Le corset de contention était toujours aussi contraignant à porter. Et la souffrance qu'il occasionnait ne s'atténuait pas avec le temps. Rien que de très normal, c'était au corps de s'endurcir, avait dit le docteur Kuntze. Aloys rajusta son veston. Il était vêtu de façon relativement informelle, n'attendant pas la venue du médecin ni de la belle veuve avant deux jours. Pour autant, il se couvrit d'un gilet un peu long pour dissimuler davantage sa silhouette raidie par les fixations du corset, que Dorus avait fermement resserré le matin même. Guus le regarda un instant avec un air de profonde contrariété, puis il se décida à venir l'aider à descendre le grand escalier.

Ils arrivèrent dans la cour et Aloys prit réellement conscience qu'il n'avait pas mis le nez dehors depuis deux semaines. L'air était frais et riche de senteurs, un grand chèvrefeuille courait sur la façade des écuries, il serait bientôt en fleurs. Le soleil était agréable en ce milieu d'après-midi, et l'héritier Van Leiden s'arrêta un instant pour tourner son visage vers le ciel et savourer les rayons chauds sur sa peau. Deux aides de cuisine sortirent par une petite porte et vidèrent le contenu d'une grande bassine dans une rigole. Ils ouvrirent de grands yeux lorsqu'ils virent leur maître dehors. Un peu gêné par cette attention, Aloys ne s'attarda pas davantage.

Guus et lui traversèrent la cour pour atteindre la dépendance. L'homme de peine l'abandonna là sans dire un mot, visiblement peu enclin à se mêler davantage des querelles entre Johan et lui. La porte était ouverte. Aloys entra avec un absurde sentiment d'appréhension, comme s'il visitait l'antre d'une créature dangereuse.

Tout d'abord, il remarqua le désordre qui régnait dans la salle d'étude. Rien ne semblait avoir été rangé depuis des jours. Tout un tas de préparations, de pots et d'herbes sèches était abandonné sur la table centrale. Le grand évier en grès était rempli de récipients non lavés. C'était surprenant, connaissant les habitudes d'organisation du capitaine Turing. Aloys fronça les sourcils et se décida à traverser la pièce pour accéder à la serre. Après l'obscurité du rez-de-chaussée de la dépendance, la grande serre lui parut saturée de lumière. Une tiédeur calme y régnait. Certaines plantes avaient superbement poussé, faisant tomber leurs larges feuilles jusque dans les allées. Des fleurs étaient écloses, d'autres dévoilaient la naissance d'une corolle encore cachée dans le bouton. Le jeune homme s'attarda pour observer l'évolution de son petit jardin d'Éden. Il caressa du bout des doigts les feuilles duveteuses d'un épiaire de Byzance[44]. Une parfaite création de Dieu, si belle et venue de si loin, c'en était réellement émouvant. Il y avait tant de merveilles ici à présent. Depuis l'arrivée de l'ex-capitaine, tout avait si bien poussé.

Un léger bruit lui fit relever les yeux. Quelques mètres plus loin, derrière deux orangers odorants, Johan était occupé à tailler une azalée à la façon japonaise. Il portait une blouse de travail lui tombant jusqu'aux hanches et dotée de grandes poches d'où dépassaient petits outils de jardinage et chiffons. Ses cheveux blond-roux, à présent un peu plus longs, étaient ramenés en arrière et noués par un fil de chanvre sur sa nuque. Ses belles mains habiles maniaient les tiges frêles avec délicatesse et précision, c'était un très plaisant spectacle à observer que cette adresse et cette grâce chez un tel homme. Concentré sur sa tâche minutieuse, il ne l'avait pas entendu arriver. Aloys s'approcha et le marin se retourna soudainement. Ses traits marquèrent la surprise un court instant avant de reprendre une expression renfrognée.

— *Heer* Van Leiden, que me vaut cet honneur ? dit-il froidement.

Aloys accusa le coup sans broncher. *Ah, il veut se montrer distant, fort bien*, maugréa-t-il pour lui-même.

— Vous m'avez fait appeler, capitaine Turing. Comme vous le voyez, au mépris de mes occupations, et pour le bien de mes collections, j'accours.

Johan poussa un petit souffle de dédain et répondit avec raideur :

— Je n'ai rien fait de tel, on vous aura mal renseigné. Et je n'ai besoin de rien.

Évidemment, comprit Aloys, non sans une bouffée de sympathie agacée pour son entêté serviteur. *Ce brave Guus aura inventé l'excuse des plantes dépérissantes pour me convaincre de descendre dans la serre et nous obliger à faire la paix.* Il se fendit d'un sourire triste. Cette situation devait paraître pathétique aux yeux des domestiques. Ah ! après tout, il n'était plus un enfant, il pouvait bien faire un effort de courtoisie pour le bien de la sérénité de tous, c'est pourquoi il concéda :

— Soit, j'ai dû mal comprendre, mais je suis là à présent. Peut-être puis-je voir où en sont nos travaux ?

« Nos » travaux, il avait appuyé avec emphase sur ce « nos » comme on tend un rameau d'olivier en signe de paix ; c'était leur travail à tous deux. À en croire son regard adouci, l'ex-capitaine avait saisi la nuance, mais semblait réfléchir encore à l'attitude à adopter. Johan poussa un petit souffle de résignation en posant les cisailles sur le plan de bois à sa droite.

— Bien sûr, si vous voulez bien vous asseoir ici, *heer* Van Leiden, je vais vous apporter les spécimens les plus prometteurs.

À son ton narquois, Aloys devina que Johan s'attendait probablement à ce qu'il refuse de s'asseoir pour mieux le suivre dans le labyrinthe des tables et étagères couvertes de pots de toutes tailles. En d'autres temps, en effet, cela aurait été le cas. Mais à présent, la station debout, avec ce corset qui lui contraignait la jambe et le bassin, lui était trop douloureuse pour qu'il s'obstine dans sa fierté. Il s'assit donc en ravalant sa dignité avec dépit. Le marin sembla hésiter à faire une remarque, mais se ravisa et partit quérir une première petite jardinière garnie de plants de coleus javanais[45], dont les étonnantes feuilles bigarrées en vert émeraude et rouge rubis suffirent à Aloys, pour un temps, à oublier ses préoccupations.

***

Au bout d'une petite heure, la courtoisie pincée de maître à serviteur fit place à la confortable camaraderie à laquelle les deux hommes étaient habitués, à croire qu'ils leur étaient impossible de masquer l'amitié tendre qui les unissait. Ainsi, Johan était de nouveau porté par les détails d'un récit où se mêlaient botanique et voyages, et Aloys le couvrait de questions.

— Les mêmes feuilles, vraiment ? Mais je croyais que nous avions observé qu'il s'agissait de deux variétés différentes ?

Johan sourit à pleines dents pour la première fois depuis le début de cet après-midi. Et Aloys sentit son cœur faire un bond dans sa poitrine. L'enthousiasme sur le visage de cet homme était immédiatement communicatif.

— Je vous l'assure, il s'agit des mêmes, nous avons été trompés par leurs couleurs, sur vos dessins, c'est bien plus évident ! Vous en aviez fait des croquis très précis qui m'ont été fort utiles, renchérit le marin. Je les apporte, ne bougez pas !

Johan se leva et sortit de la serre pour aller dans la dépendance récupérer les études d'Aloys. Celui-ci en profita pour s'autoriser un grognement de douleur. Sa jambe lui faisait mal, très mal, comme si on tentait de lui arracher les nerfs en les extirpant depuis la plante de ses pieds. Il ne put s'empêcher de masser le membre douloureux avec une grimace de frustration. Ce geste réflexe ne lui faisait même pas du bien. Les éraflures occasionnées par les ligatures du corset accentuaient encore son sacerdoce. Sa peau fine ne tolérait plus d'être malmenée ainsi. Qu'il était ardu de ne pas faire voir ses faiblesses d'éclopé devant Johan alors qu'il souffrait le martyre !

Au bruit des pas derrière lui, Aloys se redressa sur son banc et colla, autant que faire se peut, à son visage un masque de flegme. Le marin en avait profité pour ôter sa blouse de travail et se laver les mains, évitant ainsi de tacher de terre les fragiles peintures. Il déposa le portefeuille cartonné contenant les esquisses sur le plan de travail et, en restant debout aux côtés d'Aloys, l'ouvrit. Puis il commença à feuilleter les planches illustrées, mais il finit par stopper son geste avec résignation et poussa un soupir.

— Vous souffrez perpétuellement, n'est-ce pas ? demanda-t-il, visiblement hésitant à aborder le sujet, alors que son pouce suivait machinalement le bord d'une feuille et qu'il gardait les yeux baissés.

Bien sûr, il n'a pas manqué de remarquer cela, comprit Aloys, à la fois frustré de n'avoir pu cacher son état et touché par l'attention du marin. Il trouva le courage de prendre un ton détaché pour lui répondre :

— C'est désagréable, je ne vous le cache pas, mais ce n'est en rien insurmontable, je vous l'assure.

Johan accueillit cette réponse avec une moue peinée. « Désagréable », l'euphémisme ne lui avait pas échappé.

— Je ne veux pas remettre en cause les soins prodigués par votre médecin, mais… commença-t-il.

— Mais vous n'allez pas réussir à vous en empêcher, le coupa Aloys sans cacher l'ironie dans sa voix.

Johan rougit un peu, amusé autant que gêné.

— Non, en effet. Pour vous confier mes pensées, je crois que le docteur Kuntze vous torture davantage qu'il ne vous soigne, et j'ai même la certitude qu'il trouve un plaisir malsain à vous voir souffrir ainsi.

Aloys fronça les sourcils. Johan semblait tout à fait honnête. Sur ses traits se lisaient même l'inquiétude et une compassion réelle. Et puis, il pouvait bien se l'avouer, une telle réflexion ne lui était pas si étrangère. Il avait déjà soupçonné Kuntze de corser singulièrement les médications et autres traitements qu'il lui imposait dans le seul but de lui faire expier par la douleur le plus gros de ses péchés. Cependant, d'entendre cela formulé avec autant de franchise avait un impact bien plus grand sur son esprit.

— Vos paroles sont biaisées par les sentiments haineux que vous avez à l'endroit du docteur Kuntze, commenta Aloys avec moins de certitudes qu'il l'aurait voulu.

— Peut-être, mais dans ce cas, considérez que mes paroles sont également le reflet de l'estime et de la sollicitude que j'ai pour votre personne, objecta Johan, une intensité soudaine enflammant ses prunelles claires.

Aloys baissa le regard et ne sut que répondre pendant plusieurs secondes.

— Ne dites pas cela, vous savez que ce genre de paroles ne sont pas…

Sa voix se perdit dans un murmure embarrassé. Johan patienta un instant pour laisser à Aloys la possibilité de finir sa phrase, mais voyant que celui-ci n'y parvenait pas, il se pencha sur lui et saisit sa main avec chaleur.

— Convenables ? Morales ? Ce genre de paroles peuvent-elles réellement vous faire plus de mal que l'ignoble cilice[46] que vous nouez à même votre peau ? Vous le portez en ce moment, n'est-ce pas ?

Aloys sentit ses joues s'empourprer au souvenir de cette scène où l'ex-capitaine l'avait vu dans une posture fort impudique. Et encore, cela n'était rien au regard de l'étreinte qu'ils avaient partagée dix ans plus tôt et que, fort heureusement pour sa conscience, Johan semblait avoir oubliée. Aloys repoussa sa main, ce seul contact lui donnant le vertige.

— Capitaine Turing, je ne crois pas que cette question, outre sa parfaite inconvenance, puisse vous concerner d'une quelconque manière. Ce que je porte n'est pas un cilice, et je ne suis pas le jouet d'un bourreau. Il s'agit d'une invention très novatrice et je suis volontaire pour cette expérience visant à me soigner, assena-t-il, lâchement, pour clore le sujet.

Johan eut un petit sourire triste où brillait l'entêtement. Il n'était pas question de médecine dans cette discussion, pas plus que de convenances. Les deux hommes voulaient s'avouer leur désir et cela prenait des détours labyrinthiques.

— Pour tout vous dire, je n'ai certes pas de connaissances dans la médecine pratiquée dans nos contrées, mais en revanche, j'ai pu observer et apprendre un certain nombre de remèdes dont on use dans les pays d'Orient, qui sont bien plus efficaces et bien moins douloureux pour le malade que les pratiques barbares que vous impose ce tortionnaire, insista le marin.

— Ce « tortionnaire », comme vous le qualifiez, emploie les plus modernes découvertes de France, et cela pour mon bien, répliqua Aloys.

Il constata, un peu confus, qu'il n'avait pas beaucoup d'arguments pour soutenir les traitements du docteur Kuntze. Il devait bien reconnaître qu'il s'était précipité sur les promesses de ce nouvel appareil, autant dans l'espoir d'être soigné que pour contraindre son corps à oublier toutes autres sensations que la douleur. À commencer par son attirance pour l'homme qu'il avait présentement en face de lui.

— J'en doute. Et je m'étonne que vous fassiez confiance à une science qui, non seulement ne vous guérit pas, mais vous impose chaque jour le supplice, ainsi qu'à un homme qui vous juge au lieu de vous réconforter ! Je ne le crois pas capable de vous soigner, d'aucun des maux qu'il croit voir chez vous, d'ailleurs, conclut Johan, son visage franc et décidé tourné entièrement vers Aloys.

— Et vous oui, peut-être ? répondit-il en parvenant enfin à plonger son regard dans celui du marin.

Cette question était fort mal choisie. Une impertinence stupide. N'était-ce pas rendre les armes et s'offrir sans lutte que d'encourager cette affection trop tentante, trop coupable pour être acceptée ?

— Eh bien, si vous m'autorisiez à examiner cette blessure, je crois que je pourrais, sans avoir à vous torturer, trouver un biais pour soulager vos souffrances.

En terminant cette phrase, Johan eut un sourire affectueux auquel Aloys répondit d'un léger soupir. Il ne pouvait le nier : tout son corps réclamait à être délivré de la douleur.

— Vous m'enjoignez à me déshabiller devant vous ? demanda-t-il, peu sûr de vouloir entendre la réponse.

— Il faut sans doute que vous en passiez par là pour que je vous examine, je le crains. Je ne suis pas assez savant pour lire les blessures au travers des vêtements, reconnut le marin, avec une grimace désolée.

Aloys se mordit les lèvres, hésitant. Fléchir ou reculer, refuser ou accepter. Pourquoi avait-il tant l'impression de ne pas faire de choix ? Tout était déjà accordé au beau capitaine par son propre cœur déloyal. *Tu ne risques rien, personne ne peut te voir, tu es chez toi, en sécurité*, se répéta-t-il intérieurement alors qu'il prenait une profonde inspiration.

Baigné par la lumière de la grande serre, au milieu des plantes qui lui faisait un paravent, il commença à dénouer son gilet.

***

Veston et chemise étaient à présent ôtés. Le pantalon même gisait sur le sol couvert de grossières tomettes. Aloys ne portait plus sur lui que cette camisole longue, fendue sur le côté, et l'incroyable enchevêtrement de ceintures qui formaient un corset autour de sa taille et de sa jambe droite. Sa peau était à peine visible sous ces multiples couches de tissus et de cuirs. Toute pudeur était préservée, mais la scène n'en gardait pas moins une teinte étrangement trouble, presque érotique. Aloys tourna vers Johan des yeux noyés de doute ; il ressemblait à un jeune saint allant au martyre. Et le marin se prit à avoir envie de pleurer.

— Par le Ciel, comment peut-on vous imposer cela ! ne sut-il que dire, la gorge nouée.

Les sangles de cuir enserraient les chairs avec cruauté, torturant le corps, jusqu'à lui imprimer des marques rouges virant à la blessure sanglante. La peau blanche, pareille à un marbre fin, était couverte d'hématomes allant du bleu au vert en passant par tous les camaïeux de violet. Chaque mouvement devait être une vraie torture. Johan sentit monter en lui une colère sourde.

— Je ne sais pas pourquoi je vous laisse voir cela, ce doit être pour vous d'une répugnance absolue, murmura Aloys en se retournant pour récupérer son gilet avec l'intention de s'en couvrir et de couper court à cette expérience.

— Votre corps ne sera jamais pour moi d'une répugnance quelconque, répliqua Johan, laissant libre cours à une spontanéité désarmante.

Aloys se figea, les doigts crispés sur le velours de l'habit. Comment pouvait-on avouer de telles choses sans honte ? Comment de si simples paroles pouvaient à ce point gonfler son cœur ?

— Puis-je vous demander d'ôter également ce... cette... cette chose, ajouta Johan d'une voix douce, malgré les sentiments chaotiques qui l'animaient.

Aloys avala sa salive. Son cœur avait violemment sauté un battement. Il s'agrippa autant que possible à sa résolution de rester maître de ses émotions. Comme si cela lui était réalisable.

— Soit, mais pour cela, vous allez devoir m'aider à en dénouer les accroches situées dans mon dos, répondit-il le plus stoïquement qu'il le put en se levant.

Johan hocha la tête et s'approcha de lui. Il se donna plusieurs secondes pour observer le système de liens et de fixations qui contraignait la silhouette d'Aloys. La taille était enserrée dans un premier large bandeau de cuir, maintenu par trois attaches métalliques dans le dos. Il entreprit de défaire celles-ci, puis passa aux différents garrots qui, supposa-t-il, servaient à maintenir la jambe droite. Les liens étaient noués de façon particulièrement complexe, mais cela ne désarçonna pas le marin, qui avait connu en mer des cordages autrement plus emmêlés. Enfin, dans un bruit sec, le corset se desserra et libéra son prisonnier. Aloys se mordit la lèvre pour contenir un grognement. Son corps réagissait à chaque fois à cette liberté avec violence, comme si la douleur, cette bête vicieuse, prenait quelques instants pour s'agripper encore à sa peau avant de refluer.

Johan, à présent agenouillé, ôta entièrement le corset, le fit glisser le long de la jambe nue et le laissa tomber sur le sol. Eut été son avis, l'immonde instrument de torture aurait immédiatement fini au feu. Il haïssait ce corset, il haïssait Kuntze, il haïssait la honte inondant les beaux yeux d'Aloys. D'une main tremblante, Johan écarta le tissu de la camisole pour découvrir la hanche et la jambe meurtries. Une longue cicatrice boursouflée et irrégulière courait de la moitié de sa cuisse à l'os de son bassin. Plusieurs plus petites entailles nettes laissaient deviner que des opérations ultérieures avaient été tentées pour corriger la consolidation de l'os fracturé. Johan sentit son estomac se nouer. La douleur pour de telles opérations avait dû être atroce à endurer. Mais, pire que cette blessure ancienne, étaient les multiples traces de meurtrissures que laissaient quotidiennement les ligatures de cuir du corset. La peau délicate d'Aloys en était couverte : ecchymoses, bleu noir ; griffures, rouge sang. Une véritable ignominie ne visant, il en était sûr à présent, qu'à torturer ce jeune corps trop vivant et trop beau pour le malveillant docteur.

— Vous êtes bien silencieux, dit Aloys d'une voix ténue.

Sa gêne était palpable. Johan se reprit :

— Oui, veuillez m'excuser. Je ne m'attendais pas à cela, vous m'aviez parlé d'une chute de cheval et cela n'y ressemble pas. Cette blessure est-elle ancienne ?

— Dix ans… il y a dix ans que… *cela* est arrivé, lui répondit Aloys après un instant de silence.

Dix ans, il devait avoir environ dix-sept ans, en déduisit Johan. Cela lui fit étrangement battre le cœur. Il y a dix ans, lui en avait vingt, alors, et venait à peine de s'enrôler à bord du *Chat génois*. Il se releva, pensif.

— Dans un premier temps, je peux appliquer un onguent sur les contusions. Cela atténuera la douleur et aidera à la cicatrisation. C'est un remède très efficace dont la recette m'a été transmise par un apothicaire du Tonkin.

Aloys souleva un sourcil interrogateur. Le marin lui sourit et se fit rassurant :

— Vous êtes sceptique ? Pourtant, la composition va vous intéresser. Elle emploie des plantes que vous étudiez ici. Et puis, « de bonnes choses mélangées ne peuvent pas faire un mauvais résultat », vous dirait votre cuisinière, ajouta-t-il pour plaisanter.

— Mademoiselle Greta entend par là qu'il en est ainsi des pâtes à gâteaux, je ne crois pas que la médecine se base sur les mêmes principes que l'art culinaire.

— C'est là où vous avez tort. Asseyez-vous, je vais quérir ce baume[47] et vous l'appliquer. Vous verrez ! répondit le marin en se précipitant hors de la serre une nouvelle fois.

Johan ne mit qu'un instant à revenir, mais celui-ci suffit à Aloys pour être dévoré par l'anxiété. Pourquoi, mais pourquoi avait-il accepté de se prêter à ce jeu ? Il se sentait si fragile, ici, dans cette serre emplie de soleil, où seules les plantes faisaient barrière à sa pudeur. Même si la camisole était toujours là pour cacher son corps ; il lui semblait être nu. Et son cœur battait si fort que c'était un miracle que le son ne résonnât pas contre les grandes vitres.

Une fois revenu, pour être à la même hauteur que la jambe de son « patient », le marin s'agenouilla au sol d'une étrange manière, les genoux repliés et les pieds calés sous son postérieur. Aloys se rappela que, s'il en croyait les gravures qu'il avait pu étudier, c'était ainsi que se tenaient communément assis les habitants du Japon. Au contraire de paraître humble, cela donnait à l'ex-capitaine une étonnante prestance teintée d'exotisme, qui intimida l'héritier Van Leiden. Johan ouvrit le bouchon de liège qui fermait le flacon de verre contenant l'onguent. Une forte odeur de menthe et d'épices se diffusa immédiatement dans l'air chaud de la serre. Le marin s'en enduisit consciencieusement les paumes. Aloys ne pouvait détacher les yeux des longs doigts fins se couvrant de baume huileux qui allaient d'un instant à l'autre toucher sa jambe nue. Il se sentit rougir.

— De quoi est-ce composé ? demanda-t-il pour masquer son trouble.

— Camphre, girofle, menthe, gommier, *kayu putih*, la plupart distillés grâce à l'aide de vos employés de cuisine. Je n'avais pas de cannelier de Chine pour compléter cette recette, mais cet ingrédient n'est pas indispensable pour ce qui nous occupe, répondit Johan, concentré sur la tâche à venir et aveugle à l'émotion qu'il faisait naître chez le jeune homme.

Satisfait de sa préparation, le marin releva les yeux, qu'il planta dans ceux d'Aloys. La crainte mêlée de fièvre qu'il lut dans son regard bleu le fit presque hésiter. Il avala sa salive avant de demander :

— Pourriez-vous découvrir votre cuisse et votre hanche droite, je vous prie ?

Aloys fit glisser la camisole afin de dénuder sa jambe et son côté. Il ramena le tissu gênant dans son giron et le maintint là dans ses deux poings serrés. Johan observa la cuisse blanche offerte à sa vue, de si belles courbes malgré les marques de souffrance. Il inspira pour se donner du courage et appliqua ses paumes sur la chair meurtrie.

Aloys eut un violent frisson. Douleur, surprise, émoi, plaisir déjà, il n'aurait pas su le dire, mais son corps avait réagi d'instinct au contact des mains chaudes.

— Vous… vous ai-je fait mal ? Cela ne va pas durer, je vous le jure, s'empressa de dire Johan, troublé lui aussi de cette réaction qui avait résonné étrangement en lui, comme si ses doigts reconnaissaient le frisson de cette peau palpitante.

— Et… hum… et quels sont les effets de cet onguent ? demanda Aloys pour parler et tenter de chasser son émotion.

Le marin commença à parcourir sa peau pour la couvrir de baume odorant, et Aloys eut toutes les peines du monde à se concentrer sur sa réponse.

— À tout du moins, cette pommade n'aura pas d'autres effets que ceux de soulager votre douleur, accélérer la cicatrisation des plaies et régénérer la vigueur de vos muscles endoloris. Quant à votre claudication, je vous l'affirme, aucun traitement n'y pourra rien, mais vous pouvez vivre sans que cela soit pour vous un supplice quotidien. Vous pourriez très bien apprendre à appliquer cet onguent vous-même. Cela vous évitera l'inconfort d'être touché par une tierce personne, si cela vous répugne.

Le répugner ? Pour tous les saints, Aloys était loin de sentir de la répugnance pour cette caresse qui ne disait pas son nom ; il n'y avait aucune innocence dans le plaisir indicible qui ne cessait de faire frissonner sa peau.

La pommade chauffait à présent les paumes du marin à les rendre brûlantes. L'odeur de camphre et de menthe, entêtante, enivrante, envahissait la serre. La douleur fuyait sa jambe aussi promptement que les gouttes d'eau glissent sur le verre d'une vitre. Il n'avait plus mal, bien au contraire. Son esprit s'embuait, il avait l'impression d'avoir pris une drogue puissante, capable de noyer son mal dans l'ivresse d'une fièvre délicieuse. Aloys ferma les yeux et se mordit les lèvres. Sa respiration peinait à se discipliner. Il crispa les poings dans son giron, malmenant le tissu de sa camisole qu'il maintenait courageusement contre son aine. Les mains de Johan étaient délicieusement mâles, fermes et rendues rugueuses par les années de mer à souquer les voiles. Mais elles se faisaient douces dans la délicatesse avec laquelle elles pétrissaient sa chair. Le marin paraissait connaître exactement chaque centimètre de sa peau, il en présageait les réactions et en dénouait les fils de douleur avec une dextérité tenant de la sorcellerie. Des pouces, il massa fermement l'affreuse cicatrice qui courait le long de sa cuisse, et Aloys sentit le souffle lui manquer lorsque les longs doigts remontèrent jusqu'à l'os de sa hanche et frôlèrent l'ovale d'une de ses fesses. Son vit se durcit inexorablement malgré ses deux mains appliquées à le contraindre, il s'entêta pourtant à ne pas en dire un mot, à ne pas bouger, à ne pas fuir devant le combat de ses sens contre sa raison, se mordant les lèvres pour tenter de freiner son ravissement. Il voulait tant que cet instant continuât indéfiniment, cette montée de la vie en lui depuis si longtemps étouffée, cette chaleur qui réveillait ses sens avec une obstination d'incendie couvant sous les cendres. Si l'éternité pouvait se posait là, encore un peu...

Mais trop tôt, bien trop tôt, son corps finit par le trahir. Aloys n'eut que le temps d'avaler une rapide goulée d'air avant que le plaisir ne se déversât en lui avec la violence d'un raz de marée et l'obligeât à s'écarter brusquement de Johan pour laisser échapper sa jouissance dans l'ombre de sa chemise et de ses poings crispés. Son orgasme eut la voix d'un sanglot. La honte lui enserra instantanément le cœur. Il voulut disparaître, mourir.

Dans la serre, il n'y avait plus un bruit. Johan, devant cette extase à la beauté émouvante, était resté pétrifié. Ce gémissement, cette expression du plaisir nu avait résonné en lui comme un écho traversant les murs du temps. Il connaissait cette voix, cette émotion fragile, il l'avait déjà entendue, en d'autres lieux. Et cette peau aux frissons désarmants d'innocence, il l'avait déjà eue sous ses doigts, au cours d'une étreinte fugace qui lui revenait à présent en mémoire. Amsterdam, le grand port, une ruelle... Devant lui, Aloys, recroquevillé sur lui-même, avait les larmes aux yeux.

— Je... je suis désolé. Puis-je... je vais vous demander de me laisser seul, balbutia-t-il.

Le marin se releva, groggy.

— Mais... commença-t-il.

— Je vous en prie, Johan, ayez pitié de ce qu'il reste de mon honneur. Laissez-moi me rhabiller seul. Sortez.

— Aloys, je vous supplie de croire que vous ne m'avez aucunement offensé.

— S'il vous plaît, finit par le conjurer Aloys d'une voix brisée.

Devant tant de détresse, l'ex-capitaine n'eut pas d'autre choix qu'obéir. Comme un somnambule, il marcha jusqu'à l'entrée de la serre et se retrouva dans la dépendance, silencieuse, elle aussi. Son esprit était jeté en plein chaos. Cette nuit-là, cette étreinte-là, lui revenait par vagues : les quelques mots échangés avec celui qu'il avait pris pour un jeune bardache, l'éclat d'un regard envoûtant et étrangement timide, la douceur d'une peau blanche, trop blanche, cet inconnu si beau entre ses mains de simple matelot, la ruelle sordide et leur étreinte animale, sans prévenance, l'étroitesse de cette chair possédée qu'il avait crue à vendre, qu'il n'aurait jamais pensée vierge, et ce cri de douleur sitôt teinté de plaisir. Ce corps livré avec un abandon émouvant. Un gémissement d'extase, à nul autre pareil, avait conclu cet instant troublant de beauté malgré l'extrême rudesse du décor. Après, il y avait eu des insultes, des cris, on avait arraché l'inconnu à ses bras, puis Johan se souvenait avoir été roué de coups. Et ensuite ? Plus rien. Le petit matin, l'embarquement sur le *Chat génois* et un voyage de dix ans qui avait tout plongé dans l'oubli. Un violent frisson lui crispa soudain les nerfs. Dix ans. Foutre Dieu !

Johan fit volte-face et rouvrit à la volée la porte de la serre dont le chambranle grinça horriblement d'être malmené ainsi. Il traversa le bâtiment comme une furie, la colère brûlant sa peau, il devait ressembler à un démon. Lorsqu'il rejoignit Aloys, celui-ci avait déjà revêtu sa chemise, son pantalon et finissait d'enfiler l'une de ses chaussures. Le corset gisait abandonné sur le banc. À cette vue, Johan poussa un juron. Il avait été parfaitement idiot et aveugle, cela le dévorait de rage. Aloys le regarda, surpris, fâché peut-être, de le revoir là si tôt. Le marin ne recula pas.

— Quand avez-vous reçu cette blessure ? lança-t-il, véhément.

— Je vous l'ai dit, il y a dix ans. Calmez-vous, capitaine Turing, vous allez ameuter toute la maison !

Ah, ce « capitaine Turing » allait le rendre fou !

— Comment vous êtes-vous fait cela ? Et ne me dites pas que c'est une chute de cheval, je sais reconnaître une brûlure au fer rouge quand j'en vois une !

Il se rapprocha, tel un fauve, bouillonnant de colère, les poings serrés.

— Je n'ai pas à vous répondre, et sachez que je ne vous crains aucunement, répliqua l'héritier Van Leiden, exaspérant d'indifférence insolente, tout à l'occupation d'enfiler sa seconde chaussure, malgré ses doigts tremblant d'émotion et de rancœur.

Johan avait envie de hurler, de le frapper pour l'obliger à répondre, pour nier l'abominable soupçon qui était né en lui quelques secondes plus tôt et qui le rongeait déjà de culpabilité.

— Après que nous, que nous avons eu... C'était cette nuit-là, n'est-ce pas, qu'ils t'ont fait cela ? jeta-t-il enfin, comme un seau d'huile bouillante sur un feu.

Aloys se figea. Le tutoiement venait de le poignarder en plein cœur. Dire « tu », c'était crier l'intime. Johan se souvenait donc, il avait compris, il savait. Bientôt, il y aurait le mépris dans les yeux du marin, bientôt il y aurait le dégoût. Aloys ne répondit pas, se leva, ramassa son gilet et allait se baisser pour prendre également le corset de cuir, lorsqu'une crampe atroce le prit. Il s'appuya sur le plan de travail derrière lui, incapable de refréner la crispation qui lui comprimait jusqu'à la respiration. La crise ne dura qu'une poignée de minutes, mais elle le laissa épuisé, à peine capable de se tenir debout. Il se rendit compte, en reprenant ses esprits, que Johan était venu à ses côtés pour le soutenir, son bras amicalement glissé autour de sa taille et sa main chaude couvrant son plexus. Aloys, flageolant, mais s'agrippant aux lambeaux de sa fierté, repoussa le marin, fit un pas de recul et détourna le regard. Décidément, rien ne lui serait épargné devant cet homme. Il n'était qu'un pitoyable souffreteux.

Johan poussa un soupir ; sa colère semblait s'être muée en lassitude.

— Que s'est-il passé cette nuit-là ? Que s'est-il passé après que nous avons été séparés ? demanda-t-il plus doucement.

Ce ton, où il crut reconnaître de la pitié, déversa une aigreur détestable dans la gorge d'Aloys. La fumée du tabac noir, les rires gras et avinés, l'odeur d'alcool renversé sur le plancher sale, du stupre qui imprégnait les vêtements et de la chair brûlée : tout cela lui revenait en mémoire. Le relent de ces souvenirs infâmes lui donna envie de vomir. Une réponse, il lui fallait une réponse, eh bien tant pis, il la donnerait ! Il commença d'une voix blanche, le regard rivé aux carreaux bistre du sol :

— Ils m'ont fait ça à coup de tisonnier. « Pour me faire le cuir », ont-ils dit. Ils ont failli me tuer. C'est mon frère Gerrit, qui les a arrêtés en descendant d'une des chambres à l'étage, c'est tout le bruit que je faisais en me débattant qui a fini par l'alerter. J'ai eu de la chance, en somme.

Aloys eut un petit ricanement sardonique, puis il releva les yeux et les ancra dans ceux du marin avec défiance, avant de continuer :

— « Tout le bruit », il est vrai que cela faisait près d'une demi-heure qu'ils s'étaient mis à trois à me foutre, à tour de rôle, à même l'une des tables de la taverne. Une demi-heure ! Entre la patronne et les clients, personne n'avait daigné intervenir. Mais comment les blâmer ? Après ce dont ces brutes avaient été témoins, il était difficile de me croire autre chose que l'une des putes de ce bouge immonde. J'ai sans doute mérité mon sort, il était le prix du péché répugnant auquel je m'étais bien trop facilement abandonné dans vos bras.

Après ces mots, le silence qui s'abattit dans la pièce eut la lourdeur d'une porte de tombeau. C'était la première fois qu'Aloys mettait des mots sur son « accident ». Même si ses bourreaux avaient été pendus pour avoir estropié un fils de notable, une telle confession lui avait toujours été refusée. Le viol avait été passé sous silence pour épargner à son nom le discrédit. Pour autant, dans le cercle restreint de ses proches, la chose s'était sue. De son frère aîné au cadet, de son père au médecin, ils avaient tous vu ce qu'il était : un corps souillé, puni par la clairvoyante volonté divine. Sa nature corrompue était seule responsable de ce triste sort. Conséquence prévisible de ses penchants blâmables et de l'irrémédiable vénusté de son physique. Ainsi, au bout de sa convalescence, Aloys avait été invité à se cacher, de peur que la rumeur gluante ne collât à la famille et n'entachât la réputation de Gerrit, devenu bon à marier. Hélas, s'emmurer dans ce manoir n'avait pas suffi à soigner son âme. Moralement, Aloys se savait damné.

Sans avoir relevé les yeux, il devina que Johan était resté tétanisé par cet aveu. Il avait beau avoir vu de bien pires choses au cours de ses voyages, la répugnance que ressentait certainement l'ex-capitaine envers lui devait être indicible. Pitoyable éclopé. Souillé. Perverti. Aloys était noyé de honte. Miraculeusement, pourtant, ses larmes refusaient de couler.

— Ce n'était pas un péché.

La voix du marin trancha le silence. Aloys releva les yeux, vivement.

— Pardon ?

Dans le regard de Johan, il y avait tant d'émotions, fortes, bouleversantes, mais pas une once de jugement.

— Le péché ne peut pas avoir ce goût-là, il serait trop cruel de donner aux hommes les possibilités d'un tel plaisir si celui-ci doit leur être interdit, répondit-il calmement.[48]

— Vous divaguez, ce n'est pas…

— Aloys, ces monstres n'avaient pas à condamner ce que tu es, ce que tu ressens…

— Que savez-vous de ce que je ressens ?

— De la douleur, de la honte, de la curiosité et du désir surtout...

— Taisez-vous.

Johan fit un pas en avant, et Aloys recula.

— Tout cela n'a rien d'un péché, je te le promets.

— Vous blasphémez.

— Aloys, laisse-moi te toucher...

— Non, je... il n'en est pas question... Mais êtes-vous donc aveugle ! Ce goût est contre-nature, répugnant. Il...

— Tu as tort. Tu as peur.

— Non, c'est vous ! C'est vous qui avez tort ! Je vais vous le prouver... je vais... balbutia Aloys, le souffle court et l'émotion lui nouant la gorge.

Il étouffait sous ce dégoût de lui-même, et l'homme qu'il avait en face de lui s'obstinait à nier la salissure de son âme. C'était un mensonge. Cela ne pouvait être qu'un mensonge ou de la pitié. Il allait lui arracher la vérité, lui montrer combien de tels désirs étaient méprisables, pervers, humiliants.

— Déshabillez-vous, ordonna-t-il finalement.

Le marin l'observa un court instant, la respiration retenue. Puis, sans un mot, il se baissa pour ôter ses bottes. Pieds nus sur le sol carrelé, il commença à dénouer la ceinture de son pantalon et ainsi libéra sa chemise qu'il enleva par le col d'un seul geste. Son torse, légèrement halé, était tendu de muscles vifs ; une silhouette à la souplesse de liane, acérée comme un sabre. Les traces d'anciennes cicatrices se dessinaient sur sa peau, marques de ses aventures au long cours. Elles étaient étrangement belles.

Les doigts de Johan s'insinuèrent entre son ventre et la ceinture de son pantalon et, sans précipitation, il fit glisser le vêtement sur ses hanches. La toison de son aine se découvrit peu à peu, puis son membre, long, se dévoila dans le fauve des boucles de son entrejambe. Le pantalon tomba au sol. Aloys avala sa salive.

Johan était à présent entièrement nu, superbement fier, sans honte ni pudeur dans la lumière de la serre. Il inspira et expira profondément, l'air roula sous les muscles de sa poitrine. Il patientait, insolent et beau. Aloys s'approcha, tout près, résolu à lui prouver combien il y avait d'opprobre à se livrer ainsi.

— Gardez les bras le long du corps, ne me touchez sous aucun prétexte, exigea l'héritier Van Leiden avec le ton sec d'un maître.

Johan resta muet. Son regard gris-vert ne cilla même pas lorsqu'Aloys posa sa paume, fraîche, au centre de son torse, sur son cœur. Les deux prunelles couleur de ciel s'ancrèrent à celles du marin. Aloys guettait les signes de la honte et constata, déçu, qu'elle n'était pas encore là. Doucement, il fit glisser sa main sur les reliefs des pectoraux, effleura un téton dur et arracha ainsi un très léger sursaut à Johan, qui déglutit, mais ne bougea pas davantage. La paume d'Aloys parcourut lentement le paysage de ses abdominaux, le bout de ses doigts s'égara même un instant dans la toison de son aine, mais il dévia sa caresse avant d'atteindre la hampe du marin, et celui-ci inspira vivement, frustré. L'excitation non satisfaite pouvait être une torture.

Aloys s'approcha encore, sans pour autant être contre lui. Son regard toujours rivé à celui de Johan, il saisit soudain la chair d'une de ses fesses et pinça. Cette fois, un éclair passa dans les yeux clairs, et le marin serra et desserra les poings, son pouls battait à sa gorge. Aloys ne laissa transparaître sur son visage aucune émotion. Il fit courir ses ongles sur la peau frissonnante, remonta un court moment la courbe de la colonne vertébrale pour mieux redescendre et insinuer l'un de ses doigts entre les globes fermes du postérieur. Les pupilles du marin se dilatèrent lorsque le bout d'un index aventureux vint caresser son intimité. Aloys força alors, sans délicatesse, l'anneau de muscles et l'enfonça aussi loin qu'il le put. Mais Johan ne broncha pas, tout au plus il inspira un peu brusquement et cambra légèrement ses reins. Le sexe de l'ex-capitaine, à présent bandé, trahissait même son plaisir à cette rude conquête. Aloys pénétra d'un second doigt son intimité, et la respiration du marin s'accéléra. Johan ferma les yeux et expira lentement. Il était impossible de nier que l'homme, qu'Aloys croyait malmener, se retenait en fait de venir enfoncer plus loin l'intrusion charnelle qui faisait délicieusement tressaillir son corps.

Une tempête se déchaînait dans l'esprit du jeune Van Leiden. *Où était la faiblesse ? Où était la honte d'être un homme ainsi soumis, possédé par un autre ? Était-ce de l'orgueil, de l'entêtement à ne pas plier ? Ou bien... ou s'il n'y avait pas à avoir honte... si sa vie accablée de remords n'avait été qu'un mensonge...* Cela ne pouvait être... Aloys ravala ses certitudes vacillantes avec une obstination rageuse. De sa main restée libre, il empoigna la verge dure de Johan, et serra.

Ceci arracha un grondement au marin, qui parvint au prix d'un contrôle de soi admirable à garder les bras le long du corps et les pieds fermement plantés au sol. La sueur avait commencé à perler au creux de sa clavicule et de ses reins. Il avait une telle envie de décharger son plaisir, chacun de ses nerfs vibrant de frustration au point de le faire trembler.

Un hasard, sans doute, vint à son secours quand une phalange maladroite trouva soudain le point où le plaisir avait en lui une source secrète. Johan, cette fois, ne put retenir un gémissement et Aloys, désemparé devant cet abandon de l'orgueil viril face à la jouissance, ne put que dénouer l'étau de ses doigts et masser fermement le membre engorgé. Deux caresses suffirent. Johan jouit entre ses mains, les yeux clos, les lèvres expirantes, plus beau qu'il ne l'avait jamais été. En cet instant, il incarnait la preuve absolue de l'absurdité de la Morale des Hommes.

Et Aloys fondit en larmes. De lourds sanglots lui étranglèrent la gorge. Il pleura comme il ne l'avait pas fait depuis des années. Il pleura sur ses certitudes mortes, sur sa douleur vaine, sur le meurtre de son innocence et sur ses résolutions piétinées. Il pleura parce qu'il était perdu, jeté en plein océan, sans repères ni boussole, et qu'il avait peur à présent de ne pas retrouver la terre. Il pleura de soulagement, aussi, devant ses sentiments miraculeusement délivrés des abysses par un sauveur inespéré.

Johan le prit dans ses bras. Il était touché jusqu'au cœur par cet émoi déchirant. Par cet aveu qui résonnait en lui et lui offrait enfin un mot pour cette émotion qui le possédait inexorablement depuis bientôt quatre mois : l'amour. Il se savait amoureux, c'était à la fois bien plus simple et autrement plus compliqué que ce à quoi il s'était attendu. Il allait devoir affronter tant de ténèbres pour mériter une âme si meurtrie, tant d'obstacles pour convaincre ce jeune martyr de l'inévitable évidence de leurs sentiments. Alors, bouleversé lui aussi, Johan l'enlaça plus fort, le blottit contre lui et contint les vagues de désespoir comme l'aurait fait la jetée d'un port.

Bientôt, l'orage d'émotions se calma et Aloys, épuisé, retrouva quelques lambeaux de calme auxquels s'accrocher. S'écartant de Johan, il essuya, gauchement, son visage trempé de larmes, et constata que sa manche et ses doigts étaient souillés des traces de l'extase du marin. Celui-ci, sans gêne aucune, saisit la blanche main humide de semence et de pleurs entre ses doigts et la porta à ses lèvres. Aloys, confus devant ce geste d'extrême tendresse, balbutia :

Fig.12

— Johan, je... je te demande pardon pour tout ce... pitoyable gâchis.

L'ex-capitaine soupira et plongea avec émotion dans son regard clair, avant de répondre d'une voix chaude :

— Aloys...

Il retint dans un souffle un mot tendre qui resta douloureusement coincé dans sa gorge.

— Je n'ai rien à te pardonner. C'est toi que tu dois absoudre à présent.

CHAPITRE SEPTIÈME

L'après-midi s'éteignait doucement au-dehors et le soleil achevait sa course sur l'horizon ; bientôt la nuit entrerait dans la grande serre. Pour le moment, les rayons de lumières finissaient de glisser, orange, rouges, sur les délicates aquarelles des études botaniques, faussant les teintes et trompant l'œil. Gisant abandonnées sur le plan de travail, personne ne semblait plus y faire attention, hormis un *fuchsia encliandra*[49] dont les fleurs se penchaient vers elles dans une contemplation silencieuse.

Après le chaos d'émotions qui avait balayé les lieux à peine une heure plus tôt, une brume de calme venait à présent au secours des esprits épuisés. Rhabillé sommairement, Johan s'était assis aux côtés d'Aloys sur le banc. Tourné vers le jeune maître, le marin appuyait son dos contre l'énorme pot contenant un des orangers. Ayant fait tomber les barrières de leurs préjugés, les deux hommes se parlaient enfin à cœur ouvert. Il n'était plus question d'horticulture ni de philosophie. Leurs voix se faisaient basses pour se livrer aux confidences, les mots coulaient en une rivière paisible. Ils se confiaient leurs passés, leurs souffrances, leurs expériences de vie et les questionnements qui les avaient hantés. Chacun avait connu la peur, le dégoût, le rejet de la part des autres, de la part d'eux-mêmes. Johan avait

Fig. 13

dit : son enfance, l'échoppe de son père, la rue et ses premières fois, le port d'Amsterdam et les matelots auxquels on se livre pour une poignée de pièces quand on est beau garçon et qu'on est orphelin. Il narra sa misère traînée de quai en cale, larbin de taverne, puis mousse à tout faire, jusqu'à ce fameux matin d'amnésie où le capitaine du *Chat génois*, plus séduit que rebuté par sa face tuméfiée de la veille, l'avait pris à bord pour une expédition de dix ans. Mille pays ensuite, mille cultures, mille amants, des flots d'impressions et de découvertes, d'épreuves, de craintes, de jouissances et de dépits. De quoi épuiser son goût de l'aventure et des étreintes anonymes, de quoi lui faire espérer un port où amarrer son cœur.

Tout le long de son récit, Aloys avait gardé la main de Johan au creux des siennes, jouant avec ses doigts, caressant sa paume pour occuper son esprit, apaiser ses angoisses et permettre à sa voix de raconter aussi, posément, ses années de souffrance et d'humiliation. Lui avait décrit : son corps réduit à n'être qu'une preuve accablante de sa déviance, son corps devenu terrain de jeu médical, champ d'expérimentation, objet sans vie que l'on malmène, puis la réclusion de ses désirs au tréfonds de sa conscience et la culpabilité, toujours elle, comme seule compagne. Il lui semblait étrange de pouvoir parler aussi librement à quelqu'un de sujets si intimes, lui qui, ayant connu toutes sortes de mains froides pour ausculter sa peau et son âme meurtries, croyait ne plus posséder d'intimité.

Johan le regardait de cette façon profondément tendre, de cette sorte d'affection qui donne le frisson. À part leurs yeux qui disaient toute leur passion contenue et leurs mains qui s'unissaient et jouaient à être amantes, plus aucun geste malséant n'avait surgi entre eux. Un respect pour le sentiment encore fragile qu'ils venaient de voir naître les retenait de précipiter les choses. Ainsi, ils en étaient revenus au vouvoiement et aux timides marques d'affection, laissant de côté la précipitation pour mieux panser leur amitié. Toutefois, voyant le soleil décliner, Johan se leva, à regret.

— La nuit tombe, il se pourrait que vous attendiez de la visite ce soir et je ne voudrais pas vous mettre en retard, dit-il en pensant aux soirées avec la Dame de Wijs.

Il sentait poindre en lui les germes d'une trouble jalousie envers la trop belle aristocrate, mais ne voulait pas accaparer Aloys plus que de raison. Celui-ci lui sourit doucement et Johan reconnut dans son regard bienveillant qu'il avait entrevu ses pensées.

— Johan, je dois vous avouer que je ne recevais Reinhilde de Wijs que par souci des convenances. Je n'attends pas sa venue ce soir. Et… il faut que je prenne le temps de réfléchir à ce que je souhaite faire de ma vie comme de mon cœur, confia-t-il, encore un peu surpris lui-même de sa résolution.

— Je suis heureux de vous l'entendre dire. Mais… oserai-je vous demander d'essayer d'espacer les médications du docteur Kuntze ? Je crains pour votre santé.

— Eh bien…

Aloys se leva lui aussi du banc, sa main fermement appuyée sur sa canne, escomptant d'avoir à souffrir pour se tenir debout après avoir été si longtemps assis. Mais à sa grande surprise, la douleur, bien que présente, ne le fit qu'à peine grimacer. Sa jambe paraissait moins raide et sa peau ne le lançait pas.

— Je crois que votre baume fait des miracles, mon ami, constata-t-il, gonflé d'une joie enfantine.

Le marin accueillit la nouvelle avec enthousiasme. Il ramassa le flacon d'onguent salvateur et le tendit à Aloys.

— Tenez, dans ce cas, prenez-le. Je vous en confectionnerai un autre quand vous viendrez à en manquer. Cela ne pourra pas corriger votre claudication, mais il vous épargnera de souffrir. Ce corset est une hérésie cruelle, conclut-il en lui confiant le remède.

Aloys glissa le flacon dans une poche de son gilet.

— J'en conviens à présent. Merci. Je vais suivre vos conseils et tester une méthode plus douce. Il me faut apprendre à essayer toutes sortes de médications, après tout, l'empirisme est la base de la science depuis l'Antiquité, s'amusa-t-il d'un ton empreint de crânerie.

— L'empirisme[50], voilà encore un nom pompeux pour qualifier la sagesse de chaque jour. Je suis prêt à parier que Guus ou Greta sont d'aussi doctes empiristes que vos savants des siècles passés, taquina Johan d'une voix espiègle.

— Dame Greta sait-elle que vous êtes un fervent partisan de sa philosophie culinaire ? renvoya Aloys en se retenant de rire.

— Oh, surtout ne lui en dites rien ou elle va me rebattre les oreilles de dictons rustiques jusqu'à ce que j'en trépasse ! se moqua Johan en mimant l'effroi.

Cela acheva de dessiner un beau sourire sur le visage d'Aloys, dont les yeux brillaient d'une joie légère et confiante.

Les deux hommes sortirent de la serre et entrèrent dans la dépendance où il faisait déjà très sombre. Le marin ouvrit, pour son hôte, la porte vers la cour et Aloys en passa le pas. Soudain, Johan le retint par le poignet. Il porta la main du jeune maître à ses lèvres, et celui-ci frémit du souffle chaud qui effleura sa peau.

— Aloys, m'autoriseriez-vous à vous courtiser ? osa demander l'ex-capitaine dans un élan de galanterie.

Aloys rougit jusqu'à la racine des cheveux.

— Johan, cela ne se fait pas ! Enfin, je ne suis pas…

— Vous n'êtes pas… ? badina affectueusement le marin.

— À dire vrai, je ne sais plus, sourit Aloys, confus. Je vous promets de ne pas fuir, mais laissez-moi le temps de repenser à tout cela.

— Bien sûr, je ne vous presserai pas davantage, même s'il me tarde de connaître votre réponse, souffla l'ex-capitaine en embrassant le dos de sa main.

— À demain, Johan, lui murmura Aloys en arrachant ses doigts à la douce étreinte avec un rire encore timide.

Sa gêne perdait de son empire sur sa raison. Enfin, l'affection sincère et le plaisir de la séduction avaient droit de cité dans son esprit et c'était un baume à son cœur. Cet homme ouvrait les fenêtres en lui, une par une, et la lumière, radieuse, y entrait à pleins flots.

Lorsqu'Aloys regagna son lit cette nuit-là, et malgré son épuisement, le sommeil ne le prit pas tout de suite. C'était de savoir Johan si loin et si proche à la fois, de ne pouvoir entendre sa voix ni toucher sa peau, alors que la distance d'une cour n'était rien à traverser. Toutefois, leur dérisoire éloignement physique ne formait pas une vraie barrière. Les années de censure imposées à ses désirs et le joug de la culpabilité religieuse sur toute son éducation seraient bien plus ardus à franchir. Il allait lui falloir un grand courage pour surmonter cela. En fermant les yeux, il sourit pourtant, confiant, en se disant que Johan serait là pour le soutenir dans les épreuves à venir.

***

Les jours suivants furent calmes et apaisants. La routine d'étude et de travail avait repris entre les deux hommes. Elle était maintenant délicieusement teintée d'une douce expectation, un frisson de désir qu'ils prenaient plaisir à dompter pour mieux apprendre à se séduire. Autour d'eux, la demeure avait retrouvé une atmosphère plus accueillante, plus vivante, portée par les prémices de l'été qui arriverait bientôt.

Tout n'était pas idyllique, bien sûr. Aloys avait dû affronter la cinglante désapprobation du docteur Kuntze quant à son choix d'abandonner le corset de contention. Cependant, plusieurs heures de remontrances culpabilisantes et de prêches véhéments, fiévreux ou alarmistes n'avaient servi à rien. Aloys était resté inflexible. Plus aucun traitement, plus de saignées, plus de ceintures, plus de mortifications. Rien. S'il devait sombrer corps et âme, eh bien, soit, qu'il en fût ainsi. Il ne se torturerait plus volontairement. Il s'était bien gardé de parler à Kuntze du baume de Johan, ne voulant pas faire du marin la cible de la réprobation du médecin, mais ce dernier en eut vent malgré tout, et le jeune Van Leiden commença à soupçonner Dorus, le seul témoin de son utilisation de l'onguent, d'être moins fiable qu'il ne le croyait. Cela n'était pas acceptable.

Dans le doute, Aloys écarta progressivement son valet pour lui préférer le service de la sage Aniek, en qui il avait la plus grande confiance. La jeune femme n'en fit pas un orgueil visible et cela ne sembla pas susciter la jalousie auprès des autres domestiques. Kuntze ne se montra alors plus guère, tout comme Dame de Wijs. Aloys, clairvoyant sur les intentions de la fière aristocrate, avait espacé ses invitations, considérant qu'il serait déshonnête de sa part de continuer sur une voie ne menant à rien pour elle. Face au refroidissement sensible de leur relation, Reinhilde de Wijs fit le choix orgueilleux de ne plus donner de nouvelles. À croire que le soleil des beaux jours avait suffi à chasser ces oiseaux de malheur, lui répétait à l'envi Guus, redevenu nettement plus jovial depuis la réconciliation de son jeune maître avec le marin.

Tout à la découverte de ses sentiments, Aloys ne s'attardait pas à réfléchir aux conséquences de tous ces changements sur son quotidien. Il se laissait, pour la première fois de sa vie, porter par une soif de vivre enivrante qui montait en lui comme la sève aux arbres du parc. Tout son corps allait mieux et une vigueur nouvelle l'entraînait dans des rêveries pleines d'espoir. Ainsi, depuis deux semaines, le temps s'écoulait sereinement. Sereinement, comme peuvent l'être les heures quand on aime et que l'on se languit de ne savoir comment l'exprimer.

Aloys soupira. *Quand on aime…* Était-ce bien cela ? De l'amour ? Comme dans *Clélie* ou *Le Cid*[51] ? Comme dans *Roméo et Juliette* ? Étaient-ils comparables à ces amoureux transis des romans courtois et des pastorales antiques ? Ou à ces tragédies épiques où l'Amour est partout ? Cela y ressemblait, assurément, toutefois, avait-il le droit d'employer un mot si pur et noble pour désigner ce désir réprouvé ? *Réprouvé ne veut pas dire coupable*, lui avait enseigné Johan. L'interdit moral sur les amours entre hommes n'était pas, selon lui, généralisé à toute la planète. Certains peuples n'y prêtaient même aucune attention particulière. Aloys enviait la liberté de pensée du marin et son expérience du Monde. Il soupira de nouveau.

La nuit était calme et belle, tout le manoir dormait déjà profondément, il devait être près de minuit. Assis au bureau de sa chambre, Aloys s'acharnait à lire un traité de botanique rédigé en latin. Mais rien ne semblait parvenir à lui engourdir suffisamment l'esprit. Quelque part dans son cœur, une flamme le maintenait éveillé pour une raison qui ne lui échappait plus. En effet, le bouillonnement de ses sens se faisait chaque jour plus pressant. Il n'avait cessé de repenser aux avances de Johan, et à la prévenance dont faisait preuve le marin depuis leur après-midi de confessions. Sa raison le prévenait encore un peu envers les élans de son cœur, mais Aloys pressentait que bientôt il leur céderait. C'était une perspective autant délicieuse que terrifiante. Car l'intimité entre deux hommes résonnait encore trop en lui du glas de la douleur et de la honte. Toutefois, il se prenait à espérer qu'il existât une autre forme d'expérience charnelle que celle, atroce, qu'il avait vécue, qu'il était possible d'éprouver du plaisir sans cette souffrance qui tapissait ses cauchemars. Johan lui avait dit que oui, que l'extase pouvait naître de caresses douces, de conquêtes tendres, que quand il se sentirait prêt, alors… *Mais, le serai-je un jour ?* se demanda-t-il avec une certaine lassitude.

Aloys referma l'ouvrage scientifique et se perdit dans la contemplation de la lune. L'astre nocturne, alors dans sa pleine rondeur, baignait d'un halo blanc la cour de l'auguste demeure des Van Leiden. Celle-ci luisait d'une lumière diaphane de conte de fées. Les murs, les arbres se découpaient en contraste de bleu sombre et d'éclats d'argent sur le ciel d'encre. De sa fenêtre au premier étage, Aloys distinguait sans peine l'entrée de la dépendance. Elle était à si peu de distance. Soudain, un mouvement attira son attention. La porte s'ouvrit à la volée, et une silhouette émergea de l'obscurité du bâtiment. Il reconnut immédiatement Johan.

Celui-ci tourna la tête vers la fenêtre de la chambre d'Aloys, guidé sans doute par la lueur de la bougie dont le jeune maître se servait pour éclairer ses lectures tardives. Johan sourit à pleines dents, de son air de pirate, puis traversa la cour d'un pas décidé et se dirigea vers l'entrée principale du manoir. Au léger bruit que fit la porte du hall en s'ouvrant, Aloys se leva, le cœur battant. Il ne fallut pas plus de quelques secondes au marin pour monter le grand escalier et atteindre sa chambre. Aloys lui ouvrit la porte avant qu'il n'eût eu le temps de frapper. Les deux hommes se regardèrent un instant, un peu gauches de se trouver ainsi en présence l'un de l'autre à une heure si avancée de la nuit, l'un en bras de chemise, l'autre vêtu d'une robe de chambre sur son habit du coucher. Cependant, l'ex-capitaine se reprit bien vite.

— Je suis heureux de vous trouver éveillé, il faut que je vous montre une chose exceptionnelle ! commença-t-il, enthousiaste.

— Il fait nuit noire, Johan, que voulez-vous que nous étudiions à cette heure-ci ? l'admonesta Aloys sans grande conviction.

Le marin saisit alors sa main avec fougue. Le geste plein d'élan, sans retenue, le surprit, mais il n'aurait jamais eu l'hypocrisie de le repousser. Il n'était plus temps de cela après ce qu'ils avaient partagé. Et cette main était si chaude, possessive, et tellement réconfortante dans cette capture douce qu'elle faisait de la sienne qu'il n'aurait su comment se refuser à elle. Son cœur s'emballa même de cet empressement.

— Venez… souffla Johan, brûlant de le convaincre.

Cette voix, pensa Aloys, *elle a tout pouvoir sur moi.* Et il était bien trop tard pour avoir peur, bien trop tard pour craindre les démons de son passé. N'osant pas répondre d'un oui, qui aurait été trop se donner, il finit par accepter d'un signe de tête. Le visage du marin s'éclaira d'un sourire immense et, à cette image, le cœur d'Aloys se gonfla d'affection. Il savait au fond de lui, avec la plus profonde certitude, qu'il n'avait pas à se défier de cet homme, qu'il n'était pas l'une des brutes de ses cauchemars, que le suivre ne le mènerait à aucun abysse. Ils descendirent sans bruit l'escalier. Tout le manoir était plongé dans un profond sommeil. Johan l'entraîna dans la nuit de la cour. Le crissement des graviers sous leurs pieds, trop concret, semblait presque étrange dans cette ambiance onirique où il aurait été plus crédible de n'entendre que le bruissement de la brise.

La porte de la dépendance grinça lorsqu'ils l'ouvrirent. Le silence régnait dans la pièce obscure. Avec l'heure tardive, Guus était sans doute déjà parti se coucher à l'étage. Johan guida le jeune maître dans le noir en évitant de heurter les caisses stockées au sol. Ils atteignirent la serre, leurs deux mains toujours unies. Sur une étagère à l'entrée, une chandelle était allumée. Le marin s'en saisit et conduisit Aloys dans les méandres du bâtiment de verre, entre les jardinières, les feuillages et les suspensions, véritable forêt exotique qui envahissait tout. La faible lumière de la flamme de la bougie dansait devant eux et les grandes vitres de la serre en reflétaient l'éclat, comme mille points lumineux flottants, sortes de lucioles suivant leurs pas et attirant leurs regards. Ils parvinrent jusqu'à un coin plus discret, près d'une imposante fougère arboricole, dont les feuilles se déroulaient à la manière de grandes plumes. Johan déposa la bougie sur l'angle d'une petite console calée contre le mur. Il écarta avec précaution un voile de tissu, qui dissimulait un pot en terre cuite.

— C'est juste ici. Je voulais vous en faire la surprise. Elle s'est ouverte à l'instant, dit-il sans cacher son impatience.

Aloys, dévoré de curiosité, s'approcha de la plante exotique. Il la détailla, avidement, d'un œil d'expert. C'était une plante asiatique, étrange autant que fascinante, qu'il ne se souvenait pas avoir étudiée. Les tiges vert sombre s'élargissaient et s'aplatissaient comme des feuilles sans en être vraiment. Au bout de l'une d'elles avait éclos une magnifique fleur aux pétales d'un blanc éclatant où fusait du rose clair. Sa forme était incroyable, semblable à un feu d'artifice figé en pleine expansion. Il en resta sans voix.

— C'est une *tānhuáyīxiàn*, une fleur de lune, elle éclot la nuit et meurt au matin[52], lui indiqua Johan d'une voix très basse, comme si la beauté de cet instant nécessitait un respect particulier.

— C'est une merveille, souffla Aloys, ému devant ce chef-d'œuvre éphémère.

Il tendit la main vers la plante qu'il n'osa pas toucher tant elle semblait précieuse.

— Peut-être devrais-je en faire un croquis cette nuit, si elle n'a que quelques heures à vivre, finit-il par dire en se tournant vers le marin, qui eut un rire affectueux.

— N'ayez crainte, dit Johan en lui désignant d'autres boutons prêts à éclore dans la semaine à venir. Prenez le temps cette nuit de vous emplir les yeux de sa beauté, vous pourrez l'étudier plus tard.

Aloys lui sourit, Johan avait raison, bien sûr. Il devait apprendre à savourer le présent. Et cette fleur pouvait bien être le symbole de sa résolution. Une nuit. Si peu de temps. Et pourtant, en une seule nuit, toute une vie pouvait basculer. Il suffisait d'une heure, souvent même de bien moins... Son esprit lutta une poignée de secondes contre les ombres de son passé, mais il se débattit vaillamment. Il inspira et son âme s'apaisa progressivement. Il était là, à présent ; bien en vie, Johan à ses côtés.

— Vous avez certainement dû observer semblable merveille de nombreuses fois durant vos voyages ? commenta Aloys, captivé par la fleur de lune.

Le silence accompagna un moment la fin de sa phrase.

— Peut-être... et pourtant, il me semble que c'est la première fois que je vois un spectacle d'une telle grâce, répondit Johan d'une voix extrêmement douce.

Aloys se tourna vers le marin, surpris par cette réponse inattendue. Le rouge lui monta alors aux joues. Johan n'observait pas la fleur. Toute l'intensité de son regard était entièrement concentrée sur lui. Il y avait dans ses yeux une ferveur enivrante. Aloys voulut protester de ce compliment absurde. Il n'y parvint pas : aucun mot n'acceptait de se soumettre à sa raison. Cet homme pouvait être si séduisant. Et un moment comme celui-ci, qui relevait de la magie ou du conte de fées, invitait à toutes les audaces. C'est pourquoi il laissa soudain échapper la confession qui lui hantait l'esprit depuis des jours, avant même d'en avoir estimé les conséquences :

— Johan, vous vouliez savoir si vous aviez quelque emprise sur mon cœur. Je dois vous avouer que je ne crains plus les sentiments que j'ai à votre égard. C'est comme si vous aviez ouvert une porte en moi, que je ne peux plus refermer. Que je ne *veux* plus refermer, confia-t-il, la voix basse et peu sûre, mais le regard résolument ancré à celui du marin.

Ce dernier s'approcha un peu plus, jusqu'à l'enlacer. D'un geste infiniment délicat, Johan parcourut du bout des doigts la ligne de sa mâchoire, puis le contour de ses lèvres. Il soupira, soucieux.

— Aloys, je ne serai jamais la personne que la bonne société souhaiterait vous voir aimer. J'ai bien conscience, malgré mon désir de vous voir céder à mes avances, que je risque de vous entraîner vers des flots incertains, et si cela signifie vous contraindre à souffrir à nouveau par ma faute... Il serait plus sage que nous renoncions à cette folie.

À ces mots, le jeune homme eut une brusque réaction, il saisit cette main pleine de prévenance et l'étreignit tout contre son cœur. Aloys se sentait ivre : ivre de ce regard, de sa confession, de la moiteur de la serre qui les enveloppait, ivre des senteurs capiteuses et chaudes qui imprégnaient ses vêtements, s'insinuaient en lui jusqu'à l'engloutir. Il avala une profonde goulée d'air, et ses poumons s'emplirent et se vidèrent longuement alors que son esprit perdait pied avec la réalité. La fleur de lune, si belle à leur côté, semblait être le témoin bienveillant lui inspirant le courage de ses sentiments.

— Qu'importe ! déclara-t-il soudain. Je n'ai plus l'âge des caprices et vous avez l'expérience des dangers, je veux vous faire confiance. Je veux *nous* faire confiance.

Johan le regardait avec émotion, troublé de tant d'honnêteté et de conviction.

Aloys ferma les yeux, résolu, bien que fébrile. Il n'eut pas à patienter longtemps, bientôt il sentit la douceur d'un souffle tiède sur ses lèvres, la chaleur du corps de Johan si proche et son odeur mêlée à celle, entêtante, des plantes autour d'eux. Johan effleura d'abord sa joue du bout du nez, puis suivit la ligne de sa pommette, sa tempe, respira sa peau avec délectation, sans brusquerie. Il ne le touchait pas ou si peu… trop peu… Aloys sentait son désir impatient marteler en lui, contre sa poitrine, à lui gonfler le cœur, à en perdre la raison. Il voulait cet homme de tout son être !

— Vous devriez me craindre plutôt que m'aimer, murmura le marin, sa voix chaude roulant au creux du cou frissonnant d'Aloys.

Celui-ci ouvrit les yeux dans un sursaut, le souffle haletant. Johan eut un très léger mouvement de recul, un voile de doute couvrit son regard durant un instant lorsqu'il croisa celui, fiévreux, d'Aloys. Avait-il été trop entreprenant ? Mais la main du jeune maître vint instinctivement se poser sur sa nuque et il l'attira à lui dans un geste possessif, jusqu'à ce que leurs bouches s'unissent.

Aloys était résolu à montrer son amour. Enfin, il s'autorisait à vouloir posséder cet homme par un baiser au goût de passion, emporté et maladroit. Dévorant ! Ce contact charnel auquel il s'interdisait de penser depuis des mois, cette infamie infiniment délicieuse, cette abomination si douce était enfin sienne.

Johan n'aurait pas su décrire le flot de sensations qui venait à l'assaut de ses sens par ce simple baiser. La pulpe fraîche des lèvres, la saveur de cette bouche au parfum de thé, autant d'impressions qui se mêlaient aux senteurs capiteuses des fleurs de la serre. Lui aussi était gagné par l'ivresse, celui du plaisir de ce jeune homme qu'il sentait frémir dans ses bras. Tout son corps appelait à la réalisation de leurs désirs communs. Ses mains, mues par cette unique volonté, entreprirent de parcourir la taille souple, le dos, autant de lignes d'une carte au trésor qu'il brûlait de découvrir. Il devinait les muscles, la chaleur de la peau sous le tissu. L'infâme corset avait disparu, et Johan, tout en continuant de baiser cette bouche exquise, caressa avec délectation les reins et enfin les fesses offertes à ses élans. La fièvre emporta bientôt le marin et ses mains, trop avides, froissèrent avec impatience les vêtements, cherchant un passage pour atteindre la peau, qu'il savait si douce. Cependant, les habits du jeune Van Leiden n'étaient pas si simples à défaire et, frustré, Johan grogna en constatant que, dans sa fièvre, il ne parvenait pas à dénouer les lacets de la robe de chambre. Aloys se crispa à ce bruit et à cette trop grande précipitation, puis se débattit et brisa leur étreinte.

Johan se figea. Qu'était-il en train de faire à se conduire ainsi, comme un rustre prêt à consommer la luxure dans un coin de ruelle ? Il agissait comme il avait dû le faire cette nuit-là. Cette horrible nuit où il avait arraché cet ange aux cieux pour le jeter en enfer. En prenant conscience de la grossièreté de ses gestes, Johan resta interdit, incapable du moindre mouvement. Ou juste d'un seul : il eut envie de se jeter à genoux pour demander pardon. Aloys le regardait de ses immenses yeux azur où pouvait se noyer une âme. Ses lèvres humides et rougies par l'intensité de leur baiser étaient restées entrouvertes. Il était muet de confusion, mais son regard, brillant de fièvre, trahissait le désir qui grondait sous sa peau. Dans la semi-obscurité de la serre, il ressemblait à une apparition. Un elfe, une fée ou quelque créature païenne au pouvoir de séduction si grand qu'il était impossible de leur résister à moins d'être un saint homme. Johan n'en était pas un, il vint l'enlacer de nouveau, et le jeune maître se blottit contre lui, vaincu lui aussi par cette soif de l'autre trop immense pour être réprimée.

— C'est une folie… c'est… je ne devrais pas, murmura Aloys, comme pour lui-même, sourcils froncés et les yeux clos.

Il disait cela sans y croire et sans parvenir à s'y résoudre, et Johan sentit son cœur protester violemment à ces mots. Pourquoi fallait-il que s'immiscent entre eux les interdits et cette honte purulente tapissant depuis trop longtemps les cauchemars de son aimé ? Il avait envie de hurler et son impatience lui fit courir un frisson sur la peau. Ses bras enlacèrent Aloys davantage, il lui embrassa le front avant de s'astreindre à répondre avec un calme feint :

— Alors, dites-moi d'arrêter. Interdisez-moi de continuer et je vous obéirai. Mais ne soyez pas cruel, faites-le maintenant, avant que je ne sois plus capable d'entendre raison.

Aloys crispa ses doigts dans les plis de la chemise du marin. Il expira et ce soupir fut lourd de contritions.

— J'en suis incapable, avoua-t-il dans un murmure à peine audible.

Johan soupira lui aussi, soulagé et ému. C'était un renoncement, une confession, la fin d'une lutte malsaine. Un tel désir, offert à lui, pauvre fils du peuple. Un si beau miracle, d'une pureté telle qu'il outrepassait les convenances tyranniques, rien n'arrêterait un si farouche sentiment, du moins voulait-il y croire.

Alors, comme pas une raison n'était assez grande pour leur interdire de s'aimer, leurs bouches s'unirent une fois de plus. Ce baiser avait quelque chose d'irréel, toute l'atmosphère autour d'eux semblait s'être figée dans un demi-rêve où le temps flottait au cœur d'une brume chaude. Leurs lèvres se caressèrent lentement comme pour s'apprivoiser, toute précipitation domptée par leur commune incrédulité face à ce moment suspendu en plein songe. Les doigts d'Aloys s'emmêlèrent dans les cheveux du marin, laissant les mèches se libérer du fil qui les retenait. Leurs langues se poursuivirent un instant, puis s'épousèrent en un ballet gracieux. Ils perdirent de longues minutes dans la découverte de cette caresse intensément intime qu'ils n'avaient jusque-là jamais partagée si tendrement. Le souffle vint à leur manquer. Et l'instant d'éternité se fondit dans l'air chaud de la grande serre, les laissant un peu perdus, bien qu'heureux et émus de s'être enfin trouvés. Aloys se libéra des bras de Johan et, sans un mot, prit sur l'étagère la bougie presque entièrement consumée. Il regarda la flamme un instant, pensif.

Le marin attendit, exalté et fébrile. Cet amour qu'il sentait crépiter en lui, pouvait-il s'y abandonner et en être l'esclave ? Cinq mois plus tôt, à bord de son navire, ne cherchant aucune attache, n'admettant aucune entrave à sa liberté, il ne se serait même pas posé une telle question.

Aloys se tourna vers lui, plongea son regard dans le sien et y agrippa son âme ; à tel point que le cœur du marin en manqua un battement. Puis, pour ne pas leur laisser le temps de douter, il saisit la main de Johan et l'entraîna hors de la serre. Ils traversèrent le rez-de-chaussée de la dépendance, montèrent le petit escalier de bois menant à l'étage et, là, devant la porte de la chambre, Aloys s'arrêta. Il se passa la langue sur les lèvres et déglutit. Il était adorablement hésitant et Johan n'avait qu'une envie : lui voler un baiser, là, sur le pas de cette modeste mansarde, pour le convaincre de laisser son désir assujettir ses doutes, comme lui venait de s'y résoudre. Mais il ne voulait rien brusquer, rien imposer, la décision était bien trop lourde de conséquences.

Soudain, dans la chambre voisine, Guus eut un ronflement sonore, qui fit sursauter les deux jeunes gens. Ils se regardèrent alors, les yeux écarquillés de surprise et manquèrent de peu d'éclater de rire. L'appréhension venait de s'envoler et son poids quitta visiblement les épaules d'Aloys, dont le visage s'anima enfin d'un sourire encore timide. Il lâcha la main de Johan pour saisir la poignée de la porte et l'ouvrit le plus discrètement possible. Il se glissa à l'intérieur et entraîna le marin à sa suite dans la petite chambre. Celle-ci était très sombre et le reste de chandelle, qui brûlait dans le bougeoir que tenait encore Aloys, luisait à peine. Par la fenêtre, la lune peinait, elle aussi, à chasser l'obscurité de la pièce. Les deux hommes se tinrent une minute immobiles dans un silence intimidant. Leurs regards se fondaient en un dialogue muet où il était question de vaincre les derniers doutes, d'abattre les dernières barrières et de s'abandonner au bouleversement amoureux.

Aloys se tourna vers la fenêtre et, après une lente inspiration, souffla la bougie. La nuit fit son royaume de la mansarde. Johan ne distinguait presque rien ; à peine la silhouette de son aimé se détachait-elle en une ombre aux contours diffus. Le marin s'approcha, timidement. Aloys était dos à lui, il venait de déposer le bougeoir sur la table de chevet près du lit. Il se tenait bien droit, les bras le long du corps, les yeux clos, son visage baigné par la très faible clarté de la lune. Johan vint glisser ses bras autour de sa taille et l'enlaça doucement, l'amenant contre lui. Il voulait le rassurer. *Tu ne crains rien dans mes bras, mon âme, je te protégerai contre tes cauchemars, contre le monde entier, s'il le faut,* aurait-il voulu lui promettre à voix haute. Cependant, par crainte d'être trop exalté, il préféra simplement lui embrasser la nuque, puis effleurer son cou de ses lèvres tout en s'enivrant de l'odeur de sa peau, douce, frissonnante, qu'il but longuement, avec délectation. Il avait envie de s'y réfugier comme sous une couverture.

— Je me souviens de tout, de la saveur de ta peau, de ta chaleur, de ton plaisir. Je t'ai perdu dix ans et pourtant tu étais gravé en moi, chuchota-t-il, le cœur enflammé.

Aloys eut un soupir étranglé et se retourna en partie en restant dans le cercle de ses bras. Ses prunelles brillaient d'un éclat irréel.

— Étreins-moi, Johan, fais que cette nuit-ci efface toutes les autres, murmura-t-il en l'attirant vers ses lèvres.

Le marin, ému de cette résolution confiante, avala son souffle avant de conquérir sa bouche de la langue. L'embrasser comme il le faisait était déjà en soi une forme de vénération. Avec révérence, ses mains habiles trouvèrent et dénouèrent les liens et les nœuds qui fixaient son habit. Aloys imita ses gestes et, bientôt, de bruits de tissus que l'on quitte en caresses de chairs que l'on découvre, ils furent nus, tous deux, dans le silence de la petite chambre. Cette nudité était d'une pudeur extrême. La lune ne dévoilant rien que l'esquisse d'une épaule ou l'humidité d'une bouche à peine soulignées par un reflet argenté. À tâtons, Johan l'invita à se coucher sur le lit. Aloys s'assit d'abord, puis s'étendit sur la modeste couche. Celle-ci aurait été bien trop petite pour accueillir deux amis voulant dormir côte à côte, pour deux amants dont les corps s'entremêlent, en revanche, elle suffisait. Johan s'allongea à son tour et entoura aussitôt Aloys de ses bras jusqu'à le lover contre lui, l'enveloppant de sa chaleur, de sa tendresse, de ce moment qui semblait s'étirer pour eux seuls.

Ils s'embrassèrent, et leurs mains osèrent de plus intimes caresses. Le marin, en aveugle, parcourut chaque parcelle de peau, baisa chaque once de chair. Il voulait parvenir à tracer dans son esprit le corps entier de son aimé.

Aloys, plus maladroit, plus inquiet, n'osa d'abord pas ou peu prendre d'initiatives. Il laissait faire l'alchimie évidente de leurs deux êtres. Les doigts de Johan couraient sur sa peau nue et éveillaient ses sens de la plus douce des manières. Le silence autour d'eux était comme une mer d'huile, le bruit de leurs chairs se caressant et du froissement des draps dessinaient des ondes sur l'eau calme que seuls les deux amants pouvaient percevoir. Bientôt, ils furent tous deux tendus d'un désir ardent auquel de simples caresses ne pouvaient plus suffire. Pour autant, Aloys fut rattrapé par une crainte instinctive lorsque Johan, dans un geste plus audacieux, vint effleurer du doigt son intimité.

Le marin perçut immédiatement sa gêne et cessa son exploration, maudissant son emportement. Avec timidité, Aloys s'empara de cette main trop aventureuse et en porta la paume à ses lèvres.

— Pas tout de suite, pas encore… murmura-t-il en embrassant les doigts impatients. Il existe sans doute d'autres manières, d'autres gestes qui apaiseront le feu qui nous consume sans avoir à raviver mes craintes ?

Johan retint un souffle, l'âme bouleversée de tendresse. Il ne parvenait pas à distinguer les traits de son amant, mais cela ne l'empêchait pas de sentir, au rythme de sa respiration, aux battements de son cœur, toute la confiance qu'il plaçait en lui. Le plaisir pouvait prendre cent routes, à lui de trouver la plus pertinente. Le guidant avec douceur, le marin invita Aloys à se retourner, à s'installer dans le petit lit, pour qu'ils y prennent place comme deux cuillères dans le coffret d'une ménagère. Ainsi blotti contre son dos, il l'enlaçait étroitement, un bras se glissant sous sa taille et l'autre, libre, lui donnant accès à toutes les caresses impudiques que le désir lui suggérait. Lorsque son érection ardente vint se nicher entre les cuisses d'Aloys, la comprimant de la plus délicieuse des manières, Johan ne put retenir un soupir rauque. Pas de grognement, pas de bruit, ils ne pouvaient pas se le permettre. Guus dormait juste à côté, séparé de leur étreinte interdite par la fine épaisseur d'un mur seulement. Il fallait que leur plaisir fût tu, muet. Mais la passion hurlait en lui malgré tout. Il avait faim de cette peau, faim de cette extase qui grimpait à l'assaut de ses nerfs. Pour regagner un peu de calme, Johan embrassa, lentement, l'épaule puis la nuque, douces comme la peau d'une pêche et offertes à ses lèvres. Son nez s'enfouit avec délice dans les mèches blondes, à la poursuite de cette odeur de thé sucré dont il était insatiable. Il sourit de la délicatesse des soupirs d'Aloys lorsque, de la main droite, il osa caresser son vit impatient. Un désir humide avait perlé de sa hampe et il en enduisit sa paume, puis saisit le membre palpitant, et commença à le masturber.

Aloys se cambra soudainement, presque violemment, surpris par la décharge de plaisir qui venait de s'emparer de son corps. Pour étouffer un gémissement qui faillit lui échapper, il se mordit la lèvre inférieure. Sa main droite s'agrippa à l'aveugle à la hanche du marin, tandis que l'autre ne sut que s'emmêler frénétiquement dans les draps. C'était un ravissement comme il n'en avait jamais connu : qu'il était bon d'être ainsi l'instrument dont un homme aimant jouait et jouissait dans le seul but de les faire accéder à une extase commune. Au rythme de la lente prise de conscience de son propre plaisir, Aloys laissait tout son être se soulever sous l'impulsion d'une force plus vigoureuse que lui. Le sexe dur de Johan allait et venait entre ses cuisses serrées, la hampe brûlante caressait ses bourses, effleurait par à-coups son intimité, excitait ses sens en suggérant de plus étroites étreintes. Et cette main possessive, dans laquelle Aloys s'enfouissait, était elle-même brûlante. Le jeune homme se laissa enivrer par ce tourbillon délicieusement inconnu. Il s'abandonna aux vagues.

Dans la modeste chambre plongée dans le noir, Johan, quant à lui, était gagné par un sentiment de clarté aveuglante. Malgré l'obscurité et la petitesse des lieux, il avait l'impression de flotter dans un océan infini, de s'extraire de lui-même. Les réactions d'Aloys l'émerveillaient. Le plaisir de son aimé s'exprimait de la plus subtile des manières : par les frissons parcourant sa peau, par son souffle marqué de sursauts, par les gouttes de sueur qui couraient dans son dos. Il retenait ses gémissements et ceux-ci, en parvenant à ne jamais heurter le silence, étaient d'une intensité et d'une beauté d'autant sublimées. Leur étreinte ressemblait à une prière. Ils étaient en train de réécrire leur histoire charnelle d'une façon magnifique. Le temps s'étira au lent rythme des mouvements de leurs corps enlacés.

Lorsque, soudain, le cœur de Johan prit un élan. Cela monta, grimpa, à lui en donner le vertige et, comme une chute depuis le mât de misaine, l'orgasme le terrassa. Ses nerfs se crispèrent et, tout entier englouti par une extase bouleversante, il enfouit son visage dans le cou d'Aloys. Le marin sentit, comme à distance, le jeune homme décharger lui aussi son plaisir, et tous ses muscles se décontracter brusquement à la manière d'une voile dont on vient de trancher les cordages. Il n'avait pas émis un son.

Le sentiment de calme les prit alors tous deux, engourdissant leurs corps et endormant leurs âmes. Ils flottèrent de longues minutes, ainsi portés par le plaisir qui se diluait tranquillement dans leurs veines. Dans la chambre voisine, Guus se retourna dans son lit, et le sommier grinça. Cela ramena les deux amants à la réalité. La nuit était bien entamée, bientôt l'aube poindrait. Il fallait que chacun regagne sa vie et que les apparences de bienséance reprennent leurs droits. Alors ils se rhabillèrent sagement, consciencieusement, sans dire un mot. Le cœur lourd de ne pouvoir finir la nuit au creux l'un de l'autre. C'était une injuste punition d'être ainsi séparés même pour quelques heures, un exil si proche, un arrachement que leurs peaux n'arrivaient pas à admettre. Mais ils ne savaient comment se dire une telle émotion, ce n'était pas un siècle où les hommes apprenaient à exprimer leur fragilité. Ils préférèrent donc museler leurs émois et dissimuler leur détresse sous un vernis d'assurance taiseuse. Johan raccompagna Aloys jusqu'à la porte du manoir. Là, sous la clarté de la lune qui baignait son regard si expressif, le marin ne put s'empêcher de lui prendre un baiser et, pour

Fig. 14

cette nuit, de goûter sa bouche une dernière fois. Ils partirent se coucher avec, au cœur, la joie confiante que leur donnait la promesse de se retrouver le lendemain.

***

Sous les combles du manoir, dans sa chambre de domestique dont la fenêtre en œil de bœuf donnait sur la cour, Dorus, lui aussi, regagna silencieusement son lit.

CHAPITRE HUITIÈME

La lumière entra dans la chambre à grands flots lorsqu'Aniek ouvrit les volets de bois, ce matin-là. Les rayons du soleil, déjà haut, traversèrent aussitôt la pièce, coururent sur le parquet, les tapis, grimpèrent sur le couvre-lit et atteignirent le dormeur en plein visage. Aloys fronça le nez. Il enfonça la tête dans son oreiller de plumes en grognant.

— Il est déjà tard, Maître Van Leiden, êtes-vous souffrant ? demanda la jeune femme sur un ton affectueux.

Cela tira Aloys de sous sa couverture. Il ne souhaitait pas l'inquiéter. Il n'y avait pas de quoi, vraiment, d'autant qu'il ne s'était jamais senti aussi bien de toute sa vie. Les caresses de Johan de la nuit passée lui revinrent en mémoire et un frisson délicieux lui parcourut l'échine. Tout son corps semblait flotter sur une mer de nuages moelleux.

— Non, non, je vais très bien, ne vous souciez de rien. Je vais me lever sous peu. Quelle heure est-il, je vous prie ?

— Près de onze heures, répondit Aniek en arrangeant consciencieusement la desserte à petit déjeuner près du lit.

Elle avait apporté un plateau garni d'une théière fumante, de pain frais, d'un œuf à la coque, de fruits dans leur sirop et d'un grand

Fig. 15

verre de lait, dont la crème flottait encore à la surface. Aloys ne se pliait plus depuis des années à la tradition voulant que l'on prenne son premier repas de la journée à la table de la salle à manger en compagnie des autres membres de la maisonnée. Célibataire, il trouvait plus confortable la manière française de petit-déjeuner au lit ou seul à son bureau[53]. Aniek lui servit le thé dans une tasse du service de faïence bleue de Deft[54] qu'il affectionnait. Il ne put retenir un sourire lorsqu'il constata que, sur la coupelle, étaient peints des petits personnages de marins arrivant dans un port exotique et rencontrant des Asiatiques les bras chargés de présents. Un des matelots au visage goguenard avait une amusante ressemblance avec l'attitude de Johan…

— Vous semblez particulièrement radieux ce matin, Maître Van Leiden, cela fait chaud au cœur, commenta Aniek après avoir ouvert délicatement la coquille de l'œuf chaud.

Aloys, touché par la remarque, releva les yeux de sa tasse un peu vivement. Son bonheur se voyait-il tant que cela ? Il tempéra sa jovialité pour lui répondre avec douceur et contenance :

— Merci, la journée est belle. Cela invite à être heureux, ne croyez-vous pas ? répondit-il en lui souriant.

La jeune femme baissa le regard et ses joues, d'ordinaire aussi blanches que son bonnet de coton, se teintèrent soudain d'un rouge prononcé.

— Oui, oui, assurément, vous avez raison, balbutia-t-elle.

Aniek continua avec une certaine précipitation le service du petit déjeuner, et Aloys fut surpris de la célérité avec laquelle elle prépara ses habits du jour et quitta la pièce. De nouveau seul dans sa chambre, il termina son plateau et se leva. Sa jambe était un peu raide et certains de ses muscles étaient douloureux, mais pour une fois, il ne put s'empêcher de soupirer agréablement en repensant à l'origine des courbatures, marques de plaisir frais encore imprimées dans sa chair. Il avait soif de cela à présent, des mains de Johan sur son corps et de son souffle sur sa nuque. Sa tête était pleine d'envies et de curiosités charnelles qu'il voulait se laisser libre d'exprimer. À croire que cette nuit l'avait métamorphosé. Et pourquoi pas, après tout ?

Aloys ôta son vêtement de nuit, puis, comme il le faisait maintenant tous les matins, s'installa sur le bord du lit pour entreprendre de se masser avec le baume préparé par le marin. L'odeur prononcée du camphre et de la menthe emplit la chambre. Ce n'était pas désagréable, les effluves de cet onguent ayant même pour autre faculté de faciliter la respiration. La chaleur vive qui gagna sa jambe et sa hanche lui arracha un soupir de contentement. Décidément, cette panacée avait tout du remède miracle. Il achevait de s'habiller pour la journée, lorsque plusieurs coups furent frappés à sa porte.

— Oui, entrez !

La porte s'entrebâilla doucement. Toutefois, le visiteur ne se présenta pas tout de suite, et une discussion chuchotée filtra jusqu'à Aloys, qui tendit l'oreille, curieux.

— Non, mais enfin, c'est pas aux dames de révéler ça ! C'est à toi de lui parler !

Il entendit un : « Allez ! » dans une bousculade feutrée, puis la porte s'ouvrit franchement et Guus fit un pas dans la pièce. À la vue du jeune maître, debout près de son bureau, les mains encore occupées à lisser les plis de son habit, il ôta précipitamment son chapeau et riva son regard au sol. Aloys remarqua que son fidèle serviteur était particulièrement élégant ce matin. Pantalon propre et chemise immaculée, gilet brodé de motifs rustiques, foulard noué avec soin, et même cheveux et favoris domptés. Ainsi, il semblait avoir perdu dix ans et, avec sa carrure encore très avantageuse, il avait même les allures d'un homme fringant. Pour autant, présentement, Guus semblait singulièrement embarrassé. Il malmenait les bords de son large chapeau et ne cessait de faire craquer sa mâchoire sans pour autant dire le moindre mot.

— Bonjour, Monsieur Binckes, vous souhaitiez me demander quelque chose ? questionna Aloys, soudain gagné par une inquiétude diffuse.

L'homme de peine avala bruyamment sa salive, puis laissa soudain se déverser un flot de mots pour le moins bien peu dans ses habitudes :

— Maître Van Leiden, j'avais à vous entretenir d'une chose très… comment vous dire ça… très… privée, et j'voudrais point m'y prendre mal pour vous la dire. C'est que j'suis pas très à l'aise avec cette sorte de questions et que j'aurais jamais cru me r'trouver à me questionner là-dessus, attendu que j'avais décidé de rentrer à vot' service pour justement être au calme de toutes ces affaires-là. Mais, par franchise pour vous et aussi parce que c'est la règle, il faut bien que je vous fasse part de ce genre de… de… de sujet.

Le cœur d'Aloys s'était mis à battre crescendo dans sa poitrine, jusqu'à atteindre un paroxysme douloureux. Aux paroles prononcées par Guus, une affreuse réflexion venait de le gagner. Les pensées les plus folles tombaient en avalanche dans son esprit, créant en peu de secondes les plus chaotiques conclusions. Johan et lui n'avaient pas dû être aussi discrets qu'ils l'avaient cru la nuit dernière. Quelques soupirs, quelques gémissements, peut-être, leur avaient échappé. Et le pauvre serviteur, témoin involontaire de tout cela, devait chercher à prendre toutes les précautions du monde pour lui dire combien une telle situation était malvenue, et ô combien il ne faudrait pas que cela se sache ni que cela se reproduise. Et pour ajouter à la honte du jeune Van Leiden, Aniek, qui se tenait discrètement debout près de la porte entrebâillée, semblait être très gênée elle aussi, si Aloys en croyait son regard baissé et ses mains qu'elle tortillait avec anxiété. Guus lui avait probablement narré toute l'histoire. Combien d'autres domestiques de la maison étaient au courant ? Allait-il devoir renvoyer Johan ? *Impossible !* lui hurla son cœur. Alors, que devrait-il faire ? Affronter la rumeur à nouveau ? Cette idée le terrifiait. Cependant, Aloys s'agrippa de toutes ses forces à son stoïcisme chèrement acquis et, déterminé à ne pas fuir devant l'adversité, encouragea le brave serviteur à continuer :

— Monsieur Binckes, dites-moi les choses sans gêne, je ne vous tiendrai pas rigueur de votre franchise, même si celle-ci devait s'avérer désagréable à entendre.

Guus releva les yeux, il avait les sourcils froncés et une intense réflexion animait son front hâlé. Aloys s'en voulait tellement d'avoir imposé une telle situation à ce brave et honnête homme. Dans quelle position intenable avait-il dû le mettre ? Cependant, pour son malheur, Guus commença brusquement sa confession :

— Vous êtes un maît'e juste et bon, *heer* Van Leiden, et même si v'là bien des ans où j'ai été à votre service, j'ai jamais eu à me plaindre. Vous savez que je préfère qu'on soit dans l'honnêteté entre nous, parce que c'est comme ça qu'on est au calme dans son cœur.

À chaque mot ajouté, Aloys sentait le sang affluer à ses joues. Il devait être écarlate à présent et cela ne faisait que le mortifier davantage, mais Guus, lancé, continua sans trêve :

— Alors c'est pour ça que... je... enfin... on... on s'est dit que vous verriez pas de tort à ce qu'on mette les choses en ordre vis-à-vis de la loi et de la r'ligion, enfin, ça, moi, ça m'gêne guère, c'est surtout elle qui veut, mais enfin... c'est sûr que ça serait pour le mieux si ça se faisait à vot' demeure, enfin, si vous acceptez de nous garder dans cet état-là après. J'sais bien que c'est des soucis d'avoir des gens qui s'mettent en ménage, parce qu'on sait que ça entraîne des embarras avec les braillards qui viennent toujours après et enfin bref...

À ces derniers mots, Aloys ouvrit des yeux ronds comme des soucoupes. Il prit un air proprement éberlué. Plus rien n'avait de sens dans ce qu'il entendait. Peu certain que son esprit fébrile eût bien compris de quoi il était question, il se permit de couper le flot de paroles embarrassées débitées par Guus :

— Excusez-moi, Monsieur Binckes, je ne suis pas sûr de comprendre où vous voulez en venir.

Le pauvre homme, croyant, à juste titre, ne pas être assez clair, commença à vouloir expliciter davantage les choses, ce qui compliqua encore davantage sa déclaration :

— Oui, c't'à dire qu'une fois que le devoir conjugal, il est fait…, enfin, forcément, dans l'ordre de la nature vient des moutards. Voyez, tout ça, ça prend de la place, alors dans votre dépendance avec quelques travaux, ça f'rait un logis plus commode. Après, c'est sûr que pour le marlou… le… pardon… le capitaine Turing, y va s'retrouver à devoir être logé ailleurs, mais…

Soudainement, Aniek poussa un bruyant soupir d'exaspération et, devant les yeux stupéfaits d'Aloys, la jeune femme vint d'un pas décidé aux côtés du pauvre homme de peine.

— Maître Van Leiden, coupa-t-elle Guus d'autorité, pardonnez que je me permette de vous dire les choses avec moins de détours. Ce que cet empoté essaye de vous demander c'est si vous acceptez qu'il me prenne en épousailles et, que si vous en êtes d'accord, nous puissions nous installer dans la dépendance. Je vous jure que nous ne changerons rien à votre service et…

Avant même qu'elle n'eût fini sa phrase, Aloys, comprenant enfin de quoi il était question, laissa échapper un souffle qui avait tout d'un rire nerveux. Il avait les jambes qui tremblaient et le plus grand mal à rester debout ; le soulagement l'emplissait avec violence, le laissant totalement idiot et souriant comme un imbécile devant les deux domestiques, visiblement inquiets. Guus s'approcha même pour le soutenir, croyant qu'il allait s'évanouir.

— Ah, misère, j'savais bien qu'il fallait pas vous dire ça à la légère et qu'ça allait vous retourner les sangs. Rah, les bonnes femmes, c'est guère fin quand ça a une idée en tête ! maugréa Guus en aidant son jeune maître à s'asseoir dans un fauteuil.

Aloys était sonné. Sa peur, en se déchargeant d'un coup, l'avait laissé sans force. Pour autant, il ne cessait de sourire ; il était heureux, follement heureux. Heureux pour le futur couple, heureux de n'avoir pas à affronter l'opprobre une nouvelle fois, heureux de l'amour qui, comme le soleil de midi, baignait à présent sa maison. Au bout de quelques instants, il reprit ses esprits et rassura les deux fiancées, à qui il donna avec joie son consentement pour le mariage, ainsi que pour l'installation de leur jeune ménage dans la dépendance. Trouver une nouvelle chambre pour Johan ne serait pas un problème, le manoir lui-même disposait de suffisamment de pièces vides pour accueillir le marin. Et il accueillait comme un cadeau inespéré les vents fastes poussant ainsi son amant au cœur même de sa demeure. C'était par les jeux du destin, la réalisation de son plus cher désir.

La date du mariage fut fixée au 13 juillet, ce serait un dimanche, comme il se devait. Les trois semaines précédant l'union permettraient la publication des bans et la rédaction du contrat d'accordailles ; les futurs époux, orphelins tous deux, n'avaient que peu de choses à s'offrir. Selon les vœux d'Aniek, le prêtre de la paroisse la plus proche viendrait les unir au cours d'une bénédiction nuptiale dans la petite chapelle du manoir. Guus, baptisé sous le dogme de l'Église Réformée, bien qu'il n'en fît pas grand cas, ne demanda qu'une chose : que l'enregistrement de leur trouwen[55] fût fait avec soin devant le magistrat d'Amsterdam afin que son épouse et ses futurs enfants ne rencontrassent aucune difficulté s'il venait à lui arriver un malheur. Près de vingt ans séparaient les deux fiancés, cependant il était indéniable que leurs caractères s'accordaient merveilleusement. L'annonce des noces à venir fut accueillie avec enthousiasme par l'ensemble des gens du domaine.

Johan salua l'heureuse nouvelle : avec beaucoup de courtoisie pour Aniek, qu'il complimenta galamment, et avec la plus franche goguenardise pour Guus qu'il ne priva pas des boutades d'usage entre anciens gabiers. L'ex-capitaine ne mit pas plus d'une heure à s'installer dans une chambre laissée vide du second étage du manoir. Ainsi, un peu moins à l'étroit, il bénéficiait même de l'espace suffisant pour y accommoder un bureau et d'une fenêtre large donnant sur l'arrière du parc de la propriété. La dépendance allait être vidée de tout ce qui pouvait l'encombrer afin d'accueillir au mieux le couple et sa famille à venir. Pour le moment, tout était en désordre : les livres d'horticulture, les caisses de spécimen botaniques, les instruments de recherche d'Aloys, le trousseau d'Aniek, la vaisselle dégottée par Greta Pols et le fatras de Guus se mêlaient joyeusement dans le rez-de-chaussée de la dépendance. Aloys projetait déjà la construction d'une sorte d'orangerie attenante à la serre, où Johan et lui pourraient se réserver un espace dédié à l'étude, mieux aménagé que leur ancien coin mal éclairé. Le soin des plantes n'était pas oublié, mais il fallait à présent faire avec les nouveaux arrangements et les déménagements temporaires. Guus faisait de son mieux pour rendre la dépendance habitable à sa future épousée et son empressement n'était pas plus arrêtable qu'une avalanche en haute montagne. Aloys se plia de bonne grâce à cet envahissement de son espace d'études, ravi de voir son fidèle serviteur dans une humeur de gaieté empressée.

Malgré tout, cela bouleversait grandement les habitudes du jeune Van Leiden et du capitaine. Habitant le même corps de bâtiment, Aloys et Johan se croisaient maintenant fréquemment, au détour d'un escalier ou d'un couloir, sur le pas de l'entrée d'un salon ou près des communs. D'abord un peu intimidés par cette proximité soudaine, ils n'hésitèrent bientôt plus à venir frapper à la porte de la chambre de l'un et de l'autre pour une question de botanique trop pressante ou pour demander un baiser qui ne pouvait pas attendre. Leur affection n'allait guère au-delà de ces quelques caresses, car à être ainsi logés sous le même toit que la presque totalité du personnel de maison, il y avait un grand risque à être surpris dans une posture coupable. Alors, les deux hommes redoublaient de subtilité pour s'exprimer leur inclinaison ; murmures tendres, frôlements caressants et regards épris ponctuaient à présent leurs échanges, à tout autre témoin simplement amicaux. Tout à ce jeu de l'amour et des hasards, ils ne se méfiaient plus guère des mauvaises âmes qui rôdaient pourtant tapies dans l'ombre, et l'été avança ainsi pour eux, plein de joie et de soleil, sans un nuage.

***

La veille du mariage, la demeure Van Leiden était dans une effervescence qu'elle n'avait assurément que très rarement connue. Greta Pols avait pris en main les opérations, et ses aides couraient dans tous les coins de la propriété dans un désordre absolu qui se voulait pourtant organisé. Les préparatifs du repas de noces, ainsi que de la tenue de la future épousée, la cueillette des bouquets, l'astiquage des pièces de vaisselle ou encore l'organisation de la venue des musiciens du village voisin (un joueur de vielle à roue et son compère savetier, chanteur à ses heures) mettaient les femmes et les plus jeunes des domestiques de la maison dans un état d'agitation indescriptible.

Tant et si bien qu'à deux heures de l'après-midi, Aloys se retrouva assis sur un banc dans la cour, jeté à la porte de son propre manoir par une cuisinière au bord de la crise nerveuse, qui ne voulait plus voir un seul homme dans ses pattes pour les six heures à venir. Le cœur léger, il prenait les choses avec la plus grande philosophie et profitait avec joie du soleil radieux qui baignait sa propriété. Habillé de vêtements légers et amples, il se tenait la tête basculée en arrière et le crâne appuyé contre le mur de briques près de la fontaine des écuries. Il se laissa aller à savourer les rayons qui lui chauffaient la peau. Les paupières closes, il écoutait, attentif, les bruits des préparatifs : tonneaux que l'on traîne, gamelles que l'on vide, va-et-vient sur les graviers, sabots que l'on tape sur les marches du perron. Son logis ne voyait qu'une fois par décennie une pareille activité, et encore ! Il soupira d'aise. La journée promettait d'être magnifique.

Une ombre coupa la chaleur du soleil, lorsque quelqu'un se pencha sur lui. Aloys ouvrit les yeux, un peu ébloui, et un sourire gagna ses lèvres. Johan venait de le rejoindre.

— Puisque nous sommes ainsi bannis de votre royaume, mon très cher maître, accepteriez-vous de m'accompagner dans une promenade à travers champs ? J'ai un lieu secret à vous faire découvrir, demanda le marin en tendant la main pour aider Aloys à se relever.

Ce dernier ne se fit pas prier. Était-ce la chaleur de l'été, le miracle du baume asiatique ou l'influence de son bonheur nouvellement trouvé, mais depuis des jours, il n'avait presque plus mal à la jambe. Ce fut donc sans hésitation qu'il accepta l'invitation de Johan. Il alla quérir un carnet de croquis ainsi qu'une besace et des fusains. Il se coiffa d'un chapeau aux bords larges et souples afin de s'éviter un coup de chaleur et, ainsi équipé, il quitta le manoir, où chacun était certainement bien trop affairé pour voir la disparition du maître.

Aloys avait l'impression de fuguer comme le héros insouciant d'un roman, partant à l'aventure par un jour de folie. Peut-être fuyait-il, en effet, peut-être partait-il à l'aventure, qui savait ? En ce jour, aux côtés de Johan, tout lui semblait possible, atteignable. Ce guide merveilleux le mènerait à l'extraordinaire, même si l'extraordinaire prenait l'apparence d'une simple promenade dans la campagne.

Les deux hommes marchèrent tranquillement pendant près d'une heure, traversant champs, prairies herbeuses et taillis boisés. Le soleil du début d'après-midi était chaud et l'air chargé des odeurs des fleurs d'été. Graminées et touffes d'iris sauvages donnaient à la brise les senteurs de saison. Aloys, aidé d'un bâton de marche mieux adapté que sa canne, profitait avec délice de cette échappée. Johan parlait peu, indiquant simplement ici ou là les plantes qui pouvaient avoir des vertus médicinales. Leur cheminement se fit ainsi, dans un calme agréable, chacun profitant de la compagnie rassurante de l'autre et du grand bruissement de la nature dansant autour d'eux.

Ils arrivèrent bientôt à un bosquet. Des tilleuls et des saules pleureurs s'abreuvant au lit d'une petite rivière faisaient un ombrage discret. Les ruines de ce qui avait dû être un moulin à eau se nichaient au cœur de cet écrin. Ruisselant sur les murs effondrés, les fleurs odorantes d'un énorme chèvrefeuille achevaient de donner au lieu une tonalité délicieusement romantique et champêtre. On se serait cru dans un tableau de Watteau[56] ; il ne manquait que les jeunes bergères et leurs soupirants.

— Sommes-nous encore sur ma propriété ? demanda Aloys, curieux de cette partie de ses terres qu'il n'avait jamais vue.

Johan s'assit sur un muret de pierres couvert de mousses. Il entreprit de retirer ses bottes.

— Oui, du moins, à ce que l'on m'a dit, jusqu'à ce cours d'eau. À voir son état, je suppose que le moulin est abandonné depuis de nombreuses années.

Aloys admira le paysage : à perte de vue s'étendaient de vastes champs où des nids de bleuets, de boutons d'or et de coquelicots faisaient des ponctuations de bleues, jaunes et rouges sous le soleil de juillet. Près des ruines, la rivière formait une mare profonde où l'eau ondulait plus paresseusement encore. Les lieux étaient si calmes et édéniques qu'on aurait pu se croire en terre d'Arcadie[57].

Après les bottes, Johan délaçait à présent ses chausses. Aloys écarquilla les yeux.

— Que faites-vous ?

Son pantalon tomba dans l'herbe autour de ses chevilles, le marin le ramassa sans hâte et le déposa sur le muret. Il ne lui restait plus que sa chemise sur le dos, il l'ôta elle aussi et, glorieusement nu, se décida enfin à répondre :

— Vous m'avez dit que vous ne saviez pas nager[58]. Aujourd'hui, il fait chaud, et ici, il n'y a pas de courant. C'est l'endroit et le moment idéal.

— Ici ? Maintenant ? Vous voulez m'apprendre à nager, là, tout de suite ! balbutia Aloys, horriblement gêné. Mais l'eau doit être glacée et… et si on nous voyait ?

Johan lui sourit à pleines dents avant de sauter dans la mare comme un gamin. Aloys fit un pas en arrière pour éviter d'être trempé, ce fut en partie peine perdue. Le marin regagna la surface presque immédiatement et s'ébroua avec allégresse.

— Personne ne vient ici, lança-t-il. Venez, vous ne craignez rien, je vous l'assure ! Et je suis là pour défendre votre honneur contre les écrevisses, si besoin était !

Ses yeux brillaient d'une telle joie qu'Aloys ne put s'empêcher de sourire. Cependant, il hésitait. Ce n'était pas la peur de l'eau qui le retenait, bien sûr, ni une quelconque crainte du froid. Non, en fait, il appréhendait de se dévêtir ainsi en plein jour face à cet homme beau comme une sculpture antique. Qu'allait-il penser en découvrant en pleine lumière sa peau désespérément blanche, pareille à celle d'un jouvenceau, et les cicatrices qui défiguraient sa jambe et sa hanche. Et puis… Le souvenir des moqueries que lui lançaient, dans son enfance, ses camarades de jeu, qui s'amusaient à comparer sa stature avec celle de ses frères, lui revint en mémoire. À cela s'ajoutaient les observations et les jugements vexatoires dont le docteur Kuntze n'avait cessé de l'accabler depuis son adolescence. Le dégoût de son propre corps s'était gravé dans son âme et il peinait à s'en débarrasser. Pour autant, Johan était d'une obstination désarmante.

— Venez à l'eau immédiatement, matelot, ou je viens vous chercher pour vous y jeter moi-même ! s'amusa-t-il en s'approchant du bord.

Aloys tenta encore de s'exempter du cours de natation improvisé :

— Johan, je ne crois pas que ça soit une bonne idée, je ne suis pas…

Le marin commença à se hisser sur la berge, bien décidé, visiblement, à se faire obéir. Aloys fit un pas en arrière.

— Très bien, très bien ! Au moins, retournez-vous !

— Je t'ai eu dans mes bras, Aloys, je ne vais pas m'effaroucher à te voir nu !

Au tutoiement léger, le jeune Van Leiden rougit jusqu'à la racine des cheveux. Il était vrai que maintenir une illusion de distance entre eux alors qu'ils étaient seuls en pleine nature était parfaitement inutile. Mais, tout de même, un minimum de convenances... Ah ! cet homme pouvait être tellement têtu !

— Johan, retourne-toi ! insista-t-il d'un ton ferme.

Le marin finit par obtempérer en mimant la bouderie. Aloys se décida à se dévêtir. Il prit quelques minutes à le faire, ôtant sa chemise avec précaution, et Johan regagna le centre de leur piscine naturelle, toujours dos à lui, pour lui laisser un peu d'intimité. Rasséréné, Aloys finit de quitter guêtres et pantalon, et s'approcha enfin du bord. Il s'assit sur l'orée du puits d'eau et trempa ses pieds dans l'onde claire. La sensation était délicieuse et il prit encore un instant à la savourer. À plusieurs mètres de là, Johan patientait toujours. Aloys soupira : qu'est-ce que ce bel homme ne serait-il pas capable de lui faire faire ? Il n'aurait su le dire. Après une longue inspiration, il se glissa dans l'eau. Elle était fraîche malgré le beau soleil qui la réchauffait depuis le matin et Aloys frissonna. Il avança précipitamment dans l'onde pour dissimuler sa nudité et attendit d'avoir de l'eau jusqu'aux épaules pour appeler le marin. Celui-ci se retourna alors vivement, aussi à l'aise dans cet élément qu'un poisson, et le rejoignit en deux brasses. Sans lui laisser le temps d'objecter, Johan l'entraîna au centre du bassin. Il fut gagné par la panique lorsqu'il sentit qu'il ne touchait plus des pieds le lit de la rivière. Par réflexe, il tenta de s'agripper aux épaules de son compagnon.

— Tu veux me noyer ! s'écria Aloys en se débattant dans l'eau de façon anarchique.

Le marin lui saisit les poignets, puis la taille, et, d'un simple mouvement régulier des jambes, le maintint sans effort à la surface.

— Commence par te calmer, dit-il d'une voix douce et rieuse, puis il ajouta, non sans une pointe de taquinerie : tu ne crains rien, je ne vais pas t'abandonner aux flots déchaînés.

Aloys le fusilla du regard. Il apaisa néanmoins sa respiration et tenta de battre lentement des jambes comme le faisait le marin. Il n'était pas aisé d'être calme lorsque votre amant, totalement nu, vous enlaçait pour vous apprendre à nager. À dire vrai, une telle situation était parfaitement incongrue, et Aloys ne pouvait que se raccrocher à sa toute nouvelle hardiesse découverte dans les bras de cet homme-ci, justement, pour expliquer qu'il se trouvât à se risquer dans ce genre d'aventure.

— Bien, montre-moi donc. Mais pas de précipitation, je ne suis pas un de tes mousses, grogna-t-il.

Johan le guida alors, patient, rassurant, l'invitant à se laisser flotter sur l'onde tandis qu'il l'aidait à garder la tête hors de l'eau. Progressivement, voyant qu'il n'avait rien à redouter, Aloys prit de l'assurance. Ses mouvements se firent plus amples, il osa mettre la tête sous l'eau et, au bout d'une heure, il n'avait plus besoin de l'aide de Johan pour rester à la surface. Sa technique était certes maladroite, mais il s'amusait réellement. Le sentiment de liberté qu'il y avait à se laisser porter par l'eau, cette sensation irréelle de son corps dont le poids disparaissait ; Aloys avait l'impression de voler. Au-dessus d'eux, le ciel était une voûte bleue sans aucun nuage. Le moment se prolongea entre jeux et apprentissage, entre caresses de l'eau et caresses des gestes ; frôlements délicieux qu'ils firent durer autant que possible en oubliant le reste du monde. La fatigue finit néanmoins par les rattraper.

Aloys entreprit en premier de regagner le bord du petit étang. Johan le suivit, mais avant que le jeune homme ne pût se hisser sur la berge, le marin glissa son bras autour de sa taille et le retint dans l'eau. Il l'amena contre lui et embrassa son épaule. Aloys émit un soupir surpris. Dans l'eau fraîche, la chair brûlante de Johan faisait un contraste délicieux avec sa propre peau. Tout son corps se couvrit de frissons. L'excitation qui montait en lui irrémissiblement depuis plusieurs minutes déjà devint son unique pensée, étouffant sa pudeur. Aloys se retourna dans le cercle des bras de son amant et enlaça son cou. Dans les yeux de Johan, il y avait un éclat troublant, presque intimidant. Des deux mains, l'ex-capitaine vint saisir fougueusement ses fesses, et Aloys se laissa soulever, nouant ses jambes autour des hanches étroites. Il constata, avec une certaine fierté, que son impatience transformée en ardeur valait bien celle de Johan en cet instant. Le contact de leurs deux sexes tendus lui arracha un sursaut, et il se mordit les lèvres pour qu'aucun son ne lui échappe. Il n'osait pas exprimer son plaisir ; la nature autour d'eux avait beau leur faire un écrin d'intimité, c'était encore être bien trop exposés. La ruelle, où on les avait découverts dix ans plus tôt, avait en commun avec ce lieu-ci d'être à l'air libre. Il n'y aurait certainement pas d'endroits au monde, après ce drame, où il se sentirait suffisamment en sécurité pour se risquer à manifester sa jouissance par la voix.

Toutefois, Aloys sortit soudain de ses sombres pensées lorsque Johan le hissa avec vigueur sur la berge et, encore dans l'eau jusqu'à la taille, vint se nicher entre ses cuisses. Il le regardait avec dans les yeux une étincelle qui tenait autant de la passion que de l'inquiétude. L'ex-capitaine était capable, avec une finesse étonnante, de desceller toutes les fois où le jeune Van Leiden était happé par ses cauchemars et, alors, il se faisait un devoir de le sauver des ombres par de douces attentions.

— Tu es ineffablement désirable, souffla Johan en venant embrasser son torse.

La peau claire d'Aloys, sous le soleil du milieu de l'après-midi, semblait presque blanche, diaphane comme un pétale de rose.

Il rougit d'embarras lorsqu'il constata qu'au contact de l'air frais ses tétons s'étaient soudain durcis et pointaient de façon fort impudique. Le marin suivit de la langue l'eau qui ruisselait sur sa clavicule, sur ses pectoraux et jusqu'à l'une de ses aréoles qu'il baisa avec gourmandise. Le tendre bourgeon de chair glissa entre ses dents et, à cette sensation délicieuse, Aloys entrouvrit la bouche pour laisser échapper un long soupir. Ses lèvres furent immédiatement conquises par son amant qui, se tirant à son tour de l'eau, l'invita, de baisers en caresses, à s'allonger sur l'herbe du bord de l'étang. Le jeune homme, gagné par l'ivresse, finit par se laisser exposer aux attentions du marin. Les baisers de Johan avaient la plus grande facilité pour le déshabiller de sa pudeur douloureuse.

Maintenant qu'ils n'étaient plus masqués par le voile d'eau, les deux hommes pouvaient se découvrir à la lumière du jour, et Johan était bien décidé à faire comprendre à son amant combien une étreinte comme la leur pouvait être belle. Toutefois, et en premier lieu, il lui fallait vaincre cette timidité gangrénée de dégoût qui rongeait Aloys. La prévenance et la douceur étaient de mise pour dompter une telle gêne, ainsi que, peut-être, un peu d'audace. Il y avait des manières de faire l'amour qu'il avait apprises en Asie, certaines caresses qu'un homme d'ici n'aurait probablement pas accepté d'offrir spontanément. Il sourit pour lui-même et brisa leur baiser pour mieux regarder Aloys dans les yeux. Ceux-ci étaient d'un bleu plus éclatant encore que le ciel au-dessus d'eux. Ses mèches blondes s'ourlaient et se dispersaient en halo dans l'herbe. Ses lèvres étaient rouges d'avoir été passionnément baisées, et sous la soie de sa peau courait le dessin diffus de ses veines palpitantes. Il aurait fait ainsi un parfait modèle pour un peintre cherchant une figure d'Éros.

Le marin se pencha sur une épaule humide dont il lécha la courbe. Sous sa langue, l'odeur de la mousse sur laquelle ils étaient allongés se mêla au goût de la peau baignée d'eau. Il soupira de contentement et Aloys frissonna. Johan sentit les frémissements courir sur la chair nue. Le couvrant de tout son long, il percevait avec délice chaque subtile réaction du corps de son amant, chaque langueur, chaque sursaut coulait d'une peau à l'autre par le contact de la fine pellicule d'eau qui les couvrait encore. C'était enivrant.

Aloys n'osait le toucher, il préférait enfoncer ses doigts dans la mousse fraîche, s'ancrer à la terre dans l'espoir vain d'y ancrer également sa raison, mais celle-ci se désagrégeait, obstinément, dans la brume du plaisir que le moindre effleurement, le moindre baiser faisait naître.

Pris de hardiesse, Johan osa écarter lentement les jambes d'Aloys pour venir se glisser entre elles. Ses doigts parcoururent avec une même tendresse les muscles et les courbes, peau sans taches et cicatrices du passé, jusqu'à une cheville qu'il amena à sa bouche. Puis il se pencha.

Aloys frémit lorsque Johan mordilla délicatement l'intérieur de sa cuisse. Le marin titilla la chair douce, papillonna, à genoux, des baisers dans l'ombre de son bas-ventre, s'amusant du bout du nez à faire se dresser les poils humides de son aine, frôlant son sexe, embrasant ses sens par touches infimes. Soudain, Aloys laissa échapper un hoquet de surprise. Johan l'avait pris en bouche, d'une traite, sans retenue et sans l'ombre d'un dégoût ; ses lèvres enserraient sa hampe dans un écrin délicieusement chaud. En quelques mouvements de tête, le marin fit fondre ses dernières appréhensions. Johan faisait danser ses mains chaudes à l'intérieur de ses cuisses, caressant tour à tour ses bourses, le galbe de ses fesses. Sa bouche fit de même, quittant pour un instant le sexe dur pour goûter jusqu'à l'étroite entrée de son intimité. Aloys emmêla ses doigts dans les cheveux du marin, ses orteils se crispèrent, des frissons de volupté grimpèrent le long de ses jambes, le long de son dos, le long de son cou, jusqu'à la racine de ses cheveux. Il se mordit les lèvres fermement pour s'empêcher de gémir.

Il n'était pas chose plus obscène ni plus intime, il n'était pas de plaisir plus condamnable que celui-là. Un homme s'abaissant à ce genre d'acte, sans gêne aucune, et même avec ferveur, ne pouvait qu'être une âme perdue, condamnée à la damnation. Mais ô combien cette peur de l'enfer était loin de l'esprit d'Aloys en cette seconde ! Il se sentait soulevé par une joie extatique, par l'exaltation d'une envie de plus : plus loin, plus fort, qui ne venait pas. La langue obstinément douce, diablement habile, s'insinuait en lui et enfiévrait son corps à le rendre fou. Malgré la fraîcheur de la mousse, malgré l'eau ruisselant encore sur sa peau nue, malgré la brise qui jouait dans les feuilles des arbres autour de lui, il lui semblait que des braises consumaient tout son être. Johan cessa bientôt son exquise exploration pour venir à nouveau happer son vit impatient. Alors, Aloys ne put retenir ses reins. Il plongea plus loin dans la bouche offerte. Sa main s'était crispée dans les cheveux de son amant, le contraignant à subir l'assaut.

Celui-ci ne protesta pas. Il laissa sa gorge se détendre et accueillir les charges du sexe enfiévré, trouvant lui aussi un plaisir certain à être ainsi l'étincelle d'une telle ardeur.

Johan avait pris en main sa propre érection et accompagnait de vigoureuses caresses les élans de passion à laquelle sa bouche se soumettait. En peu de secondes, il trouva l'orgasme et un râle assouvi lui échappa, roula de sa gorge à ses lèvres. Aloys l'entendit aussi bien que sa chair en perçut la vibration et il parvint ainsi à l'extase à son tour. Tout son corps s'arqua alors, et son désir se déversa, sans retenue et sans qu'il maîtrisât un seul de ses muscles. Johan ne s'en effaroucha pas, il s'obstina même, exalté lui aussi par cette belle liberté prise sur la pudeur, à épreindre jusqu'aux dernières gouttes du ravissement de son amant. Son but avait été atteint ; en gagnant la confiance d'Aloys, il était parvenu à le libérer des plus grosses chaînes qui contraignaient son âme. Encore haletants, les deux hommes s'allongèrent côte à côte sous le soleil déclinant de l'été et se laissèrent flotter sur l'onde du désir rassasié.

***

La brise dans les feuilles des arbres faisait un chant mouvant, le bruit d'une nature infinie, vide d'homme, juste le ciel et le souffle de l'air, quelque chose d'enveloppant. Aloys resta allongé sur la berge, les cheveux dans l'herbe, les paumes contre la terre. Il écoutait le paysage. Il avait fermé les yeux. Il espérait réussir à se calmer.

Johan se tourna vers lui, inquiet du mutisme de son amant. Il effleura de sa main encore chaude son ventre, puis son torse, que soulevait une respiration un peu chaotique malgré l'apaisement qui semblait avoir fini par le gagner. Les doigts du marin glissèrent, chastes, sur le lys de sa peau nue. Cette blancheur d'une virginale candeur, marquée par les meurtrissures d'un passé de souffrance, le bouleversait.

Aloys se concentra sur le contact à peine perceptible des doigts de Johan sur sa chair épuisée de sensations. Le marin dessinait des volutes et des enchevêtrements de lianes sur sa hanche. Il traçait d'énigmatiques symboles sur les muscles de sa cuisse, jusqu'à lui provoquer des frissons lorsque les mains aventureuses remontèrent les reliefs de ses cicatrices. On disait Johan un peu sorcier, il devait sans doute sceller le dernier des sortilèges, celui qui les unirait pour toujours : une promesse nouée entre des divinités venues de contrées si lointaines et si mystérieuses que personne ne saurait jamais l'en délivrer. Aloys ne souhaitait pas être délivré ; ce sentiment-là ne pouvait devenir une prison. Il avait peur, cependant, qu'on l'arrachât à son paradis. Pour se rasséréner, il vint se blottir contre l'ex-capitaine. Celui-ci l'enlaça et enfouit son visage dans ses mèches encore humides. Le corps de Johan était agréablement tiède et réconfortant. Au creux de cette douce étreinte, il y avait comme une étrange sérénité. Comme si, à force d'affronter la nature tumultueuse et les destins contraires, les deux amants étaient parvenus en s'unissant à ne plus se laisser emporter par les remous, les variables. Ils auraient pu se croire invincibles en cet instant. Ils restèrent plusieurs minutes à écouter le bruissement de la campagne. Une brise plus fraîche les fit frissonner et Johan, en riant, embrassa l'épaule couverte de chair de poule d'Aloys, qui bougonnait en cherchant à se nicher encore plus près de lui et de sa chaleur.

— Nous devrions rentrer, tu vas finir par prendre froid, et j'aurais toutes les peines à expliquer pour quelle raison tu as fini mouillé, susurra-t-il.

— Ah, mais nous n'aurons qu'à dire que nous étions dans un ruisseau en train d'étudier la botanique, répliqua Aloys avec espièglerie en plaquant le marin sur le dos et en s'asseyant à son côté.

Il fit courir ses doigts sur le torse ainsi joliment étendu.

— La botanique ? répéta Johan en soulevant un sourcil, mi-curieux, mi-sceptique. C'est ainsi que l'on nomme les ébats libertins entre gens du monde par ici ?

Aloys se mordilla la lèvre, puis avala sa salive avant de répondre, mutin :

— Eh bien…

Il effleura le sexe du marin et caressa ses bourses, de façon faussement indifférente.

— Sachez, capitaine, que « testicules », par exemple, est un mot dont la racine grecque est « orchis », qui donna également le nom aux fleurs d'orchidées dont on peut indubitablement reconnaître une similarité de forme avec les « orchis » susnommés.

Johan étouffa un rire et attira Aloys au-dessus de lui, ses deux mains venant le saisir à la taille. Qu'il était bon de le voir laisser ainsi libre cours à son insouciance !

— Ah, vous avez raison, Messire, il est vrai que la botanique est partout. Prenez la caresse que je viens de vous faire découvrir, dit le marin en accompagnant ses mots d'un baiser. Les personnes initiées appellent cela « la feuille de rose »[59].

Fig. 16

Aloys rougit et la teinte descendit de ses joues à son cou. Johan fut ravi de l'effet de son bon mot, c'est pourquoi il continua :

— Et, de même, il me revient que cette certaine partie si délicate de votre délicieuse anatomie, mon très cher maître Van Leiden, se dit en poésie : la fleur de Sodome !

Cette fois, Aloys éclata de rire et repoussa le marin en se relevant.

— Très bien, je mets fin à ce cours de botanique avant que nous relancions d'autres travaux pratiques et que tout ceci nous emmène jusqu'à des heures indues, ajouta-t-il en attrapant sa chemise.

Johan se leva à son tour et se saisit de son pantalon.

Les deux hommes se rhabillèrent en échangeant encore des baisers. Avant de se décider à quitter leur havre de paix pour regagner le chaos du manoir, ils tentèrent de se redonner une allure digne ; peine perdue d'avance, car leurs cheveux ébouriffés et le désordre de leurs vêtements témoignaient pour eux de leurs activités blâmables. Dans un jour aussi beau que celui-ci, rien ne put pourtant les faire s'inquiéter. Le soir n'était pas encore là lorsqu'ils arrivèrent, rayonnants de joie, à la demeure Van Leiden. Le soleil était néanmoins bas sur l'horizon et l'effervescence d'à midi semblait s'être quelque peu dissipée. Dans la cour était garé un carrosse. La bonne humeur de Johan fut bien vite rabattue. C'était celui du docteur Kuntze. Le médecin se tenait sur le perron, il était en grande conversation avec Dorus.

CHAPITRE NEUVIÈME

— Hérode et Judas réunis, mauvais présage.

À ces mots, lâchés avec le plus fulgurant naturel, Dorus rentra précipitamment dans le manoir. Le docteur Wilhelmus Kuntze, quant à lui, se retourna, hiératique, vers les deux arrivants. Il avait reconnu la voix et le ton tranchant de Turing et ne fut pas autrement surpris de voir Aloys Van Leiden à ses côtés. Le médecin ne put manquer de remarquer la mise, débrayée et échevelée, de celui qui ne souhaitait plus, depuis plusieurs semaines déjà, recevoir aucun traitement ni faire l'objet d'aucune auscultation. Les joues rougies, les yeux enfiévrés et les lèvres brillantes, tout dans l'attitude de l'héritier Van Leiden respirait le péché assouvi et l'excitation des nerfs. Et pour ne rien arranger, le médecin constata avec amertume que sa claudication était particulièrement prononcée. Il s'appuyait avec une fatigue évidente sur ce qui devait être un bâton de marche. À croire que le marin l'avait entraîné, par monts et par vaux, vers il ne savait quelle épuisante et condamnable activité, dont la pensée même retourna l'estomac du praticien.

Dorus, son œil dans la maison, lui avait bien dit que les deux hommes étaient devenus parfaitement inséparables et que certains murmures entendus, certains regards trop caressants qu'il avait surpris,

Fig. 17

laissaient présumer les pires agissements. Malheureusement, à voir les deux hommes et leur mine fière et réjouie, rien ne semblait contredire cette affligeante affirmation. Il était grand temps que cette ignominie cesse.

Pour le docteur Kuntze, il était profondément rageant de voir à quel point les influences néfastes de ce rat de cale de Turing avaient su corrompre en si peu de temps l'âme et le corps d'Aloys Van Leiden. Et pourtant, Wilhelmus était presque parvenu à le modeler selon ses vues, à en faire un esprit soumis, malléable, tout à l'acceptation de ses fautes et s'engageant même dans la douloureuse voie de la rédemption. Cela avait pris de si longues années. Qu'il avait été bon de voir cette chair viciée se marquer des stigmates de la contrition et ce regard trop insolent se plier de honte ! Ah, il avait été si proche de faire accepter la Dame de Wijs comme épouse et lui-même comme gestionnaire de ses biens. Si proche, jusqu'à ce que… jusqu'à ce que tout ce travail soit gâché par un aventurier sans scrupule venu des égouts putrides du port d'Amsterdam. Mais il ne serait pas dit que le plan qu'il préparait depuis si longtemps se verrait mettre en échec pour une vulgaire passade.

Je ne souffrirais aucune défaite, Van Leiden m'appartient, se promit Kuntze en fulminant intérieurement. *Patience, le but est proche.* Le docteur dissimula son amertume pour venir s'avancer et saluer le jeune maître avec politesse, osant même afficher, sur son visage sec, un sourire crispé. Le marin fronça les sourcils. *Fort bien*, se dit Kuntze, *que ce bélître fasse pleinement preuve d'hostilité à mon égard, en passant pour un butor colérique, il ne fera ainsi qu'accentuer les effets du piège dans lequel je compte le faire tomber.*

— *Heer* Van Leiden, je suis ravi de vous voir enfin. On me disait que vous étiez introuvable ! Je vous ai cru enlevé par quelques maraudeurs. Cependant, peut-être n'étais-je pas si loin du compte, commenta-t-il, fielleux, en jetant un coup d'œil à Turing.

Le marin serra les poings et le jeune maître à ses côtés lui renvoya un regard offusqué. Décidément, il était temps qu'il remît bon ordre à tout ceci, les deux hommes réagissaient par trop comme un couple d'inséparables pour ne pas être au minimum suspects d'une affection malséante.

— Puis-je m'entretenir un instant avec vous, *heer* Van Leiden, je n'ai qu'une humble sollicitation à vous transmettre ? demanda-t-il, aimablement.

La réponse qu'il obtint fut un peu sèche à son goût :

— Docteur, vous arrivez dans un moment fort inopportun, je le crains, nous préparons des noces et les lieux sont en pleine ébullition.

Ravalant sa fierté, le docteur prit une mine exagérément déconfite, afin de faire appel à l'inépuisable propension à la compassion du jeune homme. Son astuce ne manqua pas de fonctionner, puisque Van Leiden céda :

— Très bien, toutefois, je n'aurai qu'un instant à vous accorder, Docteur, finit par consentir Aloys.

Il se tourna vers le marin et s'adressa à lui d'un ton courtois et neutre, bien que le regard complice qu'échangèrent les deux amis suffît amplement à trahir leurs sentiments équivoques. Le médecin sentit un frisson de révulsion lui parcourir l'échine. Comment pouvait-on se fourvoyer avec autant d'abandon ?

— Capitaine Turing, pourriez-vous porter cette sacoche à mon cabinet de travail et commencer à trier les spécimens que nous avons cueillis ? demanda Aloys d'un ton qui, lui aussi, remarqua Kuntze, ne dissimulait rien de sa coupable inclination.

Le marin récupéra, d'un geste souple, la besace tendue par le jeune Van Leiden. Pour autant, il hésita à quitter les lieux et ses prunelles vives s'ancrèrent avec férocité dans les siennes.

J'ai toujours su que cet individu n'était pas à mésestimer, observa le docteur. Un esprit farouche tel que celui-là ne pouvait être aisément dompté. Toutefois, il est dit que tout homme a des faiblesses, tissant et nouant les fils de son propre malheur. Pourquoi ne pas jouer de cette rage à protéger son amant ? C'était un emportement facilement destructeur, prompt à s'embraser pourvu qu'on le nourrît du bon combustible. *Parfait !* exulta intérieurement Kuntze. Un bûcher de vanités conviendrait parfaitement dans pareille circonstance. Il piégerait Turing à ses propres sentiments.

Aloys Van Leiden n'avait pas manqué de sentir la tension entre les deux hommes.

— Je vous rejoins incessamment, capitaine, ajouta-t-il en accompagnant ses mots d'un discret sourire se voulant rassurant.

Turing souffla bruyamment, puis se décida enfin à lui obéir et à rentrer dans le manoir. Ils avaient confiance l'un envers l'autre, la priorité serait donc de briser ce lien. *Car, sans confiance, pas de sentiments ; sans confiance, place au doute et aux amers regrets : un très bon terreau pour nourrir la plante de la repentance*, calcula le docteur en voyant s'éloigner le marin.

Lorsqu'il fut enfin seul avec le jeune maître, Kuntze commença leur conversation sur le ton le plus badin, mais tout en ne manquant pas de faire comprendre à son interlocuteur qu'il n'était pas dupe de l'origine de sa fatigue.

— Souhaitez-vous que nous nous asseyions, maître Van Leiden, vous me semblez horriblement las et vous avez l'air fiévreux.

Le jeune homme se redressa. Probablement piqué dans son orgueil, il lui répondit avec hauteur :

— Je puis bien rester quelques minutes debout, du moins le temps que vous m'avanciez l'objet de votre venue, Docteur Kuntze.

Décidément, il allait lui falloir être subtil et jouer de toutes les cordes de son instrument pour rentrer dans les bonnes grâces de son ancien patient. Celui-ci avait pris le ton d'insolence de ce damné marin ! Le médecin se fit mielleux au possible :

— Oui, sans doute, *heer* Van Leiden, je vous sais homme de volonté, vous surmontez aisément la douleur. Cependant, vous me rassureriez à vous asseoir, ne fût-ce qu'un instant. Faites cela par égard pour ma vocation de médecin, si ce n'est en souvenir de la profonde affection que vous me connaissez avoir pour vous.

Aloys plongea son regard dans celui de Kuntze, et le docteur se sentit étrangement saisi par la pureté de ces yeux clairs. Cette flamme de courage mêlée de sagesse, qui surgissait parfois sur les traits de son patient, avait le don de le désarçonner. Le diable pouvait prendre les atours des anges. On aurait pu croire qu'il savait lire dans son esprit et ce sentiment n'était pas des plus agréables. Sans un mot de plus, Van Leiden consentit à s'asseoir sur un banc de pierre, près de la dépendance, mais il était visiblement sur la défensive. Kuntze préféra amorcer sa manigance par une remarque candide :

— Après les noces, vous allez donc loger le jeune ménage ici, m'a-t-on dit ? C'est fort généreux de votre part.

— Oh, c'est bien naturel. Monsieur Binckes et Mademoiselle Aniek resteront, selon leurs vœux, à mon service après leur union. Dans ce bâtiment, une fois celui-ci aménagé, ils auront toute la place d'élever une famille que je leur souhaite la plus large possible.

Le regard du jeune homme s'emplit d'affection à cette parole, et le docteur Kuntze comprit qu'il y avait là lieu de porter le premier coup.

— C'est, ma foi, réjouissant, et j'ose croire qu'un heureux événement comme celui-ci vous aura donné quelques envies de vous trouver également une épouse pour mettre fin à votre célibat.

Aloys eut un soupir las, cependant le docteur n'en tint pas compte et poursuivit sur le même ton complaisant :

— Vous savez, je m'inquiète pour vous. Une présence féminine, une compagne de votre rang et de votre éducation, serait une bénédiction pour soigner votre solitude. Je ne vous le cache pas, même si le départ prochain du capitaine Turing éteint les craintes que j'avais pour le salut de votre âme, il va m'être désolant de vous savoir seul, en proie à vos démons, dans cette grande demeure qui…

Comme il s'y attendait, Kuntze n'eut pas le temps de finir sa phrase :

— Le départ du capitaine Turing ?! D'où tenez-vous cela ?

Le jeune maître l'avait coupé si vivement et il avait dans les yeux une si grande surprise que le médecin eut bien du mal à contenir le sourire de satisfaction qui lui montait aux lèvres. Ah, décidément, la douche froide était une bien bonne médecine pour les échauffements des sens ! Trancher cette confiance mal placée et arracher l'affection putride qui unissait ces deux hommes allait être un jeu d'enfants si Aloys Van Leiden ne savait pas mieux dissimuler ses émotions. Kuntze se borna à prendre un air désolé et déroula le discours tissé de chardons qu'il avait préparé avec Dorus :

— Ne vous en a-t-il pas fait part ? Oh, je suis navré d'avoir éventé la nouvelle, j'allais justement lui porter une réponse venue d'Amsterdam : les tractations en cours semblent dater déjà de plusieurs semaines ; aussi ai-je donc naïvement pensé que le capitaine vous avait informé de son projet. C'est à une erreur de la malle-poste que je dois cette indiscrétion : les coursiers peuvent être d'une légèreté sans nom, intervertissant les correspondances comme si cela ne prêtait pas à conséquence. J'étais occupé à donner des consignes à mon valet lorsque j'ai distraitement décacheté une lettre qui ne m'était pas destinée. Croyez bien que je ne me serais pas permis d'en lire une ligne si elle n'avait pas atterri entre mes mains par un malencontreux hasard ! C'est donc bien fortuitement que j'ai appris que votre « assistant » avait fait le choix de rejoindre l'équipage d'un des navires de la compagnie des Indes orientales. Je sais à quel point la tenue de votre jardin vous importe, aussi, devant le caractère d'urgence de cette missive, afin que vous puissiez organiser au mieux le remplacement du capitaine Turing, me suis-je permis de venir au plus vite pour la remettre à son destinataire.

— Le caractère d'urgence, dites-vous ? Remplacer Turing ?

Le visage d'Aloys Van Leiden marquait le plus profond désarroi. Le sentiment de trahison et les espoirs déçus étaient les ingrédients d'un poison des plus efficaces. Le docteur sentit les frissons de la victoire lui picoter les doigts.

— Oui, le ton de la lettre est sans appel. Il s'agit pour lui de rejoindre Amsterdam sous huitaine, pour embarquer très probablement. Vraiment, j'en suis désolé pour vous, il est si malséant de la part du capitaine Turing de ne vous avoir pas prévenu. Vous aviez des travaux d'études en cours, je suppose.

Kuntze sourit intérieurement en sachant que ces derniers mots avaient porté l'estocade au cœur du jeune homme. Pour faire bonne mesure, il lui tendit la lettre qui portait bien en vue le cachet de la Compagnie d'affrètement des navires. Le visage d'Aloys avait blanchi et sa main, tremblante, ne prit la lettre qu'avec une visible appréhension, comme s'il s'agissait d'une condamnation à mort.

— Des projets... oui... oui, en effet, nous avions... enfin, j'avais des projets, mais... mais êtes-vous sûr de ce que vous avancez ? Je m'étonne qu'il ne m'en ait pas parlé, hasarda-t-il tout en n'osant pas ouvrir la missive.

Il aurait été fort impoli, pour ne pas dire déloyal vis-à-vis de son ami, d'ouvrir et de lire cette lettre qui ne lui était pas adressée. Par éducation, le jeune Van Leiden devait sans doute s'y refuser. Heureusement d'ailleurs, puisque c'était sur cette naïve honnêteté que reposait toute la manigance du docteur, qui n'avait pu s'empêcher de ressentir une sueur froide au moment de lui remettre le courrier.

— Hélas, je vois bien que cela vous navre. Je suis absolument confus d'avoir révélé le secret du capitaine, croyez-le bien, insista Kuntze, qui poussa la cruauté jusqu'à mimer de nouveau une sympathie feinte avant de porter un nouveau coup. Il a peut-être des raisons de vous dissimuler son départ. La crainte de se compromettre dans la trop grande affection que vous lui portez, par exemple.

Van Leiden se hérissa et le rouge lui monta subitement aux joues, un contraste vif avec son teint très clair. Dans ses mains, la lettre manqua de se froisser.

— Une trop grande affection ? Qu'entendez-vous par là, Docteur ? hoqueta-t-il.

Kuntze soupira avec emphase. Intérieurement, il bouillait. Ce jeune naïf croyait-il réellement pouvoir prendre, devant lui, le masque de l'innocence, alors que tout son être, de l'éclat de ses yeux au rouge de ses lèvres, respirait le vice ? Jouer le rôle du dupe n'était pas dans le caractère du médecin, il opta donc pour celui du protecteur sentencieux en posant sa main sur l'épaule d'Aloys à la manière d'un père bienveillant. Le jeune homme eut un mouvement de recul et son regard marqua, un court instant, l'ombre d'une terreur profonde. Le contact physique éveillait sans doute en lui des souvenirs quelque peu incommodants. Toutefois, il était regrettablement évident que ce dégoût des proximités viriles ne l'eût pas empêché de succomber à l'acte de luxure avec son marin d'amant. Alors, ne considérant pas qu'il y eût lieu de se laisser attendrir, Kuntze se lança dans un sermon :

— *Heer* Van Leiden, vous me pensez sans doute parfois bien trop aride pour entendre les tourments d'un jeune cœur. Cependant, je vous prie d'envisager que je ne veux que votre bien dans ce combat que vous menez contre l'immoralité. Car, je ne doute pas que vous faites tout ce qui est en votre pouvoir pour vous refuser à la tentation de retomber vers l'odieuse déviance qui vous a causé si grand tort par le passé. Songez que Johan Turing est un homme de mer, habitué au vice et à la promiscuité. Il était fort à parier qu'il ne resterait pas plus d'une saison attaché à votre service. Ces gens, malgré leurs boniments et leurs promesses, sont tous faits du même bois :

dès que l'aventure les appelle, ils répondent et abandonnent sans scrupule toute attache.

— Docteur, je ne crois pas dans la fausseté des intentions du capitaine Turing. S'il souhaite quitter cette propriété, c'est qu'une raison légitime et impérieuse l'aura contraint à le faire.

Kuntze remarqua que le jeune homme ne se défendait pas d'avoir cédé aux intentions du marin. Pire, il tentait même de défendre le simulacre de sentiments par lequel il se croyait uni à son amant. La gangrène était bien profondément installée. Il allait donc lui falloir être implacable. Cela n'était pas, pour l'insensible praticien, une tâche ardue.

— Eh bien, s'il vous faut absolument trouver à excuser ce comportement faux. Pensez qu'exposer, comme vous le faites depuis des mois, votre réputation, votre santé et votre âme au plus répugnant des vices ne peut avoir que de graves conséquences, conséquences dont le capitaine Turing aura peut-être fait l'estimation. À ce titre, sollicitude de sa part ou calcul visant à se défaire d'un lien devenu trop pesant pour son esprit libre, je vous laisse le choix de l'interprétation, toutefois le résultat est le même : il part.

Aloys reçut ces mots comme on prend une gifle. Il baissa les yeux sur l'enveloppe. Son visage était un masque de désolation.

— Je n'arrive pas à croire que… murmura-t-il.

Malgré la douce lumière du début de soirée qui baignait la cour, le monde, pour lui, semblait s'être teinté de noir. Son cœur était à genoux, offert au supplice du bourreau. Kuntze vit une silhouette apparaître sur le perron du manoir. Il fallait faire vite !

— Eh bien, vous avez la lettre, enchaîna-t-il vivement en avisant que c'était Turing qui venait vers eux. Remettez-lui et voyez sa réaction. Mais de grâce, ne dites rien du parcours chaotique de ce pli. Je crois cet homme capable de tout, et je ne voudrais pas me trouver exposé à ses élans de colère s'il venait à prendre ombrage de ma petite indiscrétion bien involontaire.

Voilà, il avait porté la dernière touche à son plan, et il ne lui restait qu'à prier le Ciel pour que tout se déroule selon ses vœux. Assurément, même si son objectif était de s'approprier des biens ne lui appartenant pas, un pareil cas, où l'immoralité faisait son nid éhontément, ferait que le jugement divin serait de son côté. Le marin, en arrivant à leur hauteur, sembla copieusement irrité de le voir encore là.

— N'avez-vous pas quelques pauvres hères à rabouter, docteur Kuntze. Ah, c'est vrai, j'oubliais que vous ne faites que dans le beau monde. Quelques bourgmestres ? Une vicomtesse, peut-être ?

Kuntze se retint de répliquer et fit mine d'ignorer la question.

— Joh... Capitaine, intervint Aloys d'une voix étranglée. Vous... On vient d'apporter ceci. Cela vous est adressé, semble-t-il.

Le jeune Van Leiden tendit la lettre au marin, mais celui-ci eut un regard de méfiance avant de prendre le pli et, après avoir jeté un coup d'œil au cachet étrangement brisé, glissa l'enveloppe dans une poche de son gilet.

— Vous ne la lisez pas ? demanda le docteur, qui s'attendait bien à ce que le marin se fît soupçonneux et qui voulait le faire passer pour un dissimulateur.

Turing serra les mâchoires, visiblement excédé par sa présence et, de surcroît, irrité de voir que son courrier avait été lu. Il se força à redevenir calme et se tourna vers Aloys, cherchant à deviner si celui-ci avait eu la discourtoisie d'espionner sa correspondance.

— Vous attendiez peut-être cette réponse depuis longtemps ? osa le jeune homme, submergé par une curiosité peu discrète qu'il ne parvenait pas à refréner.

L'anxiété le rongeait et, malheureusement, Turing prit cette impatience pour un aveu de culpabilité.

— Cela se peut, en effet, *heer* Van Leiden, mais il n'est pas dans mes habitudes d'étaler mes turpitudes paperassières en public, trancha le marin d'un ton sec.

— Si vous souhaitez que nous en discutions ou si je puis vous aider à résoudre des difficultés d'ordre administratif ou pécuniaire, n'hésitez pas, capitaine, offrit Aloys avec une sollicitude sincère, cependant mal placée en la circonstance.

Turing se hérissa. *Bien sûr, l'orgueil est toujours un très bon levier de colère*, exulta le médecin, qui n'avait même pas besoin d'intervenir pour que la conversation s'envenime entre les deux amants.

— Merci de votre proposition, *heer* Van Leiden, mais je ne crois pas vous avoir laissé entendre que j'attendais après votre charité pour mener ma vie.

— Ce n'est pas ce que…, commença Aloys, gagné par l'irritation lui aussi.

Cependant, considérant visiblement sa présence, il se reprit :

— Bien. Bien, faites comme bon vous semble, capitaine Turing. Je ne suis pas là pour entraver votre liberté. D'ailleurs, je n'en ai pas plus l'intention que la force, je vais me reposer, cet après-midi a été épuisant et la journée de demain ne manquera pas de l'être également. Je vous souhaite le bon soir, Docteur. Capitaine Turing, salua-t-il d'un ton particulièrement pincé qui dissimulait mal son amertume, et il se leva pour rentrer au manoir en plantant là ses deux interlocuteurs.

Il ne fit que quelques pas, avant que Kuntze ne le rattrapât, celui-ci se rappelant qu'il n'avait pas noué le dernier fil de sa manigance.

— Pardonnez-moi, encore un instant, je vous prie, *heer* Van Leiden. Je venais également pour intercéder en faveur de Dame de Wijs, qui se languit de vous revoir et qui craint de vous avoir contrarié d'une façon ou d'une autre, car elle ne reçoit plus guère de nouvelles de vous. Elle pensait profiter de l'heureux événement se tenant demain dans vos murs pour pouvoir porter ses vœux aux époussés et, si vous y étiez disposé, pour vous saluer.

Le jeune homme, les sourcils froncés, jeta un regard revanchard au marin, puis il reporta toute son attention sur le docteur.

— Bien sûr, je me ferai une joie de la voir. Portez-lui l'expression de mes plus affectueux sentiments, répondit Aloys d'une voix forte et insolente, directement destinée aux oreilles de l'ex-capitaine, qui était resté figé près du banc de pierre.

Kuntze vit celui-ci serrer les poings et faire volte-face pour rentrer, bouillant de colère, dans la dépendance. Parfait. Voilà qui était une belle démonstration pour le docteur Kuntze : le soupçon et l'aigreur étaient déjà parvenus à atteindre les cœurs. Le médecin avala sa salive. Il était si près de réussir. Maintenant, pour que son plan fût un succès, Aloys ne devait pas connaître le contenu de la lettre. Et pour cela, il ne fallait pas qu'il se trouvât en présence du marin. Dorus avait ici un rôle à jouer : distraire et occuper suffisamment les deux hommes avec les préparatifs des noces pour qu'il ne leur fût pas possible d'échanger plus d'un ou deux mots avant le lendemain. Il ne fallait pas leur laisser une chance de se réconcilier. Si tout fonctionnait selon son bon vouloir, alors ce jour de mariage allait être une magnifique scène de tragédie où Reinhilde de Wijs n'aurait plus qu'à ramasser les débris d'un cœur brisé. Et ainsi, leur fortune serait faite.

**

L'après-midi était déjà bien entamé et il faisait beau. Définitivement, irrémédiablement, ridiculement beau. Un temps d'été tout à fait accordé au caractère festif de cette journée champêtre, bien que fort désagréable lorsque l'on ne souhaitait pas exposer son teint de lait aux rayons du soleil. Reinhilde de Wijs réajusta la fine voilette de dentelle qui masquait élégamment sa gorge et déploya son éventail. Elle réprima un soupir d'agacement. Et avec cela, il faisait affreusement chaud.

Assise sur un délicat fauteuil en fer forgé garni d'un coussin de satin, elle profitait de l'ombre d'un grand tilleul. À ses côtés, deux petites bonnes et une paysanne s'étaient posées sans façon dans l'herbe. Reinhilde avisa leurs joues rougies par la danse et leurs robes en toile simple, leurs mains calleuses et leurs chevelures nattées : parfaitement communes, en somme, une compagnie idéalement adéquate. Car elle avait choisi sa place avec soin : un poste d'observation qui la mettait joliment en valeur, belle comme une somptueuse pivoine blanche au milieu d'une brassée d'insignifiantes fleurs des champs. Ainsi, on ne pouvait manquer de la remarquer. Elle chercha des yeux Aloys Van Leiden, puisque c'était bien pour lui qu'elle s'imposait toute cette mascarade.

La noce avait été écœurante de mièvrerie, et elle avait cru défaillir d'ennui durant l'échange des vœux des deux époux à la chapelle. Entre la prévenance balourde du marié serré dans sa tenue du dimanche, la timidité de l'épousée coiffée d'une mesquine petite couronne de fleurs d'églantine qui lui donnait des airs de bergère et les coutumes grossières des invités, qui consistaient essentiellement à danser des gigues en riant fort, tout lui avait été positivement désagréable. Cependant, se mêler à la populace les jours de fête, lorsque l'on était maître des lieux, était une manière de se garantir la bienveillance de ses gens. Une œuvre de charité ostensible, en quelque sorte.

Reinhilde de Wijs leva les yeux au ciel, dans un réflexe d'exaspération, en voyant le jeune Van Leiden refuser avec politesse une énième rasade de liqueur rustique proposée par la femme de cuisine visiblement prise de boisson. Ce garçon pouvait vraiment être d'une patience affligeante avec le bas peuple. *Décidément,* jugea-t-elle, *il faut à cette demeure une véritable maîtresse de maison pour y mettre bon ordre et dignité.* Mais avant toute chose, elle devait jouer ses cartes avec la plus grande subtilité et ne surtout pas sous-estimer la malheureuse, bien que hélas profonde, affection qui liait le maître des lieux et son aventurier d'amant. Car, oui, Johan Turing et lui étaient amants. Wilhelmus Kuntze avait été catégorique sur ce point. Toutefois, et alors qu'aucun doute ne fût possible à cet égard, c'était une pensée qu'elle ne parvenait pas à faire sienne. Comment pouvait-on s'abaisser à ce point ? Le capitaine était bel homme, indéniablement. Cependant, il y avait des limites à la naïveté. S'adonner à des pratiques lubriques dans les cercles libertins de l'aristocratie pouvait, à la rigueur, passer pour un caprice original, mais faire cela avec un homme du peuple, un marin qui plus est, quand on savait dans quelle fange ces gueux trempaient leurs vices ! Quelle répugnante déviance ! Elle-même, pourtant assez complaisante sur les questions de morale, ne s'était jamais compromise dans de si basses affections. Pour dire vrai, ce type de liaison était rarement à même de vous couvrir d'or et de prestige.

En revanche, se faire épouser par un célibataire fortuné était bien davantage dans ses goûts. La mort de son second mari l'avait laissée dans une urgente nécessité de renflouer sa fortune. Le vieil homme, « soigné » avec un peu trop de zèle par Wilhelmus, n'avait partagé sa couche que trois ans et, pour ne rien arranger, sa belle-fille s'était révélée plus pointilleuse que prévu sur les questions d'héritage. À trente-deux ans, même si Reinhilde se savait encore jolie femme, il était plus que temps pour elle de trouver une alliance. Un héritier sans famille et passablement souffreteux était un parti idéal. Mais pour cela, il fallait qu'elle se décidât à entrer en scène. Cela n'était pas chose aisée, malheureusement. Aloys Van Leiden n'avait cessé de la fuir de toute la journée. En ce jour de fête, il ressemblait à une ombre. Sa mine blafarde paraissait bien plus pitoyable qu'à l'ordinaire et ses traits tirés attestaient d'une nuit sans sommeil. Une dispute dans le nid des deux colombes sans doute ? Pas une fois le capitaine et lui n'avaient eu l'occasion d'échanger un mot, et cela semblait jouer drastiquement sur l'humeur du jeune maître des lieux. Peut-être que pour gagner à ce jeu de dupes, il fallait qu'elle change de stratégie. Viser le concurrent plutôt que la cible était un stratagème fort couru dans l'art de la séduction.

Justement, non loin de là, Johan Turing se tenait debout, solitaire, à l'ombre d'un orme décoré de tresses colorées. Il observait la noce et ses réjouissances de son regard d'aigle, son visage semblant un masque de concentration. Les musiques paysannes et les rires des convives ne paraissaient pas l'atteindre. Lui aussi était là sans l'être, absorbé par Dieu seul savait quelle sombre réflexion.

Les deux hommes faisaient décidément une paire bien assortie.

Reinhilde de Wijs se leva lentement. D'un geste altier, elle lissa un pli de sa robe que la position assise avait marqué et se décida à approcher le marin. Pour ce faire, elle donna à son attitude toute la nonchalance dédaigneuse attendue d'une dame de son rang qui souhaiterait satisfaire une curiosité éphémère en se mêlant aux gens de basse extraction.

— Capitaine Turing, quel plaisir de vous trouver seul. Je réalise que nous n'avons pas encore eu la chance de converser depuis votre arrivée en ces murs.

Le marin daigna se tourner vers elle, avant de lui répondre d'un ton revêche :

— Je ne crois pas que ma conversation ait un quelconque intérêt aux yeux d'une dame de votre qualité, Madame.

Cette petite rebuffade n'était pas à même d'échauder Reinhilde de Wijs.

— Vous vous mésestimez, capitaine. Et s'il n'est le plaisir de votre conversation, sans doute votre charisme doit avoir ses charmes. Je ne saurais croire que vous ne vous servez pas de vos visibles atouts pour mener votre navire dans le monde, susurra-t-elle en jouant de son éventail.

Le marin lui renvoya un coup d'œil dédaigneux. La flatterie, contrairement à la plupart des hommes, n'était pas le point faible de l'ex-capitaine.

— Si vous suggérez que j'aie quelques aptitudes au badinage, Madame, c'est fort mal me connaître. Je n'aime pas à jouer avec le cœur des femmes.

Le sourire de Reinhilde de Wijs s'accentua à cette dernière phrase. Il y avait là un angle d'attaque.

— Cependant, avec le cœur des hommes, vous n'avez pas la même prévenance, si j'en crois mon intuition, commenta-t-elle, vipérine.

Le marin fronça les sourcils et son regard se fit de glace. Un délicieux frisson de danger tendit les nerfs de la belle dame. Ce genre d'homme, intense et charismatique, malgré ses origines populacières, était un adversaire à sa mesure.

— Votre intuition est-elle porteuse de menaces, Madame ? feula Turing.

— Oh, capitaine, vous n'êtes assurément pas de ces hommes que l'on menace. Je ne songe qu'à vous montrer que je ne suis pas la précieuse que vous semblez voir en moi.

Elle sourit davantage, faussement innocente, et cacha élégamment ses lèvres derrière son éventail de dentelle avant d'ajouter d'un ton de connivence :

— Vous savez certainement, bien que vous ayez longtemps été retenu loin de votre patrie, qu'un crime, tel que celui que nous évoquons, est puni dans certaines provinces de notre belle contrée par la mort[60].

Si les yeux du capitaine avaient été des lames, Reinhilde de Wijs aurait gagé que sa vie était en péril.

— Ce genre de « crime »…, répéta-t-il d'un ton acerbe. Je vois, vous êtes de celles qui dénoncent leurs sœurs prétendument sorcières pour vous attirer les bonnes grâces du Tout-Puissant. J'eus supposé que vous étiez d'une sphère à laquelle on prête de plus nobles desseins. Le chantage n'est-il pas une pratique quelque peu dégradante pour une personne de votre rang ?

Reinhilde força son visage à arborer une expression de bienveillance froissée.

— Ne soyez pas si venimeux, capitaine. Et croyez bien que mes desseins sont on ne peut plus nobles.

Le marin laissa échapper un souffle de mépris, puis amorça un mouvement pour se détourner d'elle et mettre fin à leur conversation. Mais la belle dame le retint discrètement par le bras et donna à sa voix toute la douceur emphatique dont elle était capable :

— Vous vous méprenez sur mes intentions, capitaine. J'ai pu vous apparaître hardie ou même ambitieuse, cependant… commença-t-elle en tournant son regard vers la tablée où était assis Aloys Van Leiden.

Le marin ne manqua pas de remarquer où ses yeux s'étaient dirigés. Cela força son attention. Reinhilde reprit, caressante et faussement émue :

— J'aspire à sauver une âme, voyez-vous. Je ne puis œuvrer pour sa santé, toutefois, avec les modestes armes qui me sont données par ma condition, c'est sa réputation que j'espère restaurer. Et pour ce faire, je voudrais vous supplier d'ouvrir les yeux sur le truisme qui veut que les mœurs d'ici-bas ne soient pas celles de vos contrées exotiques. Si vous restez à ses côtés, si vous le privez d'une vie honorable près d'une épouse digne de son nom, vous ne parviendrez qu'à le perdre tout à fait. Il se lassera bien assez tôt de vous. Oh, ne souriez pas, capitaine, il en est ainsi de tous les caprices dans nos hautes sphères. L'inconstance y est, hélas, de mise. Et si j'en crois les flagrants indices que j'ai pu observer aujourd'hui, vous avez déjà pu mesurer à quel point ce genre de passade est fragile, la moindre chimère la fait vaciller. Croyez-vous qu'il tienne réellement à vous au-delà des quelques moments de luxure que vous lui apportez ? Votre idylle ne repose que sur la conjonction d'une éphémère curiosité et de l'attrait de l'aventure. C'est bien peu. Qu'auriez-vous à lui offrir d'autre que l'opprobre ? Vous n'êtes pas sans savoir que l'on ne ternit pas à la légère une réputation. La sienne, bien avant votre arrivée, était déjà suffisamment souillée. Qu'adviendra-t-il lorsque, fatigué de vous et de votre insolence roturière, il souhaitera reparaître dans le monde, prendre femme et assurer sa lignée ? Aurez-vous alors la bonne grâce de le libérer du joug de votre affection mal placée ? Ou resterez-vous comme une boue, un souvenir sale de ses incartades passées, à le hanter et à l'empêcher de trouver le bonheur dans une légitime vie de famille ?

Johan Turing ne lui répondit pas. Durant toute cette tirade poignante, il n'avait pas desserré les dents et, lorsque son regard d'orage contenu se tourna vers le jeune Van Leiden, Reinhilde reconnut dans les prunelles du marin l'éclat d'un déchirement profond. C'est ainsi qu'elle sut, alors, sans l'ombre d'un doute, que le poison de ses mots avait atteint son cœur.

***

Le soleil, bas sur l'horizon, était encore chaud, et la noce continuait plus mollement, assoupie qu'elle était par la fatigue, l'alcool et le trop-plein de joie. Pour Marit, ce mariage était un véritable régal. Quel plaisir de pouvoir enfin accompagner sa maîtresse dans une fête où elle avait la liberté de s'amuser et non pas de rester dans un coin de la pièce à attendre qu'on la sonnât ! Présentement, elle se tenait assise sur un banc de bois, non loin d'une des longues tables du déjeuner de noces. La tête lui tournait un peu d'avoir dansé, d'être restée au soleil et surtout d'avoir cédé à la tentation de plusieurs verres d'un schnaps[61] au délicieux goût de cerise. À ses côtés, une petite paysanne au visage rond et aux yeux pleins d'innocence l'écoutait débiter toutes les sottises possibles avec une attention totale. *C'est comme être une grande dame avec ma suivante*, se dit la camériste de Reinhilde de Wijs en soupirant d'aise.

— Quel drôle de couple tout de même ! lança-t-elle soudainement en fixant des yeux Guus, qui venait de soulever lestement son épouse, à la fin d'une ronde endiablée.

Aniek avait les joues roses de gaieté, et le sourire qui semblait ne plus quitter le visage de son mari était rayonnant.

— Eh bien, pourquoi que tu dis ça ? demanda, candide, la fille de ferme.

— Mais enfin, ça se voit tout de même ! Il a au moins vingt ans de plus qu'elle ! C'est pas dans l'ordre de la Nature ça, ça ne peut qu'amener des embêtements de ne pas suivre la loi naturelle des choses. Dans le pays d'où je viens, on lui aurait fait un sacré charivari[62] à cette noce-là !

— Un charivari ? C'est quoi donc que ça ?

Marit se tourna vers sa compagne, qui la regardait comme si elle venait de parler latin.

— Eh bien, tu n'es pas très dégourdie, toi ! T'as jamais vu ça, un charivari ? C'est comme euh… un genre de carnaval. Alors, d'abord, il faut que les jeunes de la paroisse avisent d'épousailles où les âges des mariés sont en l'état de disproportion ridicule ou alors quand c'est un remariage avec une vieille veuve d'au moins quarante ans. Ensuite, on va à la noce et on crie, et on singe, et on fait la honte au mauvais ménage jusqu'à ce qu'ils soient obligés de se carapater à leur foyer. Souvent, on les empêche de dormir pour que l'union ne se consomme point. C'est ça, faire le charivari. J'en ai vu qui se sont fait porter l'embarras ainsi pendant des jours !

— Mais, c'est horrible de faire cela ! s'offusqua la jeune fille, puis elle ajouta avec bon cœur : et quoi qu'ça vous chaux que les épousés n'aient pas le même âge ?

— Oh bah, à moi rien, mais c'est à la bonne morale que ça tire l'oreille.

— Et la bonne morale, qu'est-ce que ça lui gratte si ces deux-là i' s'aiment, commença à se fâcher l'innocente.

— Pff, t'es bien une pucelle, toi ! L'amour, c'est pas ce qui compte dans le fait d'avoir des épousailles heureuses.

— Ah ouais, et toi qu'es si maligne : c'est quoi qui compte ?

— Que ça t'installe dans une situation propre qui te fait pas à rougir devant tes voisins, pardi, bougre d'idiote ! répliqua Marit, agacée par l'insubordination de son interlocutrice.

— Eh bien, ça fait de la belle ambition ça, mais quand on est une fille d'ferme comme moi, c'est pas les bons partis qui s'bousculent. Alors, qu'moi, j'voudrais juste un gars à aimer, j'm'en moque de son âge pourvu qu'i soit bel homme et qu'il ait des grandes mains capables pour me tenir les miennes.

La petite paysanne coula des yeux envieux vers le fier Johan Turing qui se tenait en grande conversation avec un Guus Binckes plus causant qu'à l'ordinaire. Marit, observatrice, coupa net les pensées de sa compagne de conversation :

— Bah alors, celui-là, c'est bien le pire choix que tu trouveras ! lança-t-elle, cynique.

— Par notre bon Seigneur, qu'est-ce que tu vas encore y redire cette fois ? Le capitaine est bien aimable à regarder et même qu'on dit ici qu'il est un peu guérisseur.

— Ah ça, il a un sourire enjôleur, pour sûr, mais c'est un marin, ça veut dire que, dès qu'il t'aura attrapé le cœur et la vertu, il s'enfuira avec le tout sur les mers et tu te retrouveras comme une pauvre gourde, avec un marmot sans père dans les bras et guère que des regrets pour le nourrir. Y a pas plus sot que de s'amouracher de ce genre de gars sans scrupule. Tout le monde sait ça !

Marit partit d'un éclat de rire devant le regard effaré de la petite paysanne. Elle crut sur l'instant que l'hébétude de sa compagne venait de la finesse écrasante de sa tirade. Elle fut rapidement détrompée. La jeune fille se leva soudain et, rouge comme une robe de cardinal, balbutia une excuse à l'attention de celui qui venait de surgir de l'ombre derrière elles. Il s'agissait de leur hôte, Aloys Van Leiden. Marit se leva à son tour et prit un air contrit. Si cet homme devait devenir son futur maître, il ne fallait pas qu'elle se le mît à dos, et débiner le capitaine Turing n'était certainement pas une chose à faire pour rester dans ses bonnes grâces. Le châtelain ne lui fit pas de remarque sur ses médisances et posa simplement sur elle un regard chargé de tristesse. Il avait tout entendu certainement, mais avait l'âme trop bienveillante pour lui en tenir rigueur, malgré le fait que cela l'eût visiblement affecté. Marit remarqua qu'il avait une mine affreuse. Plus pâle qu'à l'accoutumée, ses yeux, fiévreux, étaient alourdis de cernes. Sa maîtresse n'aurait décidément pas autre chose à gagner d'un mariage avec ce souffreteux que l'immense fortune dont on le disait héritier. Avec un peu de chance, il ne tarderait pas à rendre l'âme et la propriété Van Leiden reviendrait à la Dame de Wijs.

— Profitez-vous agréablement de la noce, mademoiselle ? demanda-t-il poliment, ignorant ce qu'il était des sordides pensées de la chambrière.

Celle-ci allait tenter de trouver une réponse courtoise lorsqu'elle fut interrompue par un frisson qui lui vrilla les nerfs et lui cloua la bouche. L'arrivée de Johan Turing faisait toujours cet effet désagréable sur elle. Marit s'effaça à l'approche du marin qui, lui, l'ignora superbement.

— Maître Van Leiden, pourrais-je vous entretenir un instant ? les interrompit-il. Ce ne sera pas long.

Il semblait anxieux, et tendu, ce qui ne faisait qu'ajouter à son attitude intimidante. Marit se mit davantage en retrait, restant pourtant encore à portée de voix des deux hommes, par pure curiosité.

— Je vous en prie, capitaine, je vous écoute, répondit Aloys Van Leiden d'une voix étrangement étranglée, comme s'il s'attendait à une mauvaise nouvelle.

— Eh bien, commença le marin après une rapide inspiration, je dois me rendre au plus vite à Amsterdam pour régler une affaire personnelle et j'aurais souhaité pouvoir partir dès demain, si cela vous sied, bien entendu.

— Je devine que la lettre que vous avez reçue hier est à l'origine de cette précipitation, commenta le maître des lieux en dévisageant Johan Turing avec inquiétude.

Le capitaine soutint ce regard qu'un éclat d'émotion indistinct traversa. Marit était peut-être une jeune écervelée, cependant il n'était pas difficile de deviner que, dans l'échange vif qui venait d'avoir lieu, de bien complexes et intenses sentiments étaient à l'œuvre.

— En effet, oui, vous avez *deviné* juste, Maître Van Leiden, répondit le marin en se renfrognant. Ce pli avait pris du retard à me parvenir et je dois, à présent, me présenter avant quatre jours, sans faute, à l'Amirauté. Par suite de quoi, j'aurai sans doute une bonne semaine à rester sur place. Vous aurez de mes nouvelles sous quinzaine ou, du moins, je l'espère.

Aloys Van Leiden poussa un ricanement qui avait les accents d'un sanglot.

— Vous l'espérez, murmura-t-il, une grimace sardonique déformant ses traits, puis il reprit, d'un ton soudainement résolu : soit, faites. Quinze jours ou davantage, qu'importe. Considérez que vous êtes libre de votre agenda, capitaine. Maintenant que les floraisons sont amorcées dans la serre, je n'ai, de toute façon, plus besoin de vos services.

À ces mots tranchants, le marin laissa passer un instant de silence stupéfié. Il ouvrit et ferma la bouche deux fois sans parvenir à articuler une parole. La question qu'il jeta après coup eut le ton de l'incrédulité :

— Dois-je comprendre que vous me donnez mon congé, maître Van Leiden ?

Ce dernier avala sa salive avant de répondre, amer :

— Eh bien, je n'ai jamais eu le dessein de vous séquestrer dans cette demeure et il était entendu que vous ne restiez ici que pour m'aider le temps de mettre en place les collections botaniques. Si des opportunités se présentent à vous sous d'autres latitudes, je serais bien égoïste de vous retenir à terre sans autre raison que mon bon caprice.

Il fut sidérant pour Marit de voir la vitesse avec laquelle Johan Turing transforma son effarement en colère brûlante.

— Votre caprice, gronda le marin comme si ce mot était la pire des infamies. N'y avait-il donc aucune autre raison qu'un caprice passager au maintien de ma présence à vos côtés en cette demeure ? Si l'on m'avait dit qu'il y avait en vous tant de fausseté et d'ingratitude, je n'aurais pas prolongé mon séjour ici aussi longtemps, cracha-t-il avec dédain.

Aloys Van Leiden avala sa salive. Son visage se durcit, sa fierté valait bien celle du marin, cela se voyait jusque dans son port de tête.

— Capitaine, je ne vois pas où j'ai mérité d'être l'objet d'un tel mépris. Ne souhaitiez-vous pas, hier, être libre de mener votre vie. Je n'ai pas été ingrat, je crois. Vous avez même bénéficié de plus d'attentions que bien des employés travaillant sur ma propriété. Je vous laisse partir, puisque vous le voulez, et si c'est une question d'ordre véniel qui vous préoccupe : soyez sans crainte, je vous ferai préparer une bourse entière de florins, cela vous fera comme vos gages.

— Mes gages ! hoqueta le marin, blanc de rage. Mais pour qui me prends-tu, Aloys ? Crois bien que je me préoccupe comme d'une guigne de ton or. Garde-le pour un autre de tes caprices. Tu verras s'il aura la même patience et la même prévenance que moi !

Aloys Van Leiden s'empourpra.

— N'ajoutez pas la grossièreté à la déloyauté, capitaine Turing ! Je n'ai mérité ni l'une ni l'autre et je ne vous dois rien.

Turing serra les poings, et Marit ouvrit des yeux terrifiés. Il n'allait guère falloir davantage de mots pour que le marin frappât le jeune maître. Ce dernier, campé fermement sur ses jambes, semblait absolument aveugle à la tornade qu'il avait fait naître ou alors totalement disposé à l'affronter. Dans les deux cas, son attitude était celle d'un inconscient ou d'un désespéré. L'échange véhément entre les deux hommes avait attiré sur eux l'attention, et Marit vit arriver Guus d'un pas rapide. Il était temps que quelqu'un intervînt, en effet. L'imposant ancien gabier se plaça immédiatement entre les belligérants. D'une poigne de fer, il attrapa Turing par l'épaule.

— Toi, marlou, t'as trop picolé. Tu vas aller t'rafraîchir un peu et t'remett'e les idées en place ! assena-t-il d'un ton menaçant.

L'ex-capitaine se débattit et parvint à se défaire de la prise de Guus en lui retournant le bras et en l'envoyant au sol. La seconde suivante, Johan saisissait le maître des lieux par le col de sa chemise. Marit crut qu'il allait l'étrangler.

— Je ne t'ai jamais été déloyal, jamais. Et quant à ce que tu me dois : le souvenir de… ton amitié m'aurait suffi, mais tu ne me laisseras même pas ça, n'est-ce pas ? lui jeta-t-il en plein visage, tout le corps tremblant de rancœur.

Aloys n'avait pas bronché, pas baissé les yeux. Il semblait parfaitement calme, comme détaché de l'instant présent.

— Tu pars avec bien plus que cela, Johan, crois-moi, eut-il le temps de lui répondre d'une voix déconcertante de tendresse, avant que Guus, avec bien moins de patience cette fois, empoignât violemment le marin et le traînât à l'écart de la fête, en direction du manoir.

Fig. 18

Johan se laissa faire, comme assommé, dompté. Il n'essaya même pas de se retourner. Le maître les regarda s'éloigner, les mâchoires serrées. Et Marit, seul témoin de l'entièreté du drame qui venait de se nouer, eut soudain affreusement et inexplicablement mal au cœur en voyant que les yeux d'Aloys Van Leiden étaient noyés de larmes.

CHAPITRE DIXIÈME

On dit la Nature traîtresse.
C'est faux.
L'homme seul trahit. L'homme seul est injuste. L'homme seul est déloyal.
À ceux sachant lire ses signes, la Nature donne la chance d'éviter ses colères.

Aloys ne savait pas lire les signes.
Rouge sang. Le ciel s'était ensanglanté, puis avait viré au noir. Pas le noir pur de la nuit, pas l'encre calme où s'imprimaient les étoiles comme la nuit de la naissance de la fleur de lune. Comme cette merveilleuse nuit où les lèvres de Johan avaient trouvé les siennes pour la première fois.

Aloys tourna son regard vers le ciel. Son visage fut instantanément nappé de pluie. Une partie de la verrière s'était brisée quelques instants plus tôt sous le poids d'une branche emportée par le vent. Des pots étaient renversés, des étagères fracassées. Sur le sol, les plantes gisaient, racines à l'air et feuilles déchirées sur le terreau déversé, tels les cadavres d'un Éden ravagé par la guerre. Il se tenait debout, perdu, au centre de la serre, incapable de réagir sous les déchaînements des éléments. Le ciel

Fig. 19

était déchiré par la foudre. Les nuages, devenus des masses tumultueuses, grondaient comme une armée en marche. Cette obscurité-ci, il aurait dû s'en méfier, comme de tant d'autres choses d'ailleurs. Elle était faite d'un gris cendre, inquiétant, qui avait conquis l'horizon puis tout le paysage alentour. Il y avait ensuite eu des rafales assez violentes pour remuer les grands arbres et forcer la noce à regagner l'abri du manoir. Aloys n'y avait pas prêté attention, ni au crépuscule rouge, ni aux sombres nuages, ni au vent, ni à l'air chargé d'embruns venu de la mer du Nord. Il n'avait pas le sens des signes, il ne savait pas voir les présages des tempêtes. Seuls les hommes de mer connaissaient ses augures mystérieux ; eux prenaient garde à la Nature qu'ils savaient changeante et capricieuse. Pour Aloys, ces manifestations des humeurs du ciel lui avaient semblé peu de choses comparées au tragique de cette journée.

Ces heures, ces minutes avaient été chaotiques, monstrueuses. Il aurait tant voulu que le scandale n'éclatât pas durant les noces. Son bon Guus ne méritait pas que son maître traînât ainsi le nom de la maison qu'il servait dans la boue. Mais tout était allé si vite. L'esclandre avec Johan, qui avait surgi brusquement. L'arrivée du docteur Kuntze, venu porter ses vœux aux nouveaux épousés. Tout cela n'était sans doute pas le fruit du hasard. Il fallait que les masques tombassent, que les hypocrisies fussent dévoilées ; depuis des jours, des semaines, frémissaient les braises d'une querelle avec son médecin. Aloys ne se souvenait guère de ce qui s'était dit. Son esprit n'était plus que pluie et tempête. Il y avait eu Guus, d'abord, peut-être un peu échauffé par l'alcool, qui avait envoyé le médecin se faire pendre, l'accusant d'apporter le démon avec lui et de comploter à la ruine de la santé de son maître. Aloys, en se souvenant de la hargne qu'avait mise son fidèle serviteur à le défendre, esquissa un triste sourire, que la pluie sur son visage délava en grimace. Kuntze n'avait pu contenir une remarque acide sur la vulgarité des hommes de mer et la mauvaise influence qu'ils exerçaient sur les âmes candides, ne manquant pas, à la volée, de se réjouir du départ du capitaine Turing.

C'est à cet instant qu'Aloys était intervenu.

Violemment.

Ne sachant comment réprimer sa rancœur contre le monde et ses absurdes certitudes, il avait déversé tout son ressentiment sur le docteur et même sur Reinhilde, venue maladroitement se mêler à la querelle. Tout avait été dit : les vérités et les doutes, les mensonges et les suspicions. Il ne verrait probablement plus les deux comploteurs sous son toit. Mais qu'en serait-il de la rumeur ? *Quelle importance ! Mon honneur, mon nom, ma réputation, que tout cela soit jeté au bûcher !* conclut-il en ravalant ses larmes.

Pathétique, il était pathétique. Se sacrifier ainsi était bien futile à présent. Il était trop tard pour offrir sa vie, trop tard pour jurer d'aimer toujours. Johan était parti. Parti pour de bon. Et ce départ était comme le sel jeté sur les terres ravagées par les hordes barbares. Il ne restait rien, et rien ne repousserait. L'espoir avait déserté lui aussi. Alors, puisque le marin était sa seule boussole, et que celle-ci lui avait été volée, Aloys, au milieu de cette serre qui menaçait de s'écrouler, voulait abandonner son corps honni au déluge et attendre ainsi, le visage offert à la colère du ciel, jusqu'à être englouti.

***

On dit la Nature traîtresse.

C'est faux.

L'homme seul trahit. L'homme seul est injuste. L'homme seul est déloyal.

À ceux sachant lire ses signes, la Nature donne la chance d'éviter ses colères.

Johan avait appris à lire les nuances des camaïeux du ciel, la course changeante des nuages et l'odeur du vent qui apporte la pluie. Il savait se prémunir des emportements de la nature. Mais, hélas, Johan n'avait jamais su prévoir les forfaitures du cœur humain, car ce dernier ne prévient pas lorsqu'il se déchire ni quand il trompe, et ment, et porte les coups sanglants qui font rendre gorge aux trop frêles espoirs.

L'orage tonnait à présent et des éclairs balafraient le ciel nocturne et s'abattaient comme autant de coups de canon sur la campagne. Vent et pluie torrentielle s'unissaient à la foudre dans un chaos d'Apocalypse donnant à la grange, où Johan avait trouvé refuge, des airs d'Arche de Noé au milieu du déluge divin. En bon marin, il avait senti l'orage venir bien avant que n'en tombassent les premières gouttes. La journée avait été lourde de la chaleur moite de l'été. Une atmosphère oscillant entre la joie débordante de la noce et la tragédie des amours qui se désunissent. Quelque chose de trop violent, de trop large, une saturation de sentiments qui ne pouvait qu'éclater en tempête, métaphore bien réelle du trop-plein des cœurs.

Le crépuscule, rouge feu sur l'horizon, avait accompagné son départ du manoir Van Leiden, comme un écho à l'incendie qui consumait son esprit. Sac à l'épaule et paletot sur le dos, il avait déjà marché une poignée d'heures lorsque le vent l'avait prévenu qu'il allait lui falloir trouver à s'abriter au plus vite. Une auberge était justement en vue, et Johan y avait dirigé ses pas. Devant sa mine sévère et l'éclat dangereux de son regard, pour ne rien dire de son manteau de matelot râpé jusqu'à la trame, les tenanciers avaient joué les bégueules et, pour les deux pièces qu'il leur avait données, ne lui avaient accordé qu'une once de pain et un bol de *snerf*[63] pour dîner, ainsi que le confort relatif de la grange à foin au-dessus des écuries pour passer la nuit. Impossible de fermer l'œil.

Le vieux cheval bai, qui lui servait de voisin du dessous, hennissait d'effroi à chaque fois que l'éclat de la foudre illuminait le bâtiment de bois. Johan, lui, craignait davantage pour la solidité de la construction dont les poutres grinçaient affreusement à cause des violentes bourrasques. L'ex-capitaine du *Chat génois* avait connu bien pire en mer et, s'il n'y avait eu que ces peccadilles, il se serait endormi depuis longtemps. Hélas, son esprit ne parvenait pas à trouver le repos. Qu'en était-il de la grande serre du manoir ? La verrière supporterait-elle pareille tempête ? Guus et son épouse devaient sans doute passer leur nuit de noces dans l'ancienne chambre d'Aniek, à l'abri du manoir. L'homme de peine, ancien flibustier, ne devait pas être à ce point saoul qu'il n'eût pas senti l'orage arriver lui aussi. À coup sûr, il s'était mis, lui et sa femme, dans une pièce ne craignant pas les intempéries.

Mais Aloys… était-il en sécurité ? Était-il éveillé ? Il était assez entêté et inconscient pour vouloir inspecter ses plantes en pleine nuit et sous le déluge. Et si un éclair venait à foudroyer la dépendance ? Et si les grandes baies de verre s'abattaient sur lui ? Et si… s'il n'avait pas été chassé du domaine Van Leiden de cette façon, Johan aurait pu veiller sur son propriétaire. Ce n'était plus son rôle à présent.

— D'ailleurs, s'admonesta-t-il à haute voix, il faut qu'enfin je me dessille les paupières : cela n'était aucunement mon rôle !

Il lui avait été demandé de veiller sur des fleurs exotiques, pas sur leur trop charmant collectionneur. Johan ne pouvait pas admettre que cela n'avait été qu'un divertissement, une passade bonne à distraire un nanti en mal d'occupation. En homme d'expérience, il ne se serait pas laissé prendre au jeu de la fragilité feinte et de l'amitié sournoise. Il avait surpris dans les yeux d'Aloys, aussi sûrement que l'orage dans la forme des nuages, la tendresse conquise et l'adoration. Et si, à présent, la situation l'affublait des atours du naïf abusé, puis jeté au diable vauvert une fois la partie gagnée, il savait qu'il ne pouvait pas réellement s'agir de cela. Mais alors, à quels mauvais génies devait-il de se retrouver là, exilé et seul, face à un avenir qui ne ressemblait plus maintenant qu'à un champ de ruines ?

Johan, allongé sur le bois de la mezzanine, se passa les mains sur le visage et resta ainsi, les paumes couvrant ses yeux, le temps de refouler les larmes qui grimpaient, traîtresses, à l'assaut de son orgueil. Il ne voulait pas pleurer, c'était être trop ridicule. Comme avait été ridicule le fait de succomber au charme d'Aloys, de ses yeux aux profondeurs d'océan, de son sourire qui affleurait de lèvres teintées de corail, de sa peau douce et blanche comme le sable des dunes, de ses blessures et de ses joies, falaises escarpées et grèves accueillantes. Les marins avaient un penchant pour la séduction des sirènes. Chimères trop belles pour être sans danger. Ah ! contes ridicules, eux aussi. Offrir son cœur avec aussi peu de méfiance était une telle erreur de novice ! Comment avait-il pu être aveugle et idiot à ce point ? Ses poings s'abattirent sur le bois du plancher. Le bruit s'entendit à peine dans le fracas de l'orage. Les larmes s'obstinèrent à tomber, comme la pluie au-dehors. Johan contint un rire amer.

Non…

Non, malgré sa colère, malgré sa fierté meurtrie, il ne pouvait se convaincre que de tomber amoureux avec une telle intensité était une erreur. Bon sang, il l'aimait, il l'aimait à en crever ! Il l'aimait au point de vouloir l'étrangler pour avoir osé mettre en doute sa loyauté, lui qui n'avait jamais de sa vie eu, à ce point, l'intention de s'ancrer à quelqu'un. Oh oui, Johan avait eu des occasions de partir. Il aurait pu se libérer cent fois du joug de cette amitié mêlée de passion qui hantait ses nuits et enfiévrait ses jours. Mais voilà, il ne l'avait pas fait. Car, pas une fois, il n'avait soupçonné de la duplicité dans la tendre connivence d'Aloys, pas une fois ne lui avait été imposée une quelconque soumission. Au contraire, chacun des baisers, chacune des caresses timidement donnés étaient autant d'aveux patiemment obtenus. L'aveu d'un amour partagé et la peur d'y succomber. Comment de tels sentiments pouvaient-ils être feints ? Comment les frissons, comment les soupirs, comment l'innocence des premiers plaisirs pouvaient être feints ? Et la façon dont il le regardait, et la douceur de sa voix ? Si modestes et si discrets fussent-ils, ces témoins d'affections étaient-ils des mensonges ?

Johan inspira profondément. Il chercha au fond de lui la force de calmer sa colère. Du marasme de ces dernières heures émergeait une faible lueur, un doute. Il ferma les yeux, finalement bercé par les bruits de la tempête. Une image lui revint, ancienne, venue de ses souvenirs d'enfant. Il était très jeune, pas plus de six ans. Son père était en train de travailler à recopier une lettre ou quelque manuscrit sur son haut bureau en bois sombre près de la fenêtre de son échoppe nichée au cœur du Jordaan[64]. Le bruit de la plume qui parcourt le parchemin faisait un petit bruit de grattement régulier. Cela sentait l'encre et l'eau fraîche. Dehors, il pleuvait à verse et les gouttes venaient taper sur la vitre. Johan s'ennuyait. Il était assis à l'intérieur, le nez rivé sur l'espion, ce petit miroir permettant de voir de derrière les rideaux ce qui se passait dans la ruelle. La pluie l'avait chassé de la cour de l'hofje[65] où il jouait, l'obligeant à rentrer s'abriter. Dans ses mains, il avait encore le bouquet de fleurettes qu'il avait cueilli pour sa mère, mais que, dans son étourderie d'enfant, il n'avait pas eu l'idée de lui donner. Les minuscules corolles bleues étaient bien modestes, cela ne faisait pas un très glorieux cadeau. Il se revit tout petit garçon, sautant sur un coup de tête, au bas de sa chaise et s'apprêtant à rejeter les malheureuses fleurs dans le jardinet herbu qui les avait vues naître. Son père l'avait arrêté.

— *Mijnzoon*[66], *apporte-moi ces fleurs.*

Le jeune enfant qu'il était alors obéit immédiatement et posa le bouquet sur les genoux de son père.

— *Maman mérite mieux que cela ! lança-t-il, têtu.*

Le brave écrivain public les examina longuement.

— *Sais-tu comment on nomme ces fleurs dans plus d'une langue de notre continent ? demanda Hans Turing avec bienveillance en ignorant son humeur.*

Johan poussa un soupir, il n'avait guère envie d'une leçon de lettres. Non, fit-il de la tête en mâchonnant sa joue.

— *Elles ont pour nom* vergeet-mij-nietje, *« ne m'oublie pas »*[67], *elles sont le symbole de la loyauté, de l'amour infini et, ainsi, je crois qu'elles sont parfaitement dignes de maman, lui assura son père en lui rendant les fleurs. Ne t'arrête pas à ton premier jugement sur les choses, Johan. Nombre de beaux et dignes sentiments ont des éclosions modestes, ajouta-t-il en ébouriffant de sa main tachée d'encre brune les cheveux de son fils.*

Un immense fracas tira violemment Johan de son demi-sommeil et du souvenir de la voix sage venue du passé. Il crut d'abord que le bâtiment s'était en partie écroulé, mais il ne s'agissait que d'un équipage qui venait de débouler dans l'écurie. Les deux chevaux apeurés étaient tirés par leurs rênes par des palefreniers autant, si ce n'est plus, trempés que leurs pauvres animaux. Une conversation très animée occupait les gaillards qui ne remarquèrent pas le résident de l'étage. Johan n'avait pas besoin de tendre l'oreille pour tout entendre, les deux hommes parlaient très fort pour couvrir le bruit de l'orage, et ils n'étaient qu'à quelques mètres au-dessous de lui. Il voulut dire aux braillards de baisser d'un ton, mais le débat prit un tournant qui l'intrigua quand il comprit que les deux hommes étaient des serviteurs du docteur Kuntze.

— Ah bah ça, c'est bien le bout de tout ! lança le premier, un grand type aux cheveux couleur foin. Une débandade pareille, fallait bien que ça se termine par une tempête de tous les diables ! À croire que l'Seigneur, il ait voulu donner son avis sur la chose ! Eh beh, ils doivent être pas fiers à c't'heure à la noce sous une drache pareille, j'ai entendu dire qu'leur baraque, elle prenait l'eau.

Son compère commença à retirer le harnachement d'un des chevaux et répondit d'un ton las et dubitatif :

— Bah, l'orage, c'est une chose, m'enfin, tout de même, j'en reviens pas. Se faire claquer le museau comme ça, eh bah, ça a pas dû lui arriver souvent à not' maître, commenta-t-il en tendant une bride à son compagnon, qui lui répondit avec entrain.

— Pour sûr ! Et la Dame Wijs, là, elle non plus, elle a pas dû en voir souvent des roustes pareilles. C'là dit, c'était tourné avec les formes, y avait rien à y redire. C't'éclopé de céleste[68], là, i> sait comment vous faire sentir minable rien qu'en vous regardant. Moi, le docteur, tout maît'e qu'il est, j'y aurais réordonnancé les dents après toutes les saletés qu'il a été i' sortir au gamin. Mais la manière dont il l'a remis à sa place, m'est avis que c'est une leçon qu'l'autre, il est pas près d'oublier. Guus avait raison, c'est pas un tendron, c'jeune Van Leiden. Et ça, bien malin c'ui qu'aurait dit qu'il avait c'te poigne-là, à le voir si chétif avec son minois de donzelle…

Johan se renfrogna à la diatribe du palefrenier. Non, Aloys n'était pas un homme à sous-estimer, c'était là une évidence, évidence qu'il avait lui-même ignorée. Que s'était-il passé au manoir ?

La conversion continua, le plus taiseux des deux hommes ajouta son grain de sel d'une voix plus réservée :

— Tout de même, y a ce Turing. Pas un gars ordinaire, si tu m'en crois. T'avais pas entendu de drôles de trucs sur lui ? Comme quoi il aurait tourné la tête à toute la maison et même que le seigneur, i' s'en s'rait entiché de façon pas morale.

Johan fronça les sourcils. La rumeur avait été bien plus rapide qu'il ne l'avait présumé. Aloys avait-il eu vent de ce qui circulait sur leur compte avant leur dispute ?

— Ouais, bah ça, c'est t'jours pareil, quand y a un gars v'nu de rien qu'arrive à s'placer dans un domaine, on trouve toujours a i' salir son nom. N'empêche que le Turing, i' m'a bien aidé quand le p'tit, il a eu sa toux glaireuse qu'on a cru qu'il y rest'rait, donc, pour ma part, j'irai pas y faire des histoires à quelqu'un qu'a le don de guérisseur, rétorqua le blondin.

Johan sourit du soutien naïf de ce quasi-inconnu. Ce gaillard devait être le dénommé Gouden, le père du petit garçon qu'on lui avait amené en mars. Son épouse était une belle jeune femme, têtue comme une mule, qui avait refusé de faire soigner son fils par un docteur prétextant que la médecine de riche ne soignait que les riches. Les plantes de Johan, elles, cueillies dans les champs, n'avaient pas souffert de sa désapprobation. Drôle de couple, mais sympathique.

Gouden continua :

— Moi, on m'a dit des choses, pour sûr, mais j'sais aussi que le Kuntze, il avait bien manigancé pour mettre la patte sur la fortune du domaine et que, même Marit, la bonne à la Dame Wijs, elle cancanait qu'sa maîtresse, elle allait trouver moyen de s'marier au souffreteux et z'y raccourcir l'existence comme à ses aut' maris.

Le sang de Johan ne fit qu'un tour. C'était bien plus grave que ce qu'il avait envisagé. D'ailleurs, dans sa colère aveugle contre Aloys, avait-il vraiment cherché à réfléchir au contexte de leur dispute ? Toute cette désolante querelle, qui avait mené si vite à leur séparation, lui apparaissait à présent sous un jour différent. N'avaient-ils pas été manipulés tous les deux ? Poussés à se déchirer ? La graine du doute, la peur de la trahison, avait germé si vite… Le compagnon de Gouden cracha au sol et se signa. Puis ajouta quand même, toujours marginalement suspicieux :

— T'as pas tort. D'ailleurs, tu me dis où elle est la morale alors que tout le monde i' sait que la Wijs, elle y joue de la flûte à un trou au docteur ? rigola-t-il, goguenard. M'enfin, toi, ça t'a pas un peu piqué quand le Van Leiden, il a sorti c'te phrase-là au Maît' Kuntze, c'était tellement fort qu'on aurait dit un prêche d'curé, comme quoi c'était « son âme et qu'il la donnait à qui il l'entendait, même si cela d'vait le conduire tout droit en enfer et que si, en partant, l'marin, il lui avait arraché la moitié du cœur, eh bin, c'était tant mieux, parce qu'il comptait plus en avoir usage maintenant qu'il était seul ».

Malgré l'extrême rusticité de l'accent du palefrenier et l'approximation avec laquelle il venait de réciter les mots d'Aloys, leur effet fut instantané sur l'esprit de Johan. Une déclaration pareille, même couverte de la boue du jugement, n'en gardait pas moins un éclat et une intensité indescriptible. Ainsi Aloys l'avait dit, à la face de tous et devant témoin. Ainsi, cet homme, que Johan avait si facilement accusé d'être déloyal, avait osé lancer son amour à la face de ses agresseurs, sans autre soutien que celui de sa sincérité. Et derrière ce courage, il y avait le cri d'un sentiment pur et sans vanité. Un sentiment auquel Johan avait tourné le dos, par ignorance, il est vrai, mais aussi par peur et par orgueil. Jouet de son impulsivité et se considérant trahi, il avait abandonné celui qu'il aimait aux griffes de ses tourmenteurs sans se poser plus de questions. Il avait été trop habitué, sans doute, à ne trouver de refuge et d'honnêteté nulle part et, moins qu'ailleurs, auprès des riches et des puissants. À la lumière de ces révélations inopinées, la vérité lui apparaissait dans toute son effroyable crudité. Et à présent, où était Aloys ? Seul, à coup sûr. Enfermé dans sa chambre, peut-être ? Affrontant la tempête pour sauver ses collections ? Cet inconscient en était capable.

Johan se saisit de son manteau et de son sac et, comme un diable surgissant des ombres, il dégringola l'échelle de la mezzanine. Sous le regard médusé des deux palefreniers, le marin s'empara des rênes d'un des deux chevaux, monta à cru d'un bond et sortit en trombe de l'écurie sous la pluie battante.

***

Un éclair traversa le ciel et le son arriva de longues secondes plus tard. L'orage était parti au loin, plus au nord, vers Amsterdam où les bateaux devaient tanguer à l'amarre du port. Quelle heure pouvait-il bien être ? La pluie avait-elle cessé ? Aloys n'avait plus aucune conscience de ce qui l'entourait lorsqu'une main puissante lui saisit le bras et l'entraîna à l'abri d'une poutre de la serre encore debout, près de la porte de la dépendance qui battait violemment contre le chambranle. Transi et hagard, il n'eut pas immédiatement la présence d'esprit de se débattre. Cependant, au bout de quelques pas, il se reprit.

— Lâchez-moi ! hurla-t-il assez fort pour couvrir les derniers soubresauts de la tempête.

Son poignet était rendu glissant par la pluie. Se campant sur ses pieds et avec l'énergie de la colère, il arracha son bras à la poigne de celui qui voulait l'obliger à quitter la verrière devenue dangereuse. Surpris, l'homme se retourna et son regard transperça l'obscurité. Aloys se figea, foudroyé. Johan…

— Qu'est-ce que tu fais ici… commença-t-il, sonné, croyant à une hallucination.

Le marin ne lui laissa pas le temps de finir. Devant l'obstination d'Aloys à se mettre en danger, il lança, excédé :

— Mais que diable fais-tu seul dans ce chaos ? Guus n'est pas là ? Bon Dieu, ce soiffard est-il incapable d'empêcher tes sottises ? Mordieu, celui-là va m'entendre !

Johan tendit la main et agrippa d'autorité l'habit ruisselant du jeune homme pour le contraindre à le suivre au sec. Celui-ci le repoussa violemment. Le marin fit deux pas en arrière, les yeux ronds, ses cheveux dénoués coulant piteusement sur son front et ses épaules. Il était excédé et tremblait de peur pour celui qu'il venait de découvrir seul et trempé, sans considération pour sa santé et sa sécurité.

— De quel droit oses-tu ! hoqueta Aloys, hors de lui, avant d'enchaîner d'un ton acide : Guus n'est pas là, il est dans son lit, avec son épouse, parce que je lui ai dit que je ne bougerais pas de ma chambre et qu'il me fait confiance, *lui* !

— Eh bien, tu prouves qu'il a bien tort de le faire ! rétorqua Johan dans un réflexe d'orgueil, mal à propos, mais qu'il ne put retenir.

Le coup de poing qu'Aloys lui assena en pleine mâchoire, en réponse, le prit complètement au dépourvu. Le marin vint heurter la porte de la dépendance et n'eut qu'à peine le temps de s'y appuyer lorsque le jeune homme se précipita sur lui et l'empoigna par les revers de son paletot. Dans ses yeux, il y avait une flamme ardente ; sa rage le faisait ressembler à un dément brûlant de vider sa haine.

— Tu m'as abandonné, Johan ! Comme tu l'as fait il y a dix ans ! J'ai dû affronter cela seul, encore une fois ! Tu m'as abandonné, et tu crois que je vais me soumettre à tes ordres ? Je te l'interdis, tu entends ? Comment peux-tu te croire autorisé à juger ce que je suis ? Pas après ce que tu m'as dit, pas après ce que tu as fait ! Va au diable ! rugit-il avec fureur en plaquant le marin de toutes ses forces contre la porte.

Celui-ci fut maté par cet emportement sauvage avant même de l'être par l'accusation de lâcheté. Le souvenir de ses torts, dont la culpabilité le rongeait encore, tempéra son envie de répliquer par davantage de violence. Plus encore, les doigts d'Aloys crispés sur son torse, dont il sentait les tremblements furieux, achevèrent de tuer son irritation mal placée. Lutter contre une telle fièvre ne servait à rien. Il venait de le comprendre, cela se lisait aisément dans l'éclat des yeux d'Aloys. Ceci n'était pas de la haine, ce n'était pas davantage du mépris. C'était mille fois plus beau et plus incontrôlable. Cet homme l'aimait, avec une violence que seules les vraies passions pouvaient faire naître. Il aurait été aussi absurde de l'ignorer que de vouloir le refréner. Il était temps que l'un d'eux fît le premier pas, sinon c'était condamner cet amour partagé.

Johan, d'un geste lent, couvrit de ses paumes les poings serrés qui le maintenaient contre la porte. Son regard se teinta de douceur et cela décontenança Aloys, qui détourna les yeux et relâcha sa prise. Le marin garda néanmoins les deux mains grelottantes de son amant contre son torse et, après avoir inspiré profondément, il déclara d'une voix rendue grave par la sincérité de ce qu'il avait à confesser :

— Aloys, pour toutes mes fautes, pour mon égoïsme et pour mes lâchetés, je te demande pardon.

Aloys releva le regard, abasourdi. Il n'y aurait donc pas de guerre, pas de conflit, pas de cris ? Où avait disparu la fierté outragée ? Les torts de chacun étaient-ils évaporés, oubliés, avaient-ils seulement existé ? Plusieurs secondes s'écoulèrent, puis les mots jaillirent en torrent :

— Johan… Non, je n'ai pas à te pardonner… tu n'as… je… j'aurais dû, essaya-t-il de se défendre, balbutiant, cherchant même à s'échapper.

Le bleu de ses iris était noyé d'émotion, toute sa rage soudain abattue sans qu'il n'y pût rien faire. Il semblait ne pas croire ce qu'il entendait, et refusait même sans doute de céder à cette tendresse inattendue.

Le marin l'empêcha de fuir en s'approchant de lui, en l'attirant d'un geste incertain, d'un début d'étreinte, une de ses mains gagnant sa taille. Aloys frémit, dompté déjà, mais ne voulant pas l'admettre.

— Je regrette tellement ce que je t'ai dit, avoua Johan. C'était odieux, indigne de toi, de moi, et des sentiments que j'ai pour toi, continua-t-il, désarmant de franchise et d'intensité.

— Tais-toi…, expira Aloys, bouleversé, fuyant maintenant ce regard qui lui faisait perdre pied, fermant même les yeux devant l'honnêteté de cet amour qui submergeait ses trop fragiles défenses.

Autour d'eux, les derniers coups du tonnerre finissaient de résonner. Dans un bruit las, la pluie coulait encore, lourdes gouttes sur les vitres brisées de la serre. Johan enlaça son aimé. Des lèvres, il effleura sa tempe ruisselante d'eau.

— Pardonne-moi, mon amour… implora le marin, l'âme au supplice.

Aloys ravala un sanglot ; il vint couvrir de ses paumes la bouche de Johan pour l'empêcher de parler, l'empêcher de l'aimer, l'empêcher d'arracher ce qui lui restait de raison. Le marin baisa les doigts qui cherchaient à le bâillonner.

— Aloys…

— Tais-toi te dis-je, souffla ce dernier, la voix étranglée, à bout de force et ne voulant plus résister – même épuisé de colère, il ne pourrait jamais résister à cette tendresse-là, il le savait.

La pluie avait cessé.

Johan s'empara de ses lèvres.

Et Aloys céda. Il céda devant l'inéluctable de cet amour interdit et décida d'oublier : leur passé et ses cicatrices indélébiles, leur avenir et le jugement de Dieu. L'homme qu'il aimait lui avait été rendu. Cela seul comptait.

Leurs bouches dansèrent longuement, tour à tour passionnées et soumises, à l'image de leurs esprits encore plongés dans le tumulte de la tempête. L'honneur d'un homme est ainsi fait qu'il lui faut soit vaincre soit se rendre. Du moins, c'est ce que ce siècle attendait. Mais, si les baisers peuvent être des conquêtes, celui-ci fut, au contraire, la plus tendre des redditions : l'abandon des convenances, la capitulation de la pudeur et de toutes les contraintes absurdes qui bridaient les passions en ces temps de morale souveraine. Quand leurs lèvres essoufflées se désunirent enfin, celles d'Aloys étaient aussi rouges que les pétales d'une fleur de camélia. Johan en traça le contour du bout de son pouce. Dans l'obscurité de la nuit, il n'en voyait que la brillance humide sur la pulpe fraîche.

Soudain, il remarqua une lueur timide se reflétant dans la clarté des yeux du jeune maître. Surpris, le marin se retourna pour trouver d'où venait cette luisance. La fenêtre intérieure de la dépendance, qui donnait dans la serre, lui laissa entrevoir le chaud miroitement d'un feu de cheminée qui avait vraisemblablement été allumé dans la salle leur servant jadis à l'étude. Aloys, tout aussi étonné, saisit la main de Johan et serra celle-ci avec inquiétude. Pourtant, portés par une commune anxiété, ils se décidèrent à ouvrir la porte contre laquelle le marin avait été précédemment bousculé et à entrer dans la pièce éclairée. La lumière les drapa alors comme une couverture, la dépendance était nimbée d'un halo accueillant, chaud et doré.

Dos à eux, finissant de tisonner une énorme bûche dans le foyer, se tenait Guus. Sans précipitation, l'homme de peine se retourna, avisa les deux amants dont les mains jointes avouaient tout, sans qu'aucun mot ne fût émis. Il souleva un sourcil et fouilla un instant dans une énorme armoire pour en sortir deux larges couvertures qu'il jeta sur la table centrale. Visiblement satisfait, il se dirigea sans un mot vers la porte donnant sur la cour du manoir. Au moment où il l'ouvrit, Johan, sortant de sa surprise, le héla :

— Merci, lui lança-t-il d'une voix franche.

Guus eut un temps d'arrêt, et après s'être fendu d'un léger mouvement d'épaules signifiant qu'il avait entendu, il sortit en claquant la porte.

Johan se tourna vers Aloys, qui n'avait pas quitté la porte des yeux, encore tétanisé de surprise. Trop de révélations, trop d'ébranlements dans sa vie de reclus avaient surgi au cours de cette journée chaotique. Pour lui, plus rien n'avait de sens.

— Il… il savait ? murmura-t-il, confus.

Le marin lui embrassa la nuque, encore ruisselante de pluie, et enfouit son nez dans ses mèches trempées.

— Lui, et bien d'autres, sans doute. Nous ne saurons le cacher indéfiniment, répondit Johan en ignorant volontairement l'alarme que cet aveu éveillait dans sa propre conscience.

Un tel amour les condamnerait tôt ou tard. Il le savait, mais n'y pouvait rien. Que peuvent faire deux âmes éprises devant le mur d'une société hostile ? Se consumer avec abandon et ne pas regarder vers le futur et ses dangers.

Aloys, comme s'il avait entendu les pensées de son amant, se résolut à ne plus, lui aussi, donner d'importance à leur avenir incertain. Si s'aimer leur était interdit, espérer ne l'était pas encore. Le siècle était changeant, on parlait de Lumières et de ce pays de France qui s'ébrouait des vieilles bigoteries pour s'ouvrir aux pensées nouvelles[69]. Peut-être que cet exemple porterait sa graine dans la vaste Europe. Ils étaient jeunes et amoureux ; peut-être échapperaient-ils à la tragédie sacrée qui attend toujours les amants maudits.

Dans cette nuit de tempête, ils retrouvèrent bien vite les instincts que la nature avait gravés en eux. L'eau de pluie dégoulinait de leurs vêtements sur les tomettes du sol. Il faisait frais et chaud à la fois ; fraîcheur de la nuit et de l'eau, chaleur des émotions et de l'été non éteint. Johan passa ses bras autour de la taille d'Aloys et laissa courir ses mains sur son ventre, son aine, ses cuisses. Le tissu trempé d'eau de la chemise et du pantalon collait au corps d'Aloys comme une seconde peau, et son dos vint épouser le torse du marin. Leurs respirations ne s'étaient pas, ou si peu, apaisées depuis leur violente dispute. La pièce, silencieuse, était tout entière emplie de l'écho de leurs souffles. Celui de Johan glissa le long de la nuque d'Aloys, tout comme le battement de son cœur résonna contre son dos, réveillant un désir qui ne demandait qu'à surgir. La peau du jeune maître frissonna, répondant inconsciemment à la poussée sensuelle qui agrippait le marin.

Après s'être perdue langoureusement dans les paysages de sa poitrine et de son ventre, la main aventureuse de Johan gagna le sexe de son amant. Longs doigts possessifs autour de la chair déjà affermie d'impatience. Aloys se cambra de plaisir. La barrière, dérisoire, du tissu de son habit ne parvenait pas à conceler la chaleur de cette main mâle et sûre qui prenait possession de lui. Sans se retourner, Aloys chercha à saisir lui aussi la virilité de son amant qu'il sentait se durcir au creux de ses reins. Sa paume trouva rapidement la hampe couverte, elle aussi, d'un froid tissu détrempé. Aloys la massa sans retenue, se calquant sur un même rythme, timide langueur où perçait de la fébrilité, jusqu'à l'ériger entièrement.

Le rythme cardiaque du marin gagna en intensité. Sa paume se fit plus ferme.

— Tu es mon pire péché, susurra Johan en mordillant la délicate peau diaphane du cou du jeune homme, qui s'offrait tout à lui.

Aloys réprima un gémissement, puis s'écarta soudain du marin et se retourna. Ses joues étaient en feu. Il soutint de son regard étincelant celui de Johan, dont le gris avait le même éclat fiévreux. Autant d'émotions, de sursauts de colère et de passion frustrée avaient chauffé leurs sens jusqu'à l'incandescence. Pour Aloys, il y avait une dernière frontière à abolir, celle de la confiance, celle du doute, celle de la peur d'être abandonné. S'offrir entièrement à cet homme, c'était accepter le risque.

Brusquement, parce qu'ainsi lui dictait son désir, il ôta sa chemise. Puis ses bottes, son pantalon suivirent, jetés négligemment en un tas informe près du massif bahut de chêne. Johan n'eut que le temps d'avaler sa salive, captivé autant que désarmé devant cet élan d'audace subit, devant celui qui osait enfin lui dévoiler sa nudité sans qu'il eût eu à l'y encourager. Dans la lumière frissonnante des flammes de la cheminée, la peau d'Aloys semblait couverte d'une fine poudre d'or. Son vit, bandé, se dressait avec insolence entre les boucles, encore perlées de pluie, de son aine. Les cicatrices, gravées sur sa jambe et sa hanche, dessinaient un réseau intrigant pareil aux ciselures sur une œuvre en bronze. Johan se souvenait avoir vu des moines, là-bas, dans ces pays de l'Orient lointain, adorer des idoles en tout point semblables à l'apparition qu'il avait face à lui. Aloys s'approcha, à la fois superbe de virilité et émouvant de fragilité. Il posa sa paume sur le torse du marin et, décidé, le repoussa jusqu'à la table, contre laquelle Johan vint se heurter à l'aveugle.

— Et toi, tu es le seul de mes péchés, souffla-t-il, avant de happer sa bouche en un baiser parfaitement immodeste.

Ses deux bras s'enroulèrent comme des cordages autour du cou de son amant avec le plus complet abandon, il frissonna de sentir le cuir rugueux du long paletot du marin râper sa peau délicate. Johan perçut ce frémissement instinctif et, pour mieux le plaquer contre lui, s'empara de ses fesses avec avidité. Ses deux mains en étreignirent les chairs rondes presque brutalement.

Aloys ne le repoussa pas, il se coula davantage entre ses bras, les doigts emmêlés dans la crinière dégoulinante du marin, insatiable, le dévorant presque. L'eau ruisselait encore sur son corps entièrement nu. Les gouttes glissaient le long de son dos, de ses reins, entre les galbes musclés de ses fesses. Aloys retint un râle lorsque l'un des doigts de Johan suivit le chemin indécent de l'une d'elles pour venir effleurer son intimité.

Le marin, sentant cette si vive réaction, stoppa net son exploration et leur baiser se brisa. Leurs regards s'ancrèrent l'un à l'autre. Aloys délassa ses bras du cou de Johan ; il prit dans la sienne la main trop audacieuse de son amant et la porta à ses lèvres. Et là, sous les yeux fascinés du marin, sa douce langue rose lécha goulûment l'un des doigts, le plus long, le majeur, puis, quand celui-ci fut brillant de salive et de pluie, il fit de même pour son index : sans le quitter une seule fois des yeux.

Johan déglutit. Son cœur tambourinait dans sa poitrine. Ses sens obscurcissaient sa raison. Aloys guida la main humide de son amant entre leurs deux corps impatients, puis entre ses propres cuisses, frôlant son sexe, ses bourses, et les doigts du marin parvinrent enfin à la porte de sa chair. Johan en força l'entrée, doucement, puis avec plus d'insistance, massant et écartant l'étroit passage jusqu'à pouvoir arracher à Aloys un muet gémissement lorsque l'extrémité de son doigt atteignit enfin le refuge caché où se nichait son plaisir. Les lèvres entrouvertes sur un souffle retenu, les joues empourprées, les yeux agrandis par la sensation confuse de cette jouissance dont il n'était pas le maître, tout dans le visage d'Aloys, en cet instant, était hypnotisant. Johan y lisait tant de choses : de la certitude de vouloir céder à cette passion interdite à la peur de perdre celui qui était devenu toute sa vie. Johan l'embrassa, pour lui dire qu'il avait peur lui aussi, qu'il avait cette certitude, lui aussi. Ses doigts, en pénétrant l'intimité sensible, partirent à la conquête de sa volupté. Il transforma ses caresses en serments.

Aloys laissa échapper un autre gémissement à peine audible ; il était haletant, tout son corps tremblant de cette soif de s'offrir, de vivre cette petite mort, cette montée au ciel. Il voulait davantage, il voulait que leurs deux corps se mêlent et que Johan l'arrachât à ce monde, le possédât jusqu'à la déraison, disloquant son âme, brûlant ses sens. Il désirait cela, comme il avait intensément voulu se donner dans cette ruelle d'Amsterdam à ce matelot de vingt années à peine qu'il n'aurait dû jamais revoir. C'était une folie, mais une folie qu'il était impossible de vaincre : un coup de foudre qui durait depuis dix ans.

Johan, porté par les mêmes souvenirs, par les mêmes besoins, mit fin à sa caresse préparatoire pour mieux soulever avec fougue son partenaire et le déposer sur la lourde table de chêne où Guus avait jeté sommairement deux couvertures. Le marin ôta son manteau et sa chemise trempée qui vinrent s'échouer au sol sans plus de manière. Il défit rapidement la ceinture de son pantalon qui tomba à ses chevilles. Il avait tout d'un pirate et quelque chose dans ses yeux disait la sauvagerie d'un désir qu'il ne maîtrisait qu'avec peine.

Aloys inspira une large goulée d'air à la vue de la fière virilité de son amant. Ainsi cela serait, après les colères et la pluie et l'orage, dans cette dépendance où s'était nichée leur amitié pendant des mois. Les battements de son cœur cognaient jusqu'à ses tempes. Il se coucha sur le plat de la table, les jambes dans le vide, la tête appuyée dans le tissu grossier des couvertures qui lui faisait un matelas sommaire, ne suffisant pas à atténuer la dureté du bois. La scène était irréelle, enflammée de cette lumière chaude qui donnait à leurs corps, encore humides, des teintes de cuivre. Festin sulfureux où Aloys, offert dans cette posture indécente à même la table, semblait tout prêt à être dévoré. Un frisson lui raidit l'échine.

Le marin, debout et farouchement nu, vint se placer entre ses cuisses ouvertes et guida l'extrémité de son sexe bandé vers l'intimité de son amant. Il n'y eut pas un mot échangé. Johan ancra ses yeux d'orage dans ceux d'Aloys et, n'attendant pas d'être gagné par le doute, il le prit. Parce que c'était irrémédiable, nécessaire, parce que son désir était trop grand pour être stoppé, parce qu'Aloys tremblait et que, dans cette réaction viscérale face à sa conquête imminente, il y avait un besoin, absolu, de s'ouvrir pour mieux prendre en soi l'âme de l'autre. Johan s'enfonça en lui lentement, une main couvrant son cœur, l'autre retenant sa cuisse, pliée dans une position où le bassin du jeune homme s'offrait davantage.

La pénétration, préparée par à peine plus que leur commun désir, fut douloureuse. Un écho étrange de cette nuit si ancienne où le marin avait eu, dans un élan trop rapide, les prémices de sa virginité. Mais Aloys avait besoin d'avoir mal, besoin de sentir son corps, bien vivant, réagir, exister. Lorsque Johan gagna encore quelque territoire dans le couloir de sa chair, il gémit de douleur aussi bien que de plaisir, les deux sensations se mêlant si étroitement que, dans cette déchirure sensuelle qu'il avait réclamée, tout son être était un chaos ardent. Ses doigts se crispèrent dans la toile rêche des couvertures.

Contre la paume du marin, le cœur d'Aloys battait avec violence, avec abandon. Finalement, après cette première conquête, Johan se retint de bouger, laissant le temps au corps qui l'accueillait si intimement de se modeler à lui, d'abolir les ultimes résistances.

Aloys se sentit enfin succomber. La sensation que le plaisir commençait à apprivoiser la douleur l'emplit totalement. Il s'y noya.

Le marin glissa doucement hors de l'écrin charnel. Et Aloys poussa un soupir. Ses jambes se nouèrent aux hanches de son amant et, d'une très légère ondulation de son bassin, il l'invita à venir se plonger en lui. Johan laissa un instant son désir attendre sur le seuil, impatient. Il se pencha pour baiser le torse d'Aloys, pour mordiller un de ses tétons rose et ourlé, puis ses deux mains se saisirent de sa taille et, le regard toujours voilé d'une émotion indescriptible, il le pénétra de nouveau. Sa hampe dure alla jusqu'à la garde, au plus loin de l'étroit fourreau, fermement, irrémédiablement, comme un fleuve finissait par creuser son lit. Aloys arqua ses reins. La houle obsédante des étreintes amoureuses commença alors. Allées et venues, souffles et soupirs, plaisir, douleur, lutte, abandon.

Un élan plus fort, plus loin, et les mains d'Aloys vinrent agripper le dos de son amant, ses doigts se cramponnèrent à sa peau, ses ongles s'enfoncèrent dans sa chair. Il se sentait comme un esquif, fragile, sans mât, avec seulement quelques lambeaux de coque pour se maintenir à flot. Il s'ancra à Johan de toutes ses forces. Ils s'aimèrent, alors, comme cela ne se faisait plus depuis que les convenances avaient jeté l'opprobre sur l'union des êtres. Ils s'aimèrent avec une fougue irraisonnée, un élan sauvage arraché à leurs tripes autant qu'à leurs cœurs ; ce quelque part au plus profond d'eux-mêmes, là où se nichent l'instinct de survie et les racines des passions. Johan n'était plus que sensations, pulsions. L'odeur de pluie, de bois mouillé, le crépitement des flammes et le bruit de leurs souffles haletants, de leurs peaux se heurtant, donnaient à la pièce une atmosphère de caverne à l'origine du Monde. Le rythme de leur étreinte s'accéléra encore jusqu'au point de rupture.

La raison céda. Les deux hommes se rejoignirent dans une même volupté. La jouissance fut là, submergeant tout, s'arrachant enfin à eux, et le silence, ce mur des convenances, des peurs, des dégoûts, qui muselait Éros, se brisa par un cri. Celui d'Aloys. Né du brasier de cet amour ardent qu'il n'avait plus voulu contenir, un cri de plaisir arraché à lui pour la première fois, violent et pur comme une vague destructrice ravageant la grève. Sa voix avoua pour la première fois son plaisir, cria à cet instant au monde ce qu'il était, ce qu'ils étaient, et les laissa épuisés. Ils restèrent enlacés, noués l'un à l'autre, le temps que la tempête de leurs souffles et de leurs cœurs prît fin. Le temps que le poids de ce rêve fondamental se dissipât. Ils avaient tous les deux fermé les yeux. Quand ils les rouvrirent, il leur sembla que le ciel de leurs émotions s'était éclairci. Un accès entre leurs deux âmes s'était ouvert. Plus aucun mot ne semblait nécessaire. Des baisers doux, l'effleurement d'une bouche tendre étaient suffisants. Ils venaient de s'unir à la façon païenne, sous le regard bienveillant des esprits de la Nature. Devant l'Eau et le Feu, ils s'étaient promis l'éternité.

Lorsque leurs chairs se désunirent, Aloys sentit combien cette étreinte avait été violente, combien son corps en serait sans doute marqué pendant des jours. Il l'accepta comme un gage de la réalité de cette passion qu'il voyait à présent comme fondamentale à sa simple existence. Johan attrapa d'une main l'une des couvertures abandonnées sur la table et en couvrit les épaules d'Aloys, qui, assis sur la lourde table de chêne, le regardait faire avec émotion. Le marin renfila son pantalon et en lassa prestement la ceinture. Puis il alla ouvrir la porte de la dépendance. Au-dehors, la nuit lavée par l'orage perdait de son obscurité et laissait déjà place à l'aube. Le silence des lendemains de noces régnait sur la cour du manoir. Aloys descendit de la table, mais sa jambe, trop sollicitée, le fit souffrir lorsqu'il posa le pied au sol et il ne put contenir une grimace de douleur. Il claudiqua, toujours drapé de

Fig. 20

sa seule couverture, jusqu'au seuil de la porte où se tenait son amant, perdu dans ses pensées. Regardait-il le ciel en pensant aux contrées qu'il brûlait de repartir explorer ? Regrettait-il déjà d'avoir lié son corps au continent lorsque son cœur n'aspirait qu'à parcourir les mers ? Aloys n'osa pas lui demander. Il se glissa derrière lui et l'enlaça. Le visage blotti contre son dos, il respira sa peau et laissa l'atmosphère de la fin de la nuit apaiser ses peurs.

Au fond de son cœur, il enfouit néanmoins une supplique :

S'il y a eu des yeux pour nous espionner, qu'ils ne se manifestent pas.

S'il y a eu des oreilles pour écouter notre passion, qu'elles n'en disent rien.

S'il y a eu des âmes pour s'offusquer de voir deux hommes s'étreindre, qu'elles gardent cela pour elles.

Laissez-moi aimer cet homme, je vous en supplie.

Johan, les yeux tournés vers les dernières étoiles, formula la même prière.

ÉPILOGUE

La campagne hollandaise était rousse à présent. La maladie d'automne, là depuis plusieurs semaines, faisait gagner aux champs des tons de rouges, jaunes et bruns, tandis que les rivières, les bosquets et l'air prenaient une odeur d'humus humide. C'était octobre et on engrangeait les dernières récoltes, on préparait les viandes salées, on remisait le bois de chauffe pour la rude saison. Le monde rural crépitait d'une vie laborieuse avant d'entrer dans le sommeil de l'hiver.

Guus donna un coup de fouet à son cheval de trait un peu trop nonchalant. S'il voulait être rentré pour midi, il fallait accélérer le pas et la vieille carne ne semblait pas décidée à y mettre du sien. Les voyages à Amsterdam n'étaient pas désagréables par temps sec. La route était monotone et calme, cela lui laissait le temps de penser. Ah ! il en avait fait des aller-retour entre cette ville et le manoir Van Leiden. Certainement que, maintenant, il pourrait retrouver son chemin rien qu'à l'odeur. Le port avait cette haleine saline si particulière, ce remugle de vie et de marée qui vous agrippait les sens, avant même d'en avoir atteint ses murailles. C'était toujours étrange pour lui de retrouver les quais, les navires amarrés et leurs équipages braillards, de voir les gréements mous et les voiles couchées, les marchandises déversées et la valse des marchands. C'était comme une nostalgie qui le prenait, parfois, pendant une poignée de minutes, le temps que les souvenirs s'estompassent et que son esprit réaccostât la terre ferme et son présent paisible. Est-ce que son compagnon de voyage avait parfois le même sentiment en entrant par les portes fortifiées de la ville ? Guus n'aurait pas parié là-dessus.

Le lourd chariot cahota sur une pierre du chemin, mais pas de quoi réveiller le passager à sa gauche. L'endormi se recala contre l'accoudoir du banc de bois en grognant. *Cette capacité qu'il a à s'endormir dans les positions les plus inconfortables ! Qu'il ne vienne pas se plaindre, après, d'avoir le dos comme une crémaillère,* bougonna Guus intérieurement en ne pouvant s'empêcher de sourire. Oui, cette route d'Amsterdam, il l'avait parcourue tant de fois, par temps clair et par la pluie, de jour, de nuit, avec la joie au cœur ou la rage au ventre, la peur aussi, violente, et le soulagement qui vous fait chanceler les émotions. Une cambuse pleine de souvenirs, qui n'étaient pas près de s'effacer de sa mémoire. Dans la tête du vieux gabier, des images ressurgirent lentement.

C'était quelques semaines après son mariage, un mois peut-être bien, au cœur de l'été. Il faisait beau et doux, et après l'énorme orage qui avait ravagé le manoir, tous les hommes valides étaient sur le pont pour débiter les arbres abattus et dégager les débris de la grande serre. Guus s'en souvenait bien, car ce jour-là, Aniek lui avait annoncé comme ça, devant une pile de linges qu'elle était en train de repriser, qu'il allait être père. Comme ça ! Une chaussette à la main et lui un pichet de lait dans les siennes. Le lait avait fini par terre. Aniek avait fait tout un scandale. *M'enfin, c'est pas tous les jours qu'on apprend ce genre de nouvelle !* Lui, il avait été fou de joie. Y a pas un péquin dans le hameau qui ne l'avait su en deux heures. Et puis, pour fêter ça, il s'était mis en tête d'aller voir les vieux briscards d'Amsterdam, ceux qui méritaient encore d'être fréquentés, ceux qu'il avait connus dans son autre vie d'homme de la Marine militaire. Il n'y était pas allé seul. Turing avait profité de l'occasion pour venir avec lui, sous le prétexte qu'il avait un truc à régler, trois fois rien, de la paperasse, une turpitude qui avait traîné depuis l'histoire de la lettre.

Ah, cette fichue lettre. Pour le coup, Guus s'en voulait de cette bêtise. Parce que, malheureusement, elle venait de lui, l'idée d'écrire à l'Amirauté pour demander que le marlou récupérât un papier reconnaissant qu'il avait fait office de capitaine pendant ses derniers mois sur le *Chat génois*. *Un simple échange de courriers, que ça aurait pu être !* Sauf que cette crevure de Kuntze avait bien failli créer un drame sur l'excuse de cette malheureuse lettre. Mais sur le moment, Guus n'avait pas pensé à mal. Allez savoir, ça aurait peut-être pu lui servir un jour, au marlou, une recommandation de l'Amirauté. Après tout, il était jeune, il pouvait avoir envie de repartir en mer, d'être libre. M'enfin, la liberté…

Il fallait pas être grand clerc pour voir qu'il n'risquait pas de vouloir mettre les voiles, ce couillon, avec la manière dont il dévorait des yeux le jeune maître. Faut dire que v'là une romance comme Guus en avait jamais vu ; et pourtant, des histoires de cœurs et de culs, il en avait croisé en trente ans de Marine ! On ne faisait pas trop les bégueules sur les rafiots pleins de gaillards affamés de vice. Garçons, filles et autres affinités, la grande valse de la chair et de l'amour, c'était universel et souvent éphémère. Mais, ces deux-là, c'était comme un phare sur un ciel d'encre : on ne voyait que ça. Dès l'instant où ils s'étaient regardés, y avait eu un éclair, comme si leurs âmes s'étaient reconnues, enfin, c'est comme ça qu'en parlait Aniek. Elle aimait ça, les beaux sentiments, sa femme. Toutes les femmes, elles aiment ça, les romances, et certainement que les bonhommes aussi, mais y en a pas un qui l'avouerait, pour sûr. À jeun, s'entend. Pi' c'est vrai qu'ils étaient attendrissants à regarder aussi, ces deux-là, à se couler des regards tendres et à se murmurer des galanteries dans les coins de portes comme deux gamins qu'ils étaient peut-être encore. Et le jeune maître avait tellement repris en santé et en joie de vivre que ça faisait plaisir à voir. Comment on pouvait vouloir du mal à des gens si heureux ? Donc, eh bien, quand le marlou avait voulu terminer cette histoire de lettre en allant au port négocier les choses, personne n'y avait vu aucun mal. Alors, ils étaient partis ensemble sur ce même chariot, sur cette même route. Cela avait été un agréable trajet, ponctué d'un peu de confidences et d'échanges d'expériences de mer.

Ils l'avaient revue, leur belle ville d'Amsterdam et ses maisons ruisselantes de vie, d'éclats de faïence et de petits vitraux verts ponctuant les façades en briques noires. Elle les avait accueillis sous un soleil radieux. Ils étaient allés chacun vaquer à leurs occupations de leur côté. La nuit était passée pour Guus, emplie d'alcool, de chansons paillardes et du rire des amis. Mais, le lendemain, il était revenu seul au manoir. Le regard du jeune maître à son retour, ce regard-là, jamais il pourrait l'oublier.

— Où est Johan ? qu'il avait demandé et, dans sa voix, c'était comme un tonneau de larmes qui dévale le fond de cale.

Mais comment lui dire ? Comment lui expliquer que son Johan : il avait disparu. Comme ça, en une nuit. Pas moyen de le retrouver au matin, personne qui sache où il s'était sauvé. Guus l'avait cherché, ça oui, dans tous les navires et jusqu'au fond des pires tavernes, mais peut-être bien que le marlou voulait pas être retrouvé. Sans doute qu'il avait voulu reprendre sa liberté. Repartir sur les mers, c'était la manie de tout le monde dans ces métiers-là. Cela vous prenait en montant sur un pont, en saisissant un bout, en humant l'air du large qui imprégnait chaque once de quai du grand port. Et vous pouviez rien y faire, vous signiez pour des mois, pour dix ans, vous signiez pour aller mourir loin de ceux qui tiennent à vous. La liberté, c'était la pire des sirènes.

Mais ça, c'était pas facile à expliquer à quelqu'un qui vivait à terre. Comment on trouve les mots pour dire la trahison à celui qui vous regarde avec dans les yeux tellement d'espoir que c'en est un crève-cœur ? Comment ? Guus avait bien essayé, mais à chaque mot qu'il avait prononcé, il avait eu l'impression d'enfoncer un poignard dans le ventre de son jeune maître. Alors, il n'avait plus rien dit et avait attendu qu'Aloys Van Leiden s'effondre.

Mais, il ne fut pas question de larmes, il ne fut pas question de désespoir. Le gamin, tout chétif qu'il était, il avait rien voulu savoir. C'était pas possible que son Johan, il l'ait laissé comme ça, sans même une lettre, sans rien ! Alors, à la seconde, sans même un bagage et avec à peine un manteau, il avait demandé à y aller, à Amsterdam, parce qu'il voulait constater de ses yeux que Johan était introuvable et qu'il l'avait quitté pour de bon.

Le chariot, c'est Greta Pols qui l'avait conduit, parce que Guus était trop éreinté pour le faire et, dès leur arrivée, le matin suivant, tous les trois avaient écumé la ville jusqu'à l'écœurement. L'Amirauté n'avait jamais vu de Johan Turing, pas plus que le bureau de la Compagnie des Indes orientales. Pas un recoin du port qu'ils n'aient retourné. Aucun rade, aucun marchand, c'était comme si le marlou s'était fait enlever par les fées. Au bout de plusieurs heures, après avoir interrogé la tenancière d'une échoppe dégarnie à l'un des angles de la place Dam[70], ils s'étaient assis, désolés, au bord du canal, à court d'espoir. Mais le doigt du destin n'en avait pas fini avec eux. Une gamine était venue les voir, un peu mutine, mais voulant visiblement quémander quelques pièces ou de la nourriture. Aloys lui avait tendu de la monnaie simplement pour ne pas laisser repartir la petite mendiante sans rien. La fillette avait des grands yeux verts et une chevelure aussi rouge que les champs de luzerne quand ils se couvrent de coquelicots. Elle avait dit comme ça, l'air très sûr d'elle : « Y a un marin comme vous l'dites qui est passé par ici hier. Il m'a donné une pièce brillante et un sourire plein de dents. »

Devant leurs trois paires d'yeux effarés, la petite rouquine avait raconté tout avec ses mots d'enfant. Les types qui avaient empoigné Turing l'avaient tabassé en le traitant de noms pas répétables et finalement ils l'avaient traîné à demi assommé aux geôles de la Muiderpoort[71]. La petite avait été interrompue par sa mère qui lui avait fichu une rouste pour avoir cafté. Visiblement, les gens du quartier avaient été payés ou menacés pour taire l'affaire. Pour le coup, ils avaient eu une sacrée chance de tomber sur cette mouflette bavarde. Aloys s'était précipité à la prison, mais on lui avait refusé l'accès à la cellule. Après plusieurs heures de palabre avec le garde, il avait fini par apprendre que Johan y était en effet retenu, écroué pour acte de sodomie et de sorcellerie sur les témoignages d'un certain Dorus, domestique au manoir Van Leiden, et du docteur Wilhelmus Kuntze.

Alors, comme ça, le marlou était vivant, quoique dans un sale état. Il avait fallu deux jours de plus, et une bourse pleine de florins au geôlier borné, pour que le jeune maître parvienne à voir son amant emprisonné dans un des cachots les plus sordides qui soient. Il n'avait pu rester qu'une heure avec lui, juste le temps de panser le gros de ses blessures, de le nourrir et, tandis que l'opulente Greta jouait de ses charmes pour détourner l'attention du garde, lui affirmer son amour et lui jurer qu'il ferait tout pour le sortir de là. Absolument tout. Même s'il n'avait pas le début d'une solution. Guus les avait arrachés l'un à l'autre à regret. Il n'était jamais bon d'être celui qui désunit ceux qui s'aiment si passionnément dans des moments si sombres.

Ce soir-là, dans l'auberge dont ils avaient fini par faire leur refuge, Aloys, une fois dans sa chambre, s'était écroulé. Les larmes avaient coulé jusqu'à l'épuisement, et l'épaule sur laquelle il avait déversé son chagrin avait été celle de Guus. Ce gamin, pour un peu, c'était comme son gosse, alors de le voir comme ça, ça lui avait arraché un bout de cœur. Le jour suivant, les choses avaient commencé à s'organiser dans la tête du jeune maître. Et les aller-retour entre Amsterdam et le manoir avaient commencé. Avocats, juges, témoins, hommes de la milice et confesseurs, lettres et paiements, suppliques, ordres, lois, morale, aveux, tout y était passé.

Les semaines avaient fait place aux mois, l'été à l'hiver, Johan fut changé plusieurs fois de cachot, de mieux en pire, d'abjecte en tolérable, en fonction des humeurs de son procès. Aloys n'avait pas baissé les bras, pas un instant, pas une seconde. La moitié du temps à la ville, l'autre au manoir, et ne cessant de faire le trajet entre le port et sa demeure, de tenter des démarches, des recours, s'y noyant tout entier. Son honneur, sa réputation furent traînés dans la boue, par ceux-là mêmes qui avaient tant recherché ses bonnes grâces. On lui avait prêté des mœurs débridées, on avait supposé que Turing était son pourvoyeur en jeunes gens innocents et que le manoir abritait les plus infâmes orgies. Le docteur et ses complices s'étaient acharnés, par pur esprit de vengeance d'abord. Et puis, les mois passant, ils ne furent plus capables de se dépêtrer du tissu d'accusations qu'ils avaient noué autour de Johan et qui s'effilochait, comme une chaussette mal rapiécée. Tout le monde s'y était échiné dans le manoir et au village, à soutenir Turing et à démentir les vilenies contre le fils Van Leiden. C'est qu'il était aimé, le jeune maître, gentil comme il était avec tout le monde ! Et le marlou aussi avec tous les services qu'il avait rendus ; il avait ses soutiens. Alors avec tout ce bon vouloir, le gamin avait gardé le front haut et une dignité inaltérable. Au plus fort de la tempête, il était resté d'une volonté de saint martyr et Guus ne fut jamais aussi fier d'appartenir à la maison Van Leiden. Chaque nuit, pourtant, il savait que l'pauvre gosse pleurait de désespoir et de rage, et ne trouvait le sommeil que peu avant l'aube.

Pendant ce temps, le ventre d'Aniek s'était arrondi. Lisa était née à la mi-avril. Ah, celle-là, il risquait pas de pouvoir la renier ! La petite à peine née était tout le portrait de lui : même tignasse sombre, même air renfrogné, même absence de grâce, mais elle avait pris bien vite de son père, aussi, le bon cœur et le courage. Enfin, c'est ce que s'obstinait à dire sa mère qu'en était rendue idiote d'amour pour sa pouparde. Ce que ça pouvait être naïf, l'amour. Mais va, c'est bien la seule chose en ce monde qui pouvait faire des miracles !

Le vent balaya la campagne, les herbes en friche se balancèrent nonchalamment d'une même houle uniformément rousse dans le soleil déclinant. Guus fut gagné par un peu de nostalgie ; ça en faisait des souvenirs, tout ça ! Il se recala sur le siège de bois, les rênes bien en main. À côté de lui, son compagnon de voyage se retourna et finit par venir se blottir contre son épaule. Guus poussa un soupir d'exaspération, mais ne délogea pas le dormeur. Celui-ci était emmitouflé dans un paletot de cuir que le vieux domestique connaissait bien ; il avait cette odeur d'embruns et de mâle caractéristique des vêtements de marin. Son front s'était marqué de lignes, ses yeux se plissaient de pattes d'oie et son menton était couvert à présent d'une courte barbe paille qui le vieillissait. Dans les mèches de sa chevelure blonde était apparue une touffe de cheveux gris, marque indélébile, sans doute, de mois d'anxiété à attendre la vie ou la mort. Il avait bien changé. Ou pas changé du tout. À vrai dire, certainement que ça avait toujours été en lui, cette capacité à espérer, cette inaltérable force pour affronter les pires combats. Et dire que certains, par le passé, l'avaient traité de souffreteux. C'est pour le coup que plus personne n'oserait ces jours-ci, ou gare !

Le chariot arriva en vue du manoir, le soleil doux annonçait midi. Le dormeur, à ses côtés, ouvrit les yeux et s'étira. Dans ses prunelles azur, il y avait une lumière, à présent, qui ne s'éteignait jamais. Elle avait été allumée, cette belle lumière, par la venue sur cette même route de ce même chariot revenant du port un matin d'hiver. Mais ce n'était plus la même saison ni le même passager. Guus imagina sans peine ce qu'allait être leur arrivée.

D'abord, il y aurait l'odeur de la tambouille de Greta qui remonterait jusque dans la cour et le bruit des graviers sous les roues de bois du chariot alourdi. Et puis la cavalcade de Lisa, son aînée, qui viendrait la première les accueillir. Elle attraperait les rênes du cheval ou sauterait à l'arrière pour découvrir la nouvelle cargaison de plantes et les autres merveilles exotiques trouvées sur les quais du grand port d'Amsterdam. Elle dépiauterait tout en s'émerveillant. Elle n'était pas délicate, sa fille. Lui, ça le

Fig. 21

ferait grogner, mais son compagnon de voyage trouverait ça réjouissant, comme toujours, cette enthousiaste curiosité pour une science qui le passionnait encore après toutes ces années. Et en parlant de passion, certainement qu'il aurait bien vite l'attention accaparée par quelqu'un d'autre. Cet autre qui n'avait plus le droit d'aller au port, cet autre, exilé volontaire loin de la mer, qui sortirait de la serre, tranquillement, avec son air de pirate charmeur. Il viendrait tendre ses bras à l'homme de sa vie, à ce garçon qu'était rien de moins que son sauveur. Alors, le marlou lui donnerait ses mains pour l'aider à descendre du chariot, car sa jambe lui ferait mal, certainement, après être resté assis si longtemps. Ils s'embrasseraient, discrètement, pour préserver les apparences, ces maudites apparences, qu'il faut bien ménager pour pouvoir s'aimer en paix.

Guus n'aurait plus qu'à récupérer sa mouflette et se la coller sur l'épaule aux grands cris de la d'moiselle, et sous les rires du maître et de son marin d'amant. Oui, c'était certainement comme ça que ça allait se passer. C'était ainsi, maintenant, que filaient les jours heureux.

Le temps, c'était quelque chose de traître, tout de même. Ça vous volait la vie sournoisement sans qu'on y puisse rien ; dire que Lisa venait d'avoir dix ans.

Faut croire que ça pousse comme de la mauvaise graine, les gosses, c'est un peu comme les sentiments. Mais les mauvaises graines, ça fait souvent des jolies fleurs dans les champs.

Fin

LANGAGE DES FLEURS

Une romance au fil des saisons, un passionné d'horticulture, voilà une bonne occasion de s'intéresser au langage des fleurs, ce jeu de séduction et de rébus dont les prémices remonteraient à l'Antiquité, mais qui trouve son raffinement le plus poussé entre les XVIIIe et XIXe siècles en France. Pour se dire des mots doux, il s'agissait de composer des bouquets. Pas facile ! Le premier best-seller sur le sujet est signé sous un pseudonyme, une certaine Charlotte de La Tour, qui fait paraître en 1818 un recueil détaillant les clés et mystères de ce beau langage. À cette source-là, j'ai puisé les noms des chapitres que vous venez de lire.

Chapitre 1 – Jonquille & Coquelicot

Il est dit que dans le royaume de Perse la Jonquille serait le symbole du désir, le Coquelicot, quant à lui, prend de son cousin le Pavot son pouvoir de sommeil, il calme la douleur et plonge parfois les êtres dans la mélancolie. Ce portrait en deux fleurs est celui d'Aloys.

Chapitre 2 – Hortensia & Glaïeul

La superbe Hortensia est une beauté froide, elle marque l'indifférence et un cœur qu'il est parfois difficile à atteindre. Le Glaïeul, lui, vient du mot latin « glaive », force et fierté sont ses significations. Johan se retrouve dans ces deux fleurs-ci.

Chapitre 3 – Gentiane & Airelle

La Gentiane exprime le dédain et la douleur. L'Airelle, que l'on nommait à l'époque Épine-vinette, marque l'aigreur et la rancœur. Des sentiments bien négatifs qui accompagnent l'arrivée du docteur Kuntze dans le récit et le surgissement des souvenirs d'Aloys.

Chapitre 4 – Églantine & Lilas

La frêle Églantine est la fleur des poètes, elle salue les charmes de l'éloquence, tandis que le Lilas, au fleurissement si parfumé, a la douceur des premiers émois. Aloys se laisse séduire par les récits de Johan.

Chapitre 5 – Camélia & Bleuet

L'envoûtant Camélia est le symbole d'une beauté parfaite, il provoque l'admiration. Le délicat Bleuet, quant à lui, est un sentiment tendre qui se nourrit timidement d'espérance. Aloys espère, mais ne saurait exprimer son admiration au séduisant capitaine.

Chapitre 6 – Chardon & Œillet rouge

Le Chardon est austère et dangereux, il est le symbole de l'Écosse, dont la devise est « Personne ne me blesse/ne m'offense impunément ». Mais sous les épines, c'est l'Œillet rouge qui se cache, symbole de l'amour pur et vif. Ici, les deux amants surmontent leurs réticences et leurs douleurs passées pour enfin se déclarer.

Chapitre 7 – Hibiscus & Belle de nuit

Deux fleurs exotiques que Charlotte de la Tour ne connaissait pas. Dans les pays asiatiques, l'Hibiscus marque le désir ardent et c'est aussi une invitation qui ne saurait être refusée, tandis que la Belle de nuit ou Fleur de lune est le symbole de la timidité et de l'éphémère.

Chapitre 8 – *Azalée & Rose*

Deux fleurs déclarant l'amour. Pour l'Azalée, il s'agit de la joie discrète d'être aimé, ce qu'Aloys ressent enfin. La Rose rouge apporte les délices de la volupté dont Johan est le messager.

Chapitre 9 – *Souci & Garance*

Le Souci, si bien nommé, veut dire la peine, la tristesse et la solitude. La Garance, petite fleur jaune dont on extrait une teinture rouge sang, est le symbole de la calomnie salissant les êtres les plus purs. De mauvaises âmes sont à l'œuvre dans ce chapitre pour condamner les deux amants.

Chapitre 10 – *Pivoine & Anémone*

La malheureuse Anémone était une nymphe aimée de Zéphir l'infidèle, la fleur portant ce nom devint le symbole de l'abandon. La Pivoine, elle, a deux visages : elle peut signifier la honte, le remords, mais aussi la sincérité éclatante des sentiments. Un orage d'émotions auquel sont confrontés Aloys et Johan.

C'est le Myosotis qui nous donne l'épilogue de ce récit : « Ne m'oubliez pas », dit cette modeste fleur, « mon amour est véritable et mon amitié sincère ».

REMERCIEMENTS

Comment on en vient à mêler romance et horticulture, érotisme et Hollande du XVIIIe siècle. Eh bien, comme d'habitude avec moi : un peu par hasard. Je vous raconte...

D'abord, c'était l'été. Il faisait très beau, pas trop chaud, j'étais en train de prendre un thé dans le jardin intérieur du musée du Petit Palais, à Paris. Je venais d'enchaîner deux visites d'expositions : « P-J Redouté, Le Pouvoir des fleurs » au musée de la Vie romantique et « Jardins » au Grand Palais. Vous voyez le tableau. J'avais la tête littéralement farcie à la verdure, aux pétales et à la Nature exubérante. Là me prend l'envie d'appeler une amie, une amoureuse des fleurs et des jardins (oui, Violette, c'est de toi que je parle !). Une heure plus tard, mon thé était bu et voilà : je tenais la trame de ce roman !

Pourquoi la Hollande ? C'est à chercher un peu plus loin, durant mes années lycée, avec un coup de cœur pour un film : *Le Baiser du serpent* (1997), de Philippe Rousselot. L'histoire d'un jeune et fringant jardinier paysagiste hollandais qui séduit la fille d'un propriétaire terrien anglais à la fin du XVIIe siècle. Un scénario alambiqué dont je n'avais guère de souvenirs, mais par contre un superbe travail sur l'image, la symbolique, la présence des fleurs, les mystères des jardins, le tout imprimé à vie dans mon imaginaire.

Ensuite, il a fallu tisser cette romance, ajuster les sentiments, entremêler les touches de drames et de douleurs, frôler le masochisme tout en préservant la tendresse (parce que le XVIIIe siècle érotique ne pourrait pas se comprendre sans Sade, qu'on le veuille ou non), et cela, j'y suis parvenue grâce à toi, Hermine. Non, tu n'y couperas pas, c'est l'heure des compliments : je te suis immensément reconnaissante de ton énergie, de ton enthousiasme, de ton soutien, de l'attention portée sur chaque coin de phrase, chaque nœud de scénario. Merci, ma très chère amie.

Une nouvelle fois, vous avez donné à cette couverture toute votre délicatesse, cette poésie si particulière avec laquelle vous maniez l'aquarelle, merci, Yooichi Kadono, pour votre talent partagé avec nous, roman après roman.

Chacune de tes illustrations a été l'occasion de discuter Histoire de l'art, symbolique, composition, scénario, bref, ces onze images représentent des heures de travail, mais aussi d'intenses échanges culturels. Merci, Yaya Chang, pour ton amitié et ton formidable sens du détail.

Le plaisir absolu de travailler les tournures de phrase les plus alambiquées et de trouver des subjonctifs imparfaits mirobolants, je le dois à Caroline Minic, patiente et talentueuse première relectrice éditoriale de ce roman. Merci à toi d'avoir encouragé et amélioré aussi bien mes délires grammaticaux !

Grâce à lui, j'ai évité les âneries du genre : « Et ils jetèrent l'ancre dans le port », merci, Papa, ça aide d'avoir un ancien des Glénans dans la famille quand on décrit des scènes de marine !

Une maison d'édition qui accueille un projet pareil les bras (et l'esprit) ouverts, ça ne court pas les ruelles. Entre les illustrations, les notes de bas de page et la bibliographie en néerlandais, vous avez tenu les rênes sans coup férir ! Merci et hourra aux Éditions Haro !

Enfin, et surtout, il y a celles et ceux qui ont été là dès le début, vous les bons esprits et bonnes fées qui ont jeté un coup d'œil avisé ou passé des heures à me répondre, qui ont envoyé des sachets de thé, des broches en perles, des extraits de livre et des mots d'encouragement. Votre soutien m'a été si précieux. Mille fois MERCI… et à bientôt !

BIBLIOGRAPHIE

Pour se promener en terre de libertinage :

- *L'œuvre du Marquis de Sade. Introduction, essai bibliographique et notes par Guillaume Apollinaire.* Paris : Bibliothèque des curieux, 1909, 283 p.*

Pour en savoir plus sur l'homosexualité masculine au XVIIIe siècle :

- *Bougres & Tribades L'homosexualité au XVIIIe siècle.* 1re édition. Paris : éditions du Chêne, 2012, 240 p.

- HERNANDEZ, Ludovigo (pseudonyme). *Les Procès en sodomie aux XVIe, XVIIe et XVIIIe siècles.* Paris : Bibliothèque des curieux, 1920, 191 p. (voir notamment le procès de Benjamin Deschauffours en 1726)*

- HUUSSEN, H. Jr. *Sodomy in the Dutch Republic During the Eighteenth Century* – in *Hidden from History – reclaiming the gay and lesbian past.* USA : Martin Bauml Duberman Martha Vicinus and George Chauncey Jr editions, 1989.

- VAN DER MEER, Th. *De wesentlijke sonde van sodomie en andere vuyligheeden.*

Sodomietenvervolgingen in Amsterdam 1730-1811. Amsterdam : Tabula, 1984, 237 p.**

- NOORDAM, D.J. *Homoseksuelen en sodomieten in Nederland: verbranden of tolereren?.* Leyde : publication de l'université (scholarlypublications.universiteitleiden.nl), 1990, article en open access.**

Pour les amoureux d'Amsterdam ou des fleurs (ou des deux ?) :

- CLEMENT, Murielle Lucie. *La Fabuleuse Histoire d'Amsterdam et des Pays-Bas.* Paris : éditions du Rocher, 2011, 226 p.

- DE LA TOUR, Charlotte. *Le Langage des fleurs.* 9ᵉ édition. Paris : Garnier frères libraires-éditeurs, 1863, 243 p.* (il existe une réédition moderne !)

- DENYS, Catherine. PARESYS, Isabelle. *Les anciens Pays-Bas à l'époque moderne* (1404-1815). Paris : éditions Ellipses, 2016, 264 p.

Les ouvrages anciens sont consultables en ligne et gratuitement sur le site Gallica (bibliothèque nationale de France).

** Là c'est pour les plus acharnés d'entre vous, ou si vous maîtrisez le néerlandais (ce qui n'est pas mon cas, mais vive les traducteurs en ligne !).

NOTES DE FIN

1   Les Provinces-Unies, première République fédérale européenne, sont créées au XVIᵉ siècle. La Hollande est l'une de ces sept provinces ; elle est la plus riche et la plus vaste. Amsterdam est son centre financier et culturel, si puissante que l'on dit de la ville qu'elle est la capitale de l'Europe. Un stadhouder gouverne chaque province.

2   Le Siècle d'or hollandais s'étend sur tout le XVIIᵉ siècle. Les Provinces-Unies sont alors la première puissance commerciale au monde et une république. La liberté de culte, le développement des sciences humaines et naturelles en font l'un des centres intellectuels majeurs de l'Europe.

3   L'ypréau blanc est un peuplier originaire de Hollande.

4   Leyde est une des premières villes d'Europe à disposer d'une université (avec Oxford et Paris). Elle s'est enrichie, comme toutes les Provinces-Unies, durant le fameux Siècle d'or hollandais, époque où le commerce maritime fut exceptionnellement prospère. Le Jardin botanique de la ville est mondialement célèbre. Les collections de plantes exotiques y étaient exceptionnellement riches. Cela incitait les navires marchands à venir vendre des plantes rares dans cette ville.

5   Ancien nom désignant la tuberculose jusqu'au milieu du XIXᵉ siècle. C'est un Hollandais, Franciscus de le Boë, qui le premier observa en 1679 la présence de « tubercules » dans les poumons des malades.

6   L'épilepsie des poumons est l'ancien nom de l'asthme donné au XVIIᵉ siècle. Au cours du XVIIIᵉ siècle, la médecine

se penche sur la question, et les théories vont bon train sur les « humeurs » sèches et humides, froides et chaudes, provoquant cette maladie. Les traitements sont tous plus dingues les uns que les autres, certains conseillent la ciguë… je vous laisse en deviner les effets !

7   Les royaumes de Siam, le golfe de Nankin, etc. sont des appellations anciennes de territoires situés en Asie. Dejima est le fameux port japonais où seules les flottes hollandaises avaient le droit de mouiller, le reste des îles du Japon était fermé aux étrangers. C'est la surpuissante Compagnie néerlandaise des Indes orientales qui a la mainmise sur le commerce.

8   La cambuse est un espace situé dans un navire juste au-dessus de la cale (c.-à-d. le fond), c'est là, souvent, qu'était stockée la nourriture.

9   Une flûte est un type de navire de conception hollandaise fait exprès pour la charge de marchandises. Sa coque et ses varangues (pièces du fond de cale) sont très renflées. Il ne navigue pas vite, mais tient bien la mer.

10   Le florin-gulden, ou florin d'argent : une monnaie de compte, la plus courante au XVIIIe siècle en Hollande, époque où les monnaies se stabilisent à l'international. Le taux de conversion étant très difficile à établir avec l'euro, les sommes données ici sont à considérer comme purement évocatrices.

11   La Compagnie des Indes orientales néerlandaises, fondée en 1602 et basée à Amsterdam, devient rapidement la plus grosse compagnie privée du XVIIe siècle. Elle forge un monopole commercial néerlandais entre l'océan Indien et l'Extrême-Orient qui devait durer deux siècles. Ses routes de commerce s'étendaient le long des côtes d'Afrique et d'Asie avec des comptoirs et des mouillages en Indonésie, au Japon, à Taïwan, à Ceylan et en Afrique du Sud. Vers 1670, la valeur annuelle des cargaisons des quatre grandes flottes marchandes de la république atteignait la somme énorme de 50 millions de

florins ! Mais ça, c'était avant ! Au XVIIIe siècle, la Compagnie est moins riche et les dettes s'accumulent.

12 Des escobarderies sont des tromperies (parler du XVIIIe siècle).

13 Un « bout » est un cordage sur un bateau. « Le moindre bout », c'est-à-dire le moindre morceau de cordage.

14 Nasardes : moqueries méprisantes (parler du XVIIIe siècle).

15 Esconifleur : parasite (parler du XVIIIe siècle).

16 Cligne-musette : jeu entre le cache-cache et le colin-maillard (parler du XVIIIe siècle).

17 Galefratier : un larbin, un homme de peu, pauvre, mais travailleur (parler du XVIIIe siècle).

18 En février 1637, soit près d'un siècle avant notre histoire, a lieu l'ultime crise financière qui fit chuter soudainement les cours des fameuses ventes de bulbes de tulipes. L'économie des Provinces-Unies s'effondra. On appelait « commerce du vent » cette folie de collectionneurs, dits *tulipomanes*, consistant à miser des fortunes sur l'achat de bulbes, non encore poussés, dont on espérait une couleur ou un épanouissement particulièrement remarquables.

19 Valentijin, Boerhaave : un explorateur et un scientifique, deux grands noms et deux grandes familles hollandaises, liées à un moment ou à un autre à l'histoire de l'horticulture européenne.

20 Grinchotter : chanter faux. Artistes courtisans qui ne servent à rien (parler du XVIIIe siècle).

21 Hoir : héritier (parler du XVIIIe siècle).

22 La dynastie d'Orange commence avec Guillaume 1er, prince d'Orange et comte de Nassau (1533-1584). Lui et nombre de ses descendants furent *stadhouders* (gouverneurs généraux) de la république néerlandaise. Des révoltes éclatèrent régulièrement pour dénoncer ce pouvoir héréditaire, les orangistes s'opposant

aux anti-orangistes. Les années qui suivirent la guerre de succession d'Espagne (après 1715) furent notamment une période de forte instabilité politique pour la Hollande.

23 Le sanskrit est une écriture ancienne d'origine indienne (on la retrouve souvent utilisée pour les textes religieux, notamment hindous et bouddhistes).

24 Heer : « seigneur » en néerlandais.

25 Le docteur porte la tenue des « puritains », très codifiée, qui par sa sobriété stricte montre leur propreté morale et corporelle.

26 Il est même dit dans les pamphlets que les matelots hollandais sont couramment touchés par « l'abomination dégoûtante » (les pratiques homosexuelles) pour reprendre les mots de Voltaire (in *Dictionnaire philosophique* – article sur *l'Amour dit socratique*, 1764).

27 Dans les Provinces-Unies, à partir de 1730, les troubles sociaux nés après la guerre de succession d'Espagne s'accentuent et exacerbent les superstitions. On prête aux hommes pratiquant la sodomie d'attirer le diable et le malheur sur la communauté. Les jugements se multiplient, on condamne au bûcher ou à la noyade 75 hommes pour la seule année 1730 après une enquête faisant tomber tout un réseau de « sodomites ».

28 Louis XIV.

29 En France, les dragons, militaires servant le roi, furent employés pour persécuter les protestants et les forcer à se convertir au catholicisme en application de l'édit de Fontainebleau (1685), révoquant l'édit de Nantes.

30 Affusté : de s'y connaître (parler du XVIIIe siècle).

31 Viédase : un imbécile (parler du XVIIIe siècle).

32 Lorsqu'une veuve se permet de porter du gris, c'est que son deuil (appelé alors demi-deuil) a plus de deux ans. Détail de mode : au début du XVIIIe siècle, la fourrure de loup est

importée d'Amérique du Nord par la compagnie anglaise de la baie d'Hudson.

33 Au cours des années 1730, les hivers furent plus doux et les étés agréables, cela faisait suite à des décennies d'hivers très rudes appelés « le petit âge glaciaire de l'Europe ».

34 La férule est un bâton dont on se servait pour battre les écoliers et les enfants désobéissants.

35 La faculté de médecine de Paris est, au XVIIIe siècle, à la pointe des techniques d'orthopédie. On y cherche à redresser les déformations des membres et du dos par les moyens les plus innovants, si ce n'est efficace.

36 Pieter de la Court Van der Voort était un grand collectionneur de plantes tropicales, ses traités et ses conseils en botanique ont été diffusés dans toute l'Europe du XVIIIe siècle.

37 À cette époque, on parle généralement de « langue chinoise » sans précision pour qualifier l'écrit, même si celui-ci est essentiellement la retranscription du mandarin classique. Les dialectes chinois oraux, dont fait partie le cantonais par exemple, sont également connus des premiers sinologues européens, mais ceux-ci se concentrent sur le mandarin et surtout la graphie des sinogrammes traditionnels.

38 Le gommier n'est autre que le nom français de l'eucalyptus, arbre (ou arbuste) originaire d'Australie (appelée Nouvelle Hollande à l'époque). Très utilisé en médecine, notamment pour ses propriétés sur l'appareil respiratoire. Certaines variétés d'eucalyptus résistent très bien au froid et poussent même en montagne, mais à la base, c'est un arbre qui aime la chaleur et qui a besoin de beaucoup d'eau.

39 Le kumāri est le nom indien de l'aloe vera. Une plante dont on se sert depuis l'Antiquité, mais dont tout le monde se dispute l'origine. L'Inde l'utilise en médecine depuis un millénaire. Il a énormément de bonnes vertus pour l'estomac et est aussi très utilisé comme baume pour la peau (et c'est un cicatrisant).

40 Le 6 novembre 1730, le jeune Katte, âgé de 22 ans, est décapité sous les yeux de son amant le futur Frédéric II de Prusse, 18 ans. Les deux jeunes gens avaient tenté de fuir ensemble la tyrannie du roi, mais furent découverts et condamnés. Frédéric-Guillaume 1er, ogre connu sous le sobriquet de « roi Sergent », jeta son propre fils en prison. Il haïssait les tendances efféminées (le pauvre garçon était simplement plus intellectuel que son père) de celui-ci et n'a cessé jusqu'à sa mort de le martyriser.

41 Les succulentes (de « succulent », plein de sucre) sont des plantes que l'on nomme aussi « grasses ».

42 Aussi effrayant que ce corset orthopédique puisse paraître, on trouve des descriptions approchantes, en fer mailloté de cuir et de tissu datant du XVIIIe siècle, dans l'Histoire du corset à travers les âges, (article écrit par le docteur Ludovic O'Followell, 1905).

43 Malandre : lèpre (parler du XVIIIe siècle).

44 L'épiaire de Byzance est une plante connue pour ses feuilles poilues très douces. Elle vient d'Iran et porte également le nom amusant d'oreille d'ours.

45 Petit anachronisme : Aloys fait pousser un coleus de l'île de Java, mais cette plante tropicale n'a été découverte et rapportée en Europe qu'au milieu du XIXe siècle, par le botaniste néerlandais Carl Ludwig Blume, directeur du Jardin botanique de Leyde.

46 Un cilice est une chemise ou une ceinture de cuir ou d'étoffe rude garnie parfois de pointes, portée à même la peau (cuisse, taille, cou) à des fins de mortifications.

47 Le baume miracle de Johan n'est autre que le fameux « baume du tigre » asiatique : parmi les ingrédients, vous avez le cajeput (de son nom d'origine indonésienne kayu putih). Ce baume miracle est réputé soulager à peu près tout, de la bronchite à l'eczéma en passant par les douleurs musculaires.

48 Ne soyons pas surpris par une telle ouverture d'esprit que l'on pourrait voir comme anachronique. Elle fait écho aux

réflexions de l'époque. Citons pour exemple cette phrase que l'on prête au roi Frédéric II de Prusse (1712-1786) : « Certains font l'amour par devant, d'autres par-derrière, qu'importe la manière puisqu'ils ne persécutent personne. »

49 Le fuchsia encliandra est une variété de fuchsia, cette jolie fleur tombante découverte par un Français, Plummier, à la fin du XVIIe siècle et qui donna son nom à l'espèce en hommage à son confrère Leonhart Fuchs. Le fuchsia encliandra a une forme symbolique très à propos ici, car sa spire d'étamine est recourbée dans le tube floral. Encliandra signifie « mâle enfermé ».

50 L'empirisme est un courant de pensée remontant à l'Antiquité. En matière de sciences, il s'agit de considérer que l'expérience sensible est à l'origine de toutes connaissances, ainsi il faut essayer les traitements pour en tester l'efficacité. Alors, ça paraît évident comme ça, mais au XVIIIe siècle, on n'en est pas encore hyper sûrs !

51 *Clélie* et *Le Cid* : deux best-sellers de l'amour tragique écrit au XVIIe siècle. *Clélie* est écrit par Mlle de Scudéry, il s'agit de l'itinéraire d'un amoureux devant parcourir la « carte du tendre » (les terres de l'amour) pour retrouver sa belle. *Le Cid* est une petite merveille écrite par Corneille. On ne compte plus les répliques cultes de cette pièce géniale. En voici une, moins connue, mais splendide : « Ah ! qu'avec peu d'effet on entend la raison – Quand le cœur est atteint d'un si charmant poison ! - Et lorsque le malade aime sa maladie, Qu'il a peine à souffrir que l'on y remédie ! »

52 La fascinante Belle de nuit : en chinois, on l'appelle *tānhuáyīxiàn*, qui signifie « qui dure peu de temps », car les fleurs de cette plante fleurissent à la tombée de la nuit et se fanent dès le lendemain matin. En japonais, elle porte le nom de *gekkabijin*, littéralement « la belle sous la lune ».

53 Le petit déjeuner à la manière anglaise arrive en Hollande par la lignée royale des Orange-Nassau qui, par

mariage, sont membres à la fois de la monarchie britannique et hollandaise. Au XVIIIe siècle, en France, d'après ce qu'en dit Rousseau, on prend le petit déjeuner seul.

54 La faïence de Deft, réputée dans toute l'Europe pour ses délicats camaïeux de bleus et blancs, est d'une très grande qualité. Elle imite avec finesse la porcelaine de Chine, alors très en vogue et importée par la Compagnie néerlandaise des Indes orientales.

55 Le trouwen : c'est l'union d'un couple devant la loi en Hollande. Et à propos de mariage en Hollande, à cette période, cette province prospère profite d'une grande tolérance religieuse, les communautés vivent dans une sérénité qu'elles n'auraient pas eue en France à la même époque. On se marie tard, car cela coûte cher et qu'on ne veut pas avoir trop d'enfants. Chez les petites gens, on fait souvent des mariages d'amour et il arrive communément que la fiancée soit enceinte lors des noces. Chez les calvinistes, on reçoit la bénédiction nuptiale au temple, mais c'est surtout le mariage civil qui compte.

56 Alors qu'il est mort en 1721, les œuvres de Watteau sont largement diffusées en Europe grâce aux gravures tirées de ses peintures. Scènes légères, champêtres et insouciantes, c'est tout l'esprit du XVIIIe siècle galant que l'on y trouve.

57 L'Arcadie, imaginée par les artistes et les poètes, est un pays mythique, domaine du dieu Pan et de la Nature bienveillante, où les hommes vivent d'Amour. Cet âge d'or fantasmé a inspiré les doctrines démocratiques du siècle des Lumières.

58 Savoir nager n'est vraiment pas une évidence au XVIIIe siècle ! Les pauvres gens n'ont pas le temps d'apprendre, même la plupart des marins ne savent pas. Quant aux nobles, si les jeunes hommes savent les arts de la guerre (escrime, équitation, tir), pas besoin de nager pour se battre. Pour rire, tentez la lecture de *L'Art de nager*, par Thévenot, écrit et illustré en 1696, disponible en numérisation sur le site Gallica.

59 Feuille de rose : cette expression ancienne se réfère à l'aspect de l'anus. Les pétales froissés d'une fleur fermée et leur défroissement lors de l'ouverture du bouton de la rose sont, dans ce contexte, très représentatifs de la dilatation de l'anus. Voilà, voilà... et pour info, deux siècles plus tard, notre ami Maupassant, qui n'était pas le dernier pour les affaires de paillardises, fut l'auteur de *À la feuille de rose, maison turque*, une pièce de théâtre libertine.

60 Dans les Provinces-Unies, certains territoires condamnent les sodomites à la peine capitale grâce à une législation impériale qui remonte au XVIe siècle. En Hollande, spécifiquement, il n'y a pas de loi concernant ces actes avant 1730. Les personnes reconnues coupables de sodomie sont plus volontiers condamnées à des peines de prison parfois très longues ou sont bannies à vie.

61 Le *schnaps* est le nom de l'eau-de-vie dans les pays de langue germanophone ou apparentée. Au XVIIIe siècle, cela regroupe tout un tas de liqueurs fabriquées à partir d'à peu près tout : céréales, fruits, racines...

62 Pour une description sur le vif d'un charivari, je vous conseille la lecture sur le site Persée.fr d'*Un charivari à Rennes au XVIIIe siècle* par François Lebrun (*Annales de Bretagne et des pays de l'Ouest* – Année 1986 93-1 pp. 111-113).

63 Le *snert* est une sorte de soupe traditionnelle à base de pois cassés, de poireaux, de céleri, de pieds de cochon, dont la consistance doit être telle que la cuillère en bois tienne d'elle-même droite dans la marmite.

64 Quartier d'Amsterdam, au XVIIIe siècle, il est en grande partie pauvre et étrangement campagnard avec, même, quelques lopins de terre entre les canaux. Les logis étaient souvent composés d'une unique pièce. Les artisanats familiaux donnaient leurs noms aux rues.

65 Un *hofje* est une closerie ou un jardinet entouré d'une rangée de minuscules maisons destinées aux pauvres gens. Les

hofjes sont financées et bâties par les riches familles comme œuvres de charité, et ce depuis le XVIe siècle.

66 Mijnzoon : « mon fils » en néerlandais.

67 Vergeet-mij-nietje : en néerlandais, le myosotis. L'histoire du myosotis est liée à des légendes. L'une d'elles raconte l'histoire de ce chevalier qui accompagnait sa belle au bord d'une rivière. La damoiselle avait cueilli un bouquet. Le vent s'en mêle et les fleurs échappent aux bras blancs de la dame pour venir s'éparpiller dans l'onde. Courageusement, le chevalier, qui ne sait pas nager, se précipite pour récupérer les fleurettes. Mais son pied se prend dans quelque chose, à moins que cela ne soit le poids de sa côte de mailles, bref, le voilà qui se noie en criant « Ne m'oubliez pas » à celle qui se tord les mains sur la rive en ne sachant que faire. Depuis lors, les petites fleurs sont appelées « Forget-me-not », ne m'oublie pas. Et cela vaut pour la plupart des langues germano-saxonnes.

68 Jeune homme élégant, mais un peu chétif (parler du XVIIIe siècle).

69 La France et la répression de l'homosexualité au XVIIIe siècle : alors, sans parler de grande libération (n'exagérons rien), on peut dire qu'avec la mort de Louis XIV et l'arrivée du Régent au pouvoir, les mœurs deviennent sensiblement plus tolérantes. La France fait figure de terre d'asile où on peut s'aimer relativement tranquillement. Le libertinage est très en vogue, et les jeunes hommes pas franchement farouches. Tout le monde sait qu'il s'en passe de belles à la Cour, mais la tolérance règne, pourvu que cela ne se sache pas et qu'il n'y ait pas de voie de fait (viol, meurtre) sur l'un des protagonistes. Si la noblesse et les élites ferment volontiers les yeux sur les amitiés particulières, les campagnes et le peuple, par contre, restent très sévères contre les « pervertis » (c'est ainsi qu'on les nomme), que l'on croit guidés par le démon. Il y a des procès à cette époque pour sodomie, mais ils sont assez rares et, surtout, ils jugent presque toujours des cas d'assassinat, de violence ou encore de pédophilie.

70 La place Dam est la grande place historique, qui s'ouvrait sur des canaux. Comme beaucoup de villes de Hollande, Amsterdam est marbrée de canaux.

71 La Muiderpoort est une des portes fortifiées historiques d'Amsterdam, il n'est pas assuré qu'elle contenait une prison. En se basant sur l'urbanisme des provinces françaises qui usait très fréquemment de ce genre d'édifice comme geôle, on peut néanmoins le supposer.